二流小说家
The Serialist

〔美〕大卫·戈登 著

姚向辉 译

世界经典推理文库12

著作权合同登记:图字 01-2015-7538 号

The Serialist
By David Gordon
copyright © 2010 by David Gordon
Published in agreement with Sterling Lord Literistic, through The Grayhawk Agency

图书在版编目(CIP)数据

二流小说家/(美)大卫·戈登著;姚向辉译.
—北京:人民文学出版社,2018
 (世界经典推理文库)
 ISBN 978-7-02-014148-7

Ⅰ.①二… Ⅱ.①大…②姚… Ⅲ.①长篇小说
-美国-现代 Ⅳ.①I712.45

中国版本图书馆 CIP 数据核字(2018)第 086211 号

责任编辑	卜艳冰　张玉贞　李　晖
封面设计	高静芳

出版发行	人民文学出版社
社　　址	北京市朝内大街 166 号
邮　　编	100705
网　　址	www.rw-cn.com
印　　刷	山东临沂新华印刷物流集团有限责任公司
经　　销	全国新华书店等
开　　本	890 毫米×1240 毫米　1/32
印　　张	10.75
字　　数	240 千字
版　　次	2016 年 1 月北京第 1 版
印　　次	2018 年 9 月第 1 次印刷
书　　号	978-7-02-014148-7
定　　价	49.00 元

如有印装质量问题,请与本社图书销售中心调换。电话:010-65233595

第一部　二〇〇九年四月四日至十五日

1

　　一部小说的第一句是最重要的，也许只有最后一句能相提并论，因为最后一句会在你合上书本之后留在你的脑海里，就像关门的回声跟着你穿过走廊，但这时候已经晚了，因为你已经读完了整本书。有很长一段时间，我在书店只要拿起一本新书，就会强迫症发作似的想翻到最后一页，读最后一个句子。我控制不住我的好奇心。我不知道为何要这么做，只知道我可以这么做，而如果我可以这么做，就必须这么做。这是孩童的那种冲动——见到包装纸就想撕，捂着眼睛从指缝里看恐怖片。我们无法抵抗偷窥的欲望，哪怕是看我们知道不该看的东西，哪怕是看我们不想看的东西，哪怕是看会让我们害怕的东西。

　　我希望能用一句强有力的开场白开始这本书，其中还有一个原因是这是我第一次用真名写作，用我自己的口吻叙述——天知道这是什么意思。我想确保我定下了正确的基调，与读者建立了联系，让你们站在了我的这一边；建立了第一人称叙事的亲密感，这样你们就会跟随我的脚步，哪怕你们已经有所怀疑——虽说为时已晚——怀疑我属于你们在英语课堂上学到过的"不可靠的叙事者"。不过请别担心，我并不是，这也不是玩弄叙述性诡计的那种书。我不是凶手。如我所说（我说过了吗？），这是个真实的故事，我打算坦诚相告。

直到此刻，我还只是个幽灵。我躲在假名和其他人的名字与脸孔背后。说起来，这个故事一开始甚至不属于我。刚开始这是一份拿钱做事的工作，出版业内所谓的"口述代笔"。可是，叙述者已经离去，永远化为鬼魂，不管我喜不喜欢，他都把故事留给了我。当然了，既然故事是我的，那么谁又会浪费精力去读呢？谁会在乎幽灵想说什么呢？

可是，我也算是一名职业写手，这是一个"神秘/悬疑"（按上架分类）故事，因此我想以古典方式用一个悬念开局，抓住读者的心，把读者变成人质，死也不肯松手，会让你汗津津的手指整晚狂热地翻动书页。大致如下：

所有事情开始的那个早晨，我打扮得像我死去的母亲，十五岁的女学生作为业务伙伴陪在我身旁，我打开一封来自死牢的信，发现一名连环杀手是我最狂热的崇拜者。

2

我多多少少算个职业作家,二十年间真真假假讲了很多故事。《淫欲》杂志辉煌期的老读者应该会记得我的笔名:荡妇密语。有印象吗?我有个情感专栏,主题是怎么摆布女孩,如何"攻陷"笃信宗教、性格高洁的少女,将她们变成百依百顺的性奴,又或者如何哄骗不肯配合的羞怯妹子,让她们做出疯狂的堕落行为,手段通常包括使用鞭子、皮带和花天酒地。星期天早晨,我的女朋友珍妮经常躺在我们的床上对着我的手稿狂笑,我则忙里忙外准备咖啡煮溏心蛋,她喜欢就着黄油吐司条吃溏心蛋。有时候碰到让我挠头的来信(亲爱的荡妇密语,我该怎么请办公室的姑娘在我身上撒尿,同时让我老婆拍摄下来呢?),或者我忙着代笔写其他东西(数不清的外包项目,例如老牌百万富翁的股市秘诀、明星驯狗师"写"的宠物饲养手册),她甚至会替我写稿。我们在珍妮的狗身上试过明星驯狗师的技法,但没有得到那些技法在芭芭拉·史翠珊的西屎犬身上得到的效果。(编辑——拼写错误?屎什么?)该死的杂种狗还是我一喊"不!"就往我们的床上蹦。不过我也成功地把很多效果不赖的工具(电击项圈、正强化理论、传统的胡萝卜加大棒的方法)塞进了变态性爱指南专栏。

事情发生时我已经追悔莫及,因为珍妮早就离我而去,住进布鲁克林一幢褐石豪宅，嫁给了一个真正的作家（所谓真正的作家，我指的是他功成名就，以真名出版真正的小说。珍妮和他合办了《破格子呢大衣》，这份杂志想问文学界一个问题：实验写作为什么不能像独立电影和非主流摇滚那样可爱、不咄咄逼人、既离经叛道又能抚慰心灵？）。我在《秋日优势一种》的封底看见了她的照片，这是她写的小说（事实上是两部小说，一部从第一页开始，另一部从最后一页开始，你一章一章或者一页一页地前后切换阅读，会看见一对情人的独立但平行的两个故事：他们一次一次互相错过，道路却在不停交叉，他们搭同一班地铁，梦境彼此交织，去同一家披萨店，吃同样口味的蘑菇馅饼，一个人的围巾被风吹走，被另一个人捡到……读到小说正中间的一页，两人终于在一个秋夜相遇于布鲁克林的一个街角）。再走两步，在"店员推荐区"，是她丈夫同样成功且开创新格局的小说《下界》（讲的是一个逃离家庭的问题少年发起高烧，在床底下发现了奇妙新世界。要知道，这个部分不但存在于页底脚注之中，而且还是上下颠倒的，这就更加有原创性和别开生面了）。直到此刻，独自站在博德斯书店里，盯着她的小说封底，像过去那样捧着她的面孔，望着她清澈的笑容，她纤细的脆弱的棕色头发，她略厚的下嘴唇、稍显鹰钩的鼻子和我敢发誓是金色的眼睛，一个念头划过我的脑海：也许那些咯咯笑声，那些皮鞭和项圈下的兴奋时刻，那些婉转奉承，其实都是在请求帮助，而我居然置若罔闻。假如当时我有勇气用我怀着爱意并坚定的手，抓住她柔软但同样坚实的臀部，像芭芭拉那样以温暖并坚定的声音命令她"留下"，也许事情就会大不相同，她仍旧会是《尊主的小骚货》，而不是《豪门混球的妻子》。

3

请不要误会我的意思。我并不是没有写过小说。要是我没记错,我一共写了二十三本。然后呢?互联网杀死了包括《淫欲》在内的整个杂志出版业,就像以前电视和电影杀死了书籍,就像再早些时候这个还是那个我不记得的什么东西杀死了诗歌。也可能是自杀。总而言之,变态佬终于不再阅读,我在色情业也就走到了头。还好《淫欲》的一位前编辑在一家科幻出版社找到工作,于是我又有了饭碗,用各种假名写书。(当然,是和色情写作不同的假名,以前我用过的名字不少,但主要是汤姆·史丹克斯,需要用女性笔名的时候则是吉莉安·盖索。)我的入行作品是佐格科幻系列。对我来说算是个过渡期,因为佐格是颗软色情行星,战斗场景之间穿插了很多性奴役、轻捆绑和色情折磨的段落。在我的想象中,这个地方一半未来一半远古,有城堡和星际飞船,武器是激光和利剑,巨乳蜂腰的女人和胸肌发达得离谱的冷酷的大胡子男人骑龙飞过导弹,举起兽角痛饮蜂蜜酒。我以 T. R. L. 庞斯特隆的笔名写这些书。《佐格的淫妇主宰》是其中最畅销的,但我觉得最有意思的是《佐格性爱机器人起义》,姑娘们在这本书里终于占了上风。我甚至在这本书的最前面写了题献词:献给 J。

然后我开始写内城非洲裔美国人小说,市场管这个门类叫

"都市体验"。这个系列的主角是个前特种部队上尉，阿富汗和伊拉克战争的老兵，受伤后染上毒瘾。他回到哈莱姆的家里，戒毒后成为一名尽忠职守的警察，不光彩的历史被揭穿后遭到解职。最后他当上私家侦探，或称独立承包人，以每天两百块外加费用报销的价码主持街头正义。我将他塑造成黑皮肤的犹太人，有埃塞俄比亚和美国土著的血统，名叫莫尔德凯·琼斯，外号贫民窟治安官。我署名 J. 杜克·约翰逊。从我本人和《竞赛》杂志的访谈中，读者得知"J"是约翰的缩写，但大家都叫我杜克。

再往后，我杀进吸血鬼小说，这似乎有潜力成为最日进斗金的门类。天晓得为什么吸血鬼狂热正在席卷书架。去巴贝书店转一圈，你会看见这种东西摆了好几码长。为什么？问住我了。大概和新一轮哥特/恐怖/工业夜总会文化的兴起有关。穿刺、黑衣、长筒袜，等等，我描写荡妇的本事恰有用武之地，我觉得我终于能讨生活了，因为文学事业正在衰落，为宅人和变态写地摊小说是唯一的出路：书籍成为恋物的主体，只有恋物狂还读书。

按照幻象出版社二十六岁的编辑所说，重点在于吸血鬼小说基本上都以年轻女性的第一人称叙事。就写作而言，我完全没问题，因为我化名"吉莉安·盖索"为《甜心》杂志写的许多短篇都这样开头："今天是我的十八岁生日，作为拉拉队的队长……"但碰到要署名和提供作者照片的时候，我傻眼了。

我的其他笔名没有遇到多少麻烦。T. R. L. 庞斯特隆是我本人戴上假胡须和黑框眼镜，衬衫底下塞了个枕头的样子。在我心目中，他——或者更准确些，他的读者是胖乎乎的宅男，我尽量让他显得比起他们更酷一点、更有点出息。J. 杜克·约翰逊的照片其实是我一个叫莫里斯的朋友的照片，他在我家这条马路上经营花店。他是不折不扣的同性恋，但也是个不折不扣的大块头，深黑色的皮肤，留着长而粗的发辫，有一张皇帝气度的大脸。要我说，J. 杜克·约翰逊就该是这副模样——强横、睿智，不买任何人的账。我不允许他在照片上微笑，因为他有酒窝和全世界最可爱的齿缝。我们给他穿上正装戴上礼帽，借了几个指环戴上，我请他和他苗条的越南男友盖瑞吃饭喝酒。酒过三巡，他又累又困，终于摆出饱经世故、威风凛凛、少他妈惹我的眼神，我按下一次性相机的快门。对 T. R. L. 庞斯特隆和 J. 杜克·约翰逊而言，模糊的黑白小照片就足够了。对于一切公关请求我都扔出这两张照片，再说我也没什么机会搞公关，这个你可以相信我。

可是，吸血鬼小说读者要的显然更多：更好看的照片，与作者更多的接触。还有，作者必须是女人，因为天知道为什么，读者（绝大多数是女性）只信任和真心相信女作者写出的第一人称女性吸血鬼故事。这位女作者最好相貌迷人，但不能太年轻也不能太瘦削。我死去的母亲就是这么掺和进来的。

4

首先要澄清的是她没有死。事实上她活得好好的,还住在皇后区我长大的那套两卧室公寓里。说来可悲(或许也挺可喜),最近我又搬了回来。说可悲是因为这地方总在提醒我,我这辈子的成就委实有限,仅限于小卧室到大卧室之间的十英尺。说可喜是因为汤包。我长大的这个犹太/意大利/爱尔兰街区先是被西班牙裔占领,后来不知怎么突然大转弯,几乎遍地都是亚洲人。于是就有了汤包。

汤包到底是什么?是汤里的包子吗?不,我的朋友。这么说吧,你点六只蟹黄猪肉的。几分钟后,汤包热气腾腾地上桌,鼓鼓囊囊的像几个小佛陀,裹着柔嫩的面皮摆在生菜叶子上。你可千万别咬。小心翼翼地提起一个放进调羹,在顶上慢慢咬开一个小口,热汤就淌出来了。没错,我绝对没骗你。包子里的热汤。这是奇迹,从其貌不扬的面团里淌出热滚滚的肉汤,正是这些东西赋予生命价值,让你有勇气坚持下去,哪怕只是为了再写一本小说。

刚开始写吸血鬼小说的时候我并不住在皇后区。我在曼哈顿上城租住二手房东的屋子。我搭七号线去探望母亲,带着她最喜欢的H&H盐焗百吉饼和盐渍鲑鱼,这两样东西如今都很难买到了,因为雅痞和富人纷纷从其他地方(例如欧洲和美洲)搬来，他们更喜欢烟熏鲑鱼和总体而言更加精细的食物。蛋奶酥、犹太馅饼和咔嚓咔嚓大嚼酸黄瓜的辉煌时代已经过去。萨拉米的古代英雄随风而逝。现在这个时代属于凡人和世俗的无聊食物。

我切开百吉饼，她取出盐渍鲑鱼和鲟鱼（我花了大价钱逗她开心），摆上她用了一辈子的雏菊花纹棕色盘子。我等她像平时一样问我"最近在折腾什么"。

这次我没有像平时那样回答"没什么"，而是说"我开了个新系列"。

"海盗？"她问。

"什么？"

"写的是海盗吗？"

"不，不是海盗。为什么要写海盗？"

"电视里的访谈说人人喜爱海盗，我以为你也会写点什么。我记了笔记。我的眼镜呢？"她摸摸头发，她的红发梳得像一丛高大灌木，藏一窝鹌鹑不在话下。

"谁会喜爱海盗呢？"我问，"从什么时候开始的？"她去卧室里翻找，我醒悟过来自己为什么要在她问"最近在折腾什么"的时候只是回答"没什么"。这是多年的经验。

她戴着眼镜回来，拿起电话旁的记事簿，记事簿和铅笔放在一个木制小架子上。"找到了。"她说。她撕下第一页递给我，上面写着"海盗"二字。

"并不是海盗，"我说，"而是吸血鬼。不过这不是重点。"

"吸血鬼？"她一脸怀疑，"你确定吗？咱们实话实说，你得在这方面使使劲。"和无数母亲一样，我母亲既是我忠实的守护者，也是我的死敌，而且她没怎么读过我写的东西。就我所知，我出版过的每一丁点文字在这套公寓里都有一份存档，尽管色情文学被塞在看不见的壁橱里，而不是和小说一起摆在她称之为"陈列架"的玻璃柜里。虽说她骄傲地向所有人展示我的作品，且绝不借给别人（"让他们去买！"），但她没有读过哪怕一个字，从几十年前我给她的那几个短篇开始就是这样。当时我有一小段时间想写严肃文学，而她的评论斩钉截铁："不合口味！"随便翻翻然后说："难怪谁也不想出版，你写的无非是失落的灵魂和悲惨的生活。我参加的图书俱乐部绝对不读这些。"当然，她说得对，完全正确。

我们坐下，开始夹百吉饼、番茄、洋葱、柠檬（向当代健康理念致敬）和费城掼奶油。我请她放心，吸血鬼非常流行，简直迎来了大复兴，我已经签了系列中第一本的合同。

"哈！"她说，像是吃惊于她还没有在大楼洗衣房听说这个消息，"谁知道呢？"

"重点在于我需要一个女人的名字。"

"艾丝美拉达如何？我一直喜欢这个名字。"

"不，我说的是作者。写这种书的通常是女人，所以我需要一个女人的名字。然后我就在想，呃，要是可以的话，用你的名字。我说的是你结婚前的名字。比较老派。"我母亲叫西碧尔，婚后当然和我一样姓布洛赫，但她真正的名字是西碧莱恩，家族姓氏是洛琳度，她母亲的家姓是高尔德。西碧尔·布洛赫挺适合在成人礼贺卡上署名，放在海盗故事里也像模像样。不过西碧莱恩·洛琳度-高尔德呢？这就是十足的吸血鬼风格了。

"行啊！"她说，"没问题。"

"还有……"我打量着她的红色鬈发，心想要费多少功夫才能拉直做成洛琳度-高尔德夫人的奢华发辫,"重点在于,我说的不止是你的名字。"

就这样,在艰苦卓绝的谈判之后,我母亲的名字和稍经修饰的容貌出现在了到目前为止的三本吸血鬼小说的封底和诸多杂志报纸上。我们将她描述为一位隐士,从不去公共场合,因此躲掉了所有需要露面的请求,她只尝试接受过一次电话访谈,因为系列第一本《暗夜的猩红血脉》出版后震惊坊间(尤其是我母亲),成了一本小规模(非常小)的畅销书。突然之间,有关我那对吸血鬼情侣亚拉姆和艾薇的闲言碎语——还有我母亲的照片——开始出现在聚友网和各种吸血鬼网站上。幻象出版社答应把下一张预付支票提高到四位数的中间水平,前提是"我"——言下之意,我母亲,我的暗黑女主人——配合一个叫"血族(Vampyre)网"的博客做一次电话采访。Vampyre 的拼写让我觉得很可悲,就像不死的政治正确女性主义。我当然去看了看血族网,除了五芒星、山羊头和为"吸血者和捐血者"配对论坛之外,我发现这个网站还有一份口吻严厉的警告:禁止一切针对性取向、种族、宗教及性别/变性的歧视、侮辱或"排他性"言辞。显然,血族尽管能长生不老、飞翔和撕开土鳖的喉咙,同时还很敏感脆弱,不愿被称为"傻蛋"或"基佬",他们在长出尖牙前在更衣室里已经受够了。

总而言之,我们定好访谈时间,仔仔细细做足准备。我用卧室分机听着对话,在记事簿上写下答案,交给我的年轻伙伴克莱尔,克莱尔再跑去交给我身穿家居服坐在厨房里的母亲。

然而,我最害怕的事情很快成真,因为不到五分钟她就宣称吸血鬼比起德国佬来"啥也不是",还说他们大部分住在宾夕法尼亚（事后她归咎于我的笔迹），对十字架有"情结"，能被银子弹杀死。

"那是人狼！"我站在卧室门口咬牙切齿道，发疯般地假装用木桩钉心口。

"嗯，对，"她对电话说，"大蒜让他们胃里反酸。"

经过这次，她谢绝一切采访。采访的请求确实不少，因为西碧莱恩·洛琳度-高尔德很走红，是迄今为止我最走红的笔名。不过在我的世界里，走红意味着三百五十页的小说能收四千五百块预付款，需要我每天绞尽脑汁想出十页书稿。天哪，我真不愿意去想只是为了付房租和通水电，我戕害了多少森林。对文学来说，我是壁炉。我是野火。我是美国小说的炼狱。

5

总而言之，假名流身份让我母亲很开心，我俩玩得不亦乐乎，给书迷回信，帮她做发型和化妆，选择服装和拍照。我很高兴我们至少拥有这段快乐的时光，因为小说第一部出版后三个月，她被诊断出患上淋巴癌。一年后——在这一年里，《猩红黑暗降临》和《黑色猩红，我亲爱的》出版，我搬回我小时候住的房间照顾她，帮她数药片，带她去做化疗，她终于不再需要为拍照而拉直头发，因为她的头发掉光了，我们买了一顶红色直发的假发——她在夜里悄然离世，而我就睡在隔壁。第二天中午我才发现，哪怕是癌症已到晚期，她依然习惯早起，而我睡得像头死猪，每天早晨总要被人推醒，然后灌上一杯黑咖啡。

这就是为什么接到死囚来信的那一天，我会身处中城的一家照相馆，戴着母亲的红色假发，身穿她的黑色"洛琳度礼服"（这是我们的叫法），化了浓妆，涂着口红、眼影、粉底和腮红——这些都是克莱尔的手笔，她陪我来为即将出版的《猩红夜雾》拍摄新肖像照。不消说，我挺像我母亲，只是没有一头红发。但话说回来，她也没有。我指的是她的天生发色。实话实说，我不知道她的头发原本是什么颜色，她自己恐怕也不知道。

克莱尔凑近我，呼吸间泡泡糖的香味钻进我的鼻孔，她聚精会神地皱着眉头，与我特别难缠的眉毛做着殊死搏斗。难缠的还有我油腻腻的额头、我胡子拉碴的突出下巴和我的喉结,但克莱尔巧妙地用衣饰、头发和一口袋我只知道弄得我很痒的各种小物件克服了这些困难。可是,我的眉毛尤其不服管教,而无论她使出什么说服手段,我都不允许她拔掉眉毛。

"实在太浓密了!"她自言自语道,小剪刀咔嚓咔嚓地剪着,"我好像在森林里迷了路。"

"别那么夸张。说浓密只是相对女性而言。"

"是相对人类而言。你母亲怎么那么和蔼优雅呢?"

有句话我不得不说,我母亲属于那种基本上不长眉毛的女性,只有一抹拿显微镜才能找到的淡淡毛发。她用写购物清单的彩色铅笔自己画眉毛。

"我的眉毛多半随了我老爸。"我供认道。

"估计耳毛也是,"她厌恶地皱起鼻子,"你应该写人狼的故事才对。"

她终于搞定了,想办法遮住我粗野的眉毛,然后在额头上画了两条女性的弯弯蛾眉。镜子里的我满脸惊愕,估计是被自己这张脸吓住了。

"你千万别乱动,不能皱眉头。"她说,于是我往后靠了靠,伸直两条腿。照片只拍胸部以上,所以我的礼服底下是牛仔裤和高帮运动鞋。

"给你,免得我忘了,"克莱尔收拾着她的背包,"我取了你的邮件。"

"谢谢。"我说。她有我的备用钥匙。邮件绝大多数自然是账单,也有几封出版社转来的写给西碧莱恩的信。也有写给庞斯特隆和约翰逊的,但寥寥无几。我有信必复,由我母亲(现在是克莱尔）署上西碧莱恩的名字,因为我相信人们能从字迹看出性别。这一摞信件的最底下还有一封信,上面贴着好几个邮件转寄签,记录了我在纽约日益减少的廉租公寓之间越来越彷徨的漫游历程。

"那个名字是谁?"克莱尔问,"我不认识。"

那封信的收件人是汤姆·史丹克斯,由《淫欲》杂志转交。回邮地址是新新监狱。

6

几年前珍妮和我分手的时候，更准确地说（我这是要糊弄谁呢），她甩了我的时候，我们争夺的财产只有书籍。我和她一起住了八九年（连这一点也有不同的意见），你可以把我们公寓里的（很快就是她的公寓了）藏书看作地理学意义上的地层，借此研究我和她的共同生活。头两个书架是两人单身时代的书库羞答答地合在一起，我的迪伦·托马斯贴着她的西尔维娅·普拉斯，我的巴尔泰斯亲吻她的威尔逊，我的博尔赫斯蹭着她的伊芙琳·沃，还有可爱的孪生拖油瓶：两本《弗兰妮与祖伊》，两本《微暗的火》，《问尘情缘》不知为何有三本。当然了，这些很容易分开，我们拆散它们，将我的那一份放进纸箱，气氛甚至称得上融洽。说起来，这些纸箱如今还在我母亲那幢楼的地下储藏室里。同样容易的还有堆在床头和书桌上的那些新书——她要评论的书、前途无量的年轻新作家的短篇集样书、压在亨利·詹姆斯上的《亚裔宝贝》第七期和《美臀精选》赠书。亨利·詹姆斯被读到一半，沮丧地躺在那里，像是无法面对我们的分手。最困难的是拆开我称之为"中生代"的共同藏书，那四年属于我们不朽的结合，我们不止一起买书，读的东西也一样，有时候——请原谅我——甚至在床上大声朗读。

"这是我买的？"

她拿着的是科塔萨尔的《跳房子》。

"对,"我说,"你是买给我的,忘了吗?"她皱起眉头,不敢确定。但我还记得。她买这本书是为了在去波科诺斯的大巴上读,我们那是要去她叔叔的分时度假公寓,当时她还觉得两个人默默无闻地过着穷日子就挺好。那本书牛得让我头晕目眩、天旋地转,晃得我睁不开眼——在上山的路上害得我晕车,整个周末在水床上晕船,我和她一起跳跃切换,一章又一章,跟随喝着马黛茶的二十世纪五十年代的浪子们穿梭于巴黎和布宜诺斯艾利斯之间。当时珍妮只想漂漂亮亮地为艺术死在我身旁,最好是死在标题离奇的章节里。我盯着镜面天花板中自己的面容,那张汗津津的苍白脸孔,汹汹而来的反胃即将吞没我,她递给我一杯嘶嘶冒气的胃药,请我向她求婚。

"你确定?"我说,伸出手去拥抱她,但身体这突然一动害得我撞到她的胸部,我们的脑袋碰在一起。"妈的,"我嘟囔道,"我觉得你叔叔把水床充得太满了。"

"我们彼此相爱,"她大声说,"还有什么更重要的?"

"很多。要是我一辈子都这么穷,只能勉强糊口怎么办?"

"我不在乎。"

"你不介意等我出版了第一本小说再举办婚礼吗?你知道我现在不能分神。"

"我不介意。"

"你明白吗?"我说——尽管嘲笑吧,嘲笑我当时有多么混账,因为以后在许多个苦涩的夜晚我已经嘲笑过自己——"你明白就算我们结婚了,我的工作也永远是第一位的吗?"

天哪,她多么喜欢这句话。甜美而悲哀的崇高感充满她的心灵。她抓住我的双手，好像我游泳时抽了筋，而她要将我救出滚滚潮水，我们漂浮于彼此的怀抱之中。"我明白，"她对我说，"要我换我也不换。"

"看来情况已经改变了。"七年（存疑）后依然贫穷和默默无闻的我坐在标有"俄罗斯小说"的纸箱上说。她翻着卷边的科塔萨尔，发现我们用来当书签的一片红叶。她把红叶递给我，仿佛那是一面易碎的小旗，标志着我的失败。

"对，对，我承认，"她说，"我变了。对不起。我已经三十一岁了，我要丈夫、住所和孩子。请原谅。"

我努力原谅她。我说："要是我现在说你别走，咱们结婚生孩子吧，你会留在我身边吗？"

她的怒火熄灭了，跌坐下去。"不会，"她悄声说，移开视线，像是有一只看不见的手扼住她的咽喉，"不行了，我们结束了。"

我沉默下去。她开始啜泣。为什么明明是她在伤我的心，却又是她在哭泣，而我在旁观，冷冰冰地一动不动，仿佛是我让她伤心？一滴泪水落在《跳房子》上。四十九页。我知道，是因为泪水干了以后，纸张因此皱缩，而我曾无数次地打开这一页重看。

"对不起，"她说，"但变了的是你。你曾经对一切都充满热情。写作。生活。一切。哪怕只是出去走走。现在我看不下去了。实在可悲。你最后一次写诗是什么时候？"她合上那本书，碾碎那片红叶。

7

好吧，我承认我写过诗。不，我根本谈不上好。我不会说我是什么受挫的悲剧天才。这也不是那种故事。事实上，和许多社交有障碍的成年儿童一样，我擅长处理字词而非人际交往，诗兴仿佛粉刺，在青春前期的某段时间突然爆发，到遇见珍妮的时候，诗意已经成了退化器官般的才能，好比花样洗牌和摊蛋饼，只在别人想看的时候才拉出来遛一遛。我每年为珍妮的生日写一首诗献给她，因为我买不起真正的礼物，就像有些人把通心粉粘在咖啡罐上做模型——结局多半也差不多，消失在布鲁克林的某个地下室里。

我母亲死后，我在她的床头柜里发现一个信封，里面是我写的最初几首诗，涵盖了我从八岁到十九岁的黄金年代。纸张皱皱巴巴，染有污渍，有些是手写的，有些是打字机打的。我意识到我的作品里只有这些她真心喜欢，甚至在电话里大声念给表妹萨迪听过。我读了一遍，它们当然都很普通，写的是秋天、时光和建筑空地，有一首格外让我皱眉头，居然是光明节奇迹。我的诗歌就是这样，仅有的两个读者也都离开了我。

可是——就像颠覆思想如今变成了听你点单后的低声咕哝的前无政府主义者，就像温顺的微笑背后永远在策划如何炸开保险库的银行柜员，就像不会寄出的激烈社论的作者，就像只会用视线施暴的性罪犯——我心底里还刻着一首秘密小诗，不被任何眼睛看见，不被任何嘴唇吟诵。在这里，在我用本名书写的真实故事里，我将行使我写诗的权利，而不会没完没了描写他妈的天气和沙发是什么模样。我不会假装知道包括我在内的任何人都在想什么，或者猜测我们做事的理由。就像诗人，我将只说我必须说的话，简明扼要。因为这就是诗歌的本质，用最少的词句传达最多的信息。我们诗人想什么就说什么，用的也是唯一能用的方式。举个例子，如果我说她的心黑如蜘蛛，那么事实就是这样。黑色。如蜘蛛。她的心。

8

对了，继续往下说之前，我似乎有必要先解释一下克莱尔是怎么回事。

尽管我在所谓职业生涯中如雪片般出版书籍，但绿色的票子见得可实在不多，所以我一路上也曾委身于各种其他工作，其中包括家庭教师。钱挣得不算多，每小时十块二十块，帮助归化入籍的新美国人提高书写速度，教习公共学校的"特别""天赋异禀"或"非同寻常"的孩子。我有常春藤联盟的证书（我知道，我知道，别说了），还有侥幸在GRE口语上得到的八百分（别太吃惊，我的数学才三百五十分），我向上城区的贵族私立学校申请担任课外教师。身为皇后区子弟，我只在电影里见识过这些学校的风采。大多数学校对我的电子邮件置之不理。少数几个回信的对我的电话又置之不理。只有布莱德利学校打电话叫我参加了一场压抑的面试，某位行政人员滔滔不绝地讲述他们的学生多么了不起，大多数都去了她坚持称之为"常青儿"的大学，还有他们多么不需要校外辅导，因为教职员"热爱帮助"孩子。我却不热爱，我一边点头赞同一边默默对自己承认。我甚至不喜欢孩子。我只喜欢交房租。

"我们这儿针对个人制定教学计划。自己设计课程表这样的想法难道不让你兴奋吗？"

"兴奋,"我说,"非常兴奋,极其兴奋。"

离开时我基本上断了这个念头。几个月后我接到一个自称彼得·纳什的人打来的电话,这时我已经完全忘了这件事。

"请问是哈利·布洛赫吗?"

"对,我是。有何贵……"

"好,我女儿的考试成绩不如预期。"

"唔。"我花了一分钟才想明白这是什么意思。

"你认识莎莉·舍尔曼吗?"

"呃……"这个名字不知怎么冒了出来,"布莱德利学校的那位女士?"

"对。你本周有时间吗?"

"让我看一眼时间表。"我说。我在厨房里正准备吃午饭。我看着碗里的番茄汤。寒冬腊月。我的日程表接下来三十年都有空。"我看看啊,星期四五点钟怎么样?"

"你怎么收费?"

我一阵眩晕。我每小时从没挣过二十块以上。我吞下一大口空气。"五十?"我的嗓音嘶哑,"通常收费五十,但如果……"还好他在我出卖自己之前打断了我的话头。

"好,只要这不是非常规收费就行,哈!这样吧,我让克莱尔打电话给你商量时间安排。我处理大事,她处理小事。哈!"

"别担心,我会评估她的长处和短板,制定令人兴奋的核心课程……"我胡言乱语片刻,才意识到他已经挂断了。

几小时后,我收到克莱尔的留言。她要不是先自报家门,我多半会误以为对我说话的是她的母亲。她说话时泰然自若,完全没有青少年的犹豫。她确认了我随便报的时间,说出她在上东区的地址。我发现她没有留下公寓号码,不过我觉得到现场看看信箱应该就能知道。五十块!难以置信的好运气,我不敢打电话回去,害怕毁了这个天赐良机。

星期四,我出现在那个地方,在刺穿我内衣的寒风中缩成一团。我明白了她没有告诉我按哪个门铃的原因:这个地址只有一户人家。从上到下五层楼都属于他们。我来得太早,顶着他们家的灯光瑟瑟发抖,前后踱步,区区五十块收费的荒唐感让我脸红。尽管已经不是新闻了,但某些人比我有钱得多的事实还是让我备感惊愕。

我揿下门铃,在寒风中又等了几分钟,克莱尔身穿系带比基尼来开门。她的头发非常直,颜色非常黄,眼睛非常蓝,小小的鼻子在布有雀斑的双颊之间只是微微隆起,还有一张小而滚圆的嘴巴。比基尼包着的身体(说是包着比基尼的身体更准确,因为比基尼的三小片三角形只遮住了最有必要遮住的地方)嘛,呃,属于十四岁的少女:没有脂肪,没有皱纹,没有任何化妆品。她就像还没从盒子里取出来的洋娃娃。她是全新品。

"嗨,请进。抱歉,我在晒太阳灯。"顺便说一句,她完全没有晒出颜色。实话实说,她的肤色白得让静脉透出了蓝色。我之所以看得清静脉,是因为她真的很瘦,我一只手就能握住她的大腿。她领着我离开刺骨的寒风,走进她温暖舒适的家里。"我心情不好。"

"很抱歉。为什么?"我边问边挣扎着脱下围巾、帽子和大衣。

"季节性情绪失调症。"

"哦。"

"太阳灯应该能改善心情。总之他们是这么说的。"

"哦。"我们站在大理石门厅里,大楼梯通向二楼,金属花纹仿佛银盘上的开胃小吃。我的手套掉了,我弯腰去捡,看见地上有四根橡皮筋,说不定是从几捆钞票上掉下来的。我不由自主地捡起橡皮筋。

"给你,"我很可笑地说,"橡皮筋掉了。"我递给她,她勉强收下。

"谢谢,"她朝左手边的双开门打个手势,"那是书房。我换身衣服,马上就来。要杯卡布奇诺什么的吗?"

"不用,谢谢。"我说,尽管我非常需要。

书房,如你所料,就像邦德电影里的绅士俱乐部:高耸的书架上摆满皮面精装书,巨大的火炉呼呼燃烧,带装饰扣的翼状靠背椅,斯诺克球台。一段长得夸张的等待之后,克莱尔走进房间。她换上了羊毛格子呢短裙、白色长筒袜、黑色漆皮鞋、高领白衬衫和红色毛衣。她的头发挽成马尾辫,戴着眼镜,手捧一摞书本和一把尖得危险的铅笔。换言之就是彻头彻尾的学生装。她走到我旁边,在书桌前坐下,脊背挺直,两膝并拢,打开课本,取出一张白纸,拿起铅笔,全神贯注地盯着我。

绝望。她要交一篇关于《红字》的小论文,包括引用必须凑满十页,得用三个例子证明结论,截止期是明天,但她一个字还没写。什么都没有。没有草稿。没有笔记。我甚至不确定她有没有读过那本书。

"让我看看。"我垂死挣扎道。我汗流浃背,好像快要交不上论文的是我,而她坐在那里,完全无动于衷,彬彬有礼地听我说话,用铅笔的粉色橡皮轻叩牙齿,眨着美丽的蓝眼睛。"你知道怎么写大纲吗？"我问。

"似乎有印象。"她说，"你向我老爸收多少钱？"

"什么？"

"每个小时多少钱？"

"五十？"

她叹口气，翻个白眼，说："你有两个哥伦比亚大学的学位，对吧？GRE考了八百分？"

"对。"

"你出版过小说？"

"呃……对。"

"有你这样的简历，你知道事务所会收多少钱吗？至少一百五。"

"真的？"

"你至少也该开一百的。"

"对不起。"

"听着，我跟你实话实说，"她说，"大体而言，我读书写文章都没问题。但我要上学，要打曲棍球、跳芭蕾、搞年鉴和各种不做就进不了像样大学的志愿者工作，我认为要我写一篇关于《红字》的小论文实在不切实际，我自己写顶多是马马虎虎过关，而我相信你睡着了都能写一篇非常像样的文章。"

"呃，不一定非常像样。"

"我们告诉老爸你是每小时一百块，他根本不可能记得，还有你需要每周来两次。谁知道呢，要是顺利，我可以把你介绍给我的朋友们。"

"但我好像不该这么做吧，这是作弊。"

"同意。从原则上说是作弊，但请让我们从现实角度研究一下情况。论文明天要交。我已经读过这本书——至少读了一部分。我对它有感觉有看法。非要我写也写得出。可是，每天只有二十四个小时，我又不能雇你替我打曲棍球，对吧？"

"哈。不，应该不行。"她的话有道理。

"我跟你实话实说，我已经找到办法在网上买论文了，而且价钱比你开的还要低，但我更愿意面对面做生意。另外，你看起来……呃，有点惨。"

"有那么惨？"

"不，只是普通的惨。还算可爱。你听了别生气。"

"你怎么看出来的？"

"你到得太早，在外面冻得发抖，但还是等到五点整才按铃。"

"你看见我了？"

"从日光浴室看见的。你不停地抬头张望，表情像是迷路的小狗。好像是被遗弃的小狗。"

"哦，"我说，"我明白了。"

我还能怎么说？我答应了，虽说不是立刻答应的。她花言巧语哄骗我，请我喝双份卡布奇诺，终于说服了我，我花了半个晚上写论文，然后去她打曲棍球的球场，在灌木丛背后碰头交货。没等我反应过来，我已经在替她写所有的论文了，同时还"辅导"她的几个同学。我们玩得天衣无缝：孩子向父母吹嘘我，父母欢天喜地掏腰包，孩子的成绩越来越好，我的收费也越来越高。

事情并不简单。优秀的作品从来不简单，还有那份质朴，想显得自然而然就需要真正的好手艺。比方说海明威，他用匕首削铅笔，还有穿睡袍的福楼拜，搜肠刮肚寻找一个合适的字眼。那就是我，苦思冥想《如果我是麦克白（或麦克白夫人），我该怎么做？》。诀窍在于成绩要好得恰如其分，比方说 B+：好得足够让父母开心，但还不至于让教师起疑心，琢磨一个打曲棍球的屎脑壳或者吃信托基金的滑板阿飞怎么会突然独占鳌头。

就这样，在我的伺候之下，查德·希克斯利三世总算明白了副词是什么，但过去式、现在式和未来式还是一团糟，都怪他抱着水烟袋吸了太多的大麻；还有达科塔·施坦伯格，他老爸大概是我家那片土地的主人，在结构和例证方面突飞猛进，搞清了"它的"和"它是"之间的区别，但还是喜欢使用俚俗口语，就像他的论文题目《最终论文，有除互联网之外至少三个信息来源》，他在论文里给出"超级牛"（《华氏四五一度》）、"有点随意"（《一九八四》）和"尖酸"（《美丽新世界》）的作品评论。克莱尔打理一切，只收百分之十五的手续费，很快"家教"成了我的收入大头。当然了，要是按单词计算稿费，这些是我这辈子最挣钱的作品。

我做家庭教师的时间里其实无事可做，克莱尔和我成了好伙伴，我们躺在家里，什么都聊。她听我说完我写过哪些书，得知我的稿酬是多么可怜，她气坏了。那会儿我刚好要续签两本佐格系列和三本莫尔德凯，日后的西碧莱恩系列的第一本也蓄势待发。

"合同签了吗？"克莱尔问，躺在靠背椅里，两条腿放在扶手上，就着弯曲麦管喝健怡可乐。

"呃，还没有正式签字。合同在邮箱里。"

"让我替你过目一下如何?"

"我说不准,克莱尔。我是说,这些是成人读物出版社,不是出少儿读物的。再说我已经同意了,反悔好像不太好。你说呢?"

她仁慈地笑笑,像是我又回到了她家门口,惨兮兮地打着寒战。"这些交给我来担心吧。你去写我对《杀死一只知更鸟》的个人感想。走的时候留下夹克衫,我让管家修理拉链。"

就这样,到了最后,我接下来的所谓人生的每一幕都有克莱尔联合出演。她一次又一次冒出来,显得她有多么必不可少。为什么?我说不上来。她不像我那样在乎她的同辈人。她母亲不知去向。她父亲是个混球。估计我填补了什么空缺。至于她在我的世界里填补的空缺……唉,这个伤口我就不往深里戳了。但我必须承认,她的高中马上就要进入最后一年,我已经开始惊慌,等她不可避免地离开以后,我该怎么办?

9

回来继续说拍照那天,我把监狱来信留到最后。说到底,我不当"荡妇密语"汤姆·史丹克斯已经好多年,还拥有这个身份的时候,收到"蒙冤入狱"的囚犯来信也不算什么稀罕事。色情物品就像脚癣,在见不到女人的男性聚集场所(监狱、军营、漫画书店、麻省理工昏暗的数学研究室)特别兴旺,囚犯有的是时间,不但可以阅读杂志,而且能够有所回应,甚至称得上沉迷,基本上只有孤独者、疯子和白痴才会这么做。这封信晚了好几年不算稀奇。监狱里什么都不过时,色情杂志属于要储藏、流传和交易的财富。最后一点,我不着急看囚犯来信是因为这件事对我毫无意义。其他写信的人,色情科幻或都市暴力的读者,要是你用签名照片或者随便什么鼓励一下,他们至少还会再去买几本书。说到西碧莱恩·洛琳度-高尔德的读者,这套书不但是我最挣钱的项目,有些热爱吸血鬼的女孩还相当可爱呢。

克莱尔和我有一个痛点,我打开最后一封吸血鬼书迷来信,用我的中指(恶魔手指)划破封蜡,我看见她多疑地皱起眉头。当然不是因为嫉妒。她的担忧完全来自商业:"要是有哪个生气的小妞在网站上揭穿西碧莱恩其实是条古怪的中年色狼,那可就全完了。"

她当然很正确,她说得对,可我还是愿意打开那些女孩在邮件里指引我去的个人空间和脸书页面，看着蕾丝和鲜血的画面，听着叮叮咚咚或哀怨叹息的音乐，感受这种忧郁而带有毁灭性的荒谬诗性。我见过红色和紫色的头发，青春后期的穿刺奶头，讥讽愤怒的不悦表情，浣熊般的鬼怪化妆背后是惊恐孩童瞪大的双眼，就仿佛在这个下层世界，你可以既是不敢睡觉的受害者，又是床底下的怪物。一个十九岁的姑娘怎么会认定她迷恋鞭打、捆绑、血族和"极限肛交"（天知道那是什么意思）呢？她为什么会允许别人给她扣上钢铁腰带，用假尖牙啃咬她的脖子，看着她真正的鲜血滴进银质圣餐杯？是什么社会、精神、性欲的力量能让一个健康的年轻女人变得如此扭曲？我不知道，但我很想找到答案。

克莱尔禁止我去寻找答案。"别和怪人搅和在一起，"她告诫道，像是已经第三次离婚的女人，"他们到最后总会让你害怕。"这么说似乎挺有道理，但坐在照相馆的灯光下，汗水浸湿了礼服和假发，摄影师正在研究这次要怎么拍我，这个念头显得有点无关紧要：我还能害怕到哪儿去？克莱尔走到相机后和摄影师商量，我对着镜子端详自己。和以前一样，这张脸让我不安。

经过增光、电脑处理、上色和印刷，照片估计还能入眼：一位和蔼但有些严厉的老妇人。但在原始格式之下，被这些灿烂的白炽灯照着，我显得惊恐万状。我们都是父母的基因组合，但此刻的我更像是弗兰肯斯坦博士的造物，是疯狂的克隆实验出了岔子的产物。我母亲生前相当有魅力，哪怕后来上了年纪长了体重，可爱的脸蛋还是始终如故。我有一部分像她，但加上我父亲的大鼻子、尖下巴和难处理的眉毛，这张脸简直是个廉价的恶作剧。也可能——也许更可怕，因为我不太记得我父亲，只在梦中和照片里见过他——我就是我父亲，年龄比他早逝时还要大，在噩梦中戴着我母亲的头发、眼睛、嘴巴和胸部杀了回来。我不像我父母的后代，更像他们的灵媒：鬼魂进进出出我的肉体，两个灵魂彼此交融。有时候，哪怕不穿这身女装，只是走过镜子或橱窗时我也能看见，见到的东西让我难以呼吸：我母亲临终前几个月的面容，病痛让她神情冷峻，癌症吞噬了她的女性特征，她看起来很像我。我是我垂死的母亲。我是我的父亲——假如他活到了年华老去的时候。

"喂，你们在等什么？"我问，逃出镜子里的深渊。

"稍等片刻，"克莱尔说，"你的鼻子上有一块黑影，我们正在想办法处理。"

"祝你们好运。"我说，尽量不去看镜子（已经见到了父母的鬼魂，天知道这次会见到什么）。我掏出最后一封书迷来信，沿着封口撕开。信很短，用蓝墨水写在活页纸上，笔迹属于聪明的四年级学生，松散的文字爬出格线。

"我×！"我叫道，站了起来。

"哈利。"克莱尔斥责道，因为灯光已经全部就位，我乱动很可能让鼻子的问题雪上加霜。

"我×！"我挥舞着那封信，"快来看。"

她接过那张纸，读了起来：

亲爱的汤姆·史丹克斯：

我是《淫欲》的忠实读者，我认为你很会写，杂志也很好。我有一个商业提议给你。有很多人出钱请我把我的故事卖给媒体，但我从没讲过我真正的故事，讲过完整的真相，那些人遇到了什么事情。我说的是"一切"！也许你可以和我合写这本书？肯定会大卖特卖。要是有兴趣讨论就来见我。我有一些条件。

您忠诚的达利安·克雷

"达利安·克雷？"她回想着这个名字，忽然瞪大眼睛，"不是那个砍头怪客吧？"

"就是他。"

摄影师喊道："好了，我准备好了。"克莱尔没有搭理他。

"我可记得一清二楚。"她说。

"怎么可能？那时候你才五岁。"

"我老爸娶了个模特，虽说婚姻只持续了二十分钟吧，但我记得她吓得屁滚尿流，她拍完夜景后老爸得去接她。"克莱尔低头看着手里的信。"真是难以置信，我碰到了他摸过的东西。你一定要帮他写这本书，"她咧嘴对我笑道，"太带劲了。"

"我还没答应呢。是不是真事都还难说，咱们走着瞧。"

摄影师走过来，点燃香烟，说："不好意思，克莱尔、洛琳度-高尔德夫人。也许你们不在乎，但这次拍摄已经完蛋了，因为鼻子又回到原点了。"

克莱尔把那封信递给他，说："给你也看看吧。达利安·克雷。"

"我的天，那个拍照狂魔？"他扫了一眼信件，喷云吐雾，"我记得很清楚新闻说他落网那会儿我在什么地方。我前妻的仓库公寓。当时我正在烧韭葱和马铃薯汤。我有个朋友认识一个见过那些照片的人。呃，总之他这么说来着。"他把那张纸还给克莱尔,"不过这个太病态了,你别接。"

"他当然要接,"克莱尔说,"必须接。"

"好吧,要是他非接不可,"他问克莱尔,像是我根本不在场,"作者照片能交给我拍吗?"

10

向克莱尔这种出生没多久的、刚刚来到这座城市的人，或我母亲这种宁可不知道这些事情的朋友介绍一下情况：达利安·克雷，江湖人称"摄影迷"和"拍照杀手"，于一九九六至一九九七年间在纽约市绑架、折磨并残酷杀害了四名女性。这位狂性大发的艺术爱好者强迫女人摆姿势供他拍照，然后杀死她们，肢解尸体，将尸块（更准确地说，大部分尸块）扔在皇后区和长岛各处的垃圾箱里——只有头部除外。

照片在他被搜捕期间被寄给警方，也许是为了嘲笑，也许是希望能在找到各个女孩的尸块时公之于众。尽管照片没有向大众公布，但媒体用来形容的字句包括"令人毛骨悚然的造型""可怕的场景调度"和其他栩栩如生的恐怖术语。我记得那几个月，歇斯底里的情绪在这个城市逐渐累积，每次杀戮都让恐惧和愤慨更进一步。小报的血色头版标题喊得声嘶力竭，电视播放警方的素描，警告女性注意铅笔画像中可能是五十岁以下的任何一个白人罪犯。一个专门热线的设立使得群体惊恐愈演愈烈，因为虚假目击、虚假指控和虚假自首接踵而来。市政府会议开得火药味十足，萨菲尔警务专员和朱利亚尼市长焦头烂额。市长安慰大众说只有少数女性——年轻貌美的模特——才真正需要担心，这下可算是捅了马蜂窝。有委员会义愤填膺地讨论物化女性的问题，我们色情业自然被指为同谋，时尚业和广告业陪绑，因为我们不知怎的让砍杀女人变得"可以接受"。我承认，当时这个念头确实让我惊恐。我总能看见一摞染血的《淫欲》杂志，封面标着我的名字。不过正如珍妮在我无法入睡时安慰我说的，我们的一般读者群其实只是半夜上厕所的孤单保安，还有一边在车里蹲守凶手露面一边吃甜甜圈的警察。多年以后的今天，我却有了疑虑。

第五个女人诺琳·维拉诺波利斯打电话报警，声称有个可疑的男人企图哄骗她当他的模特，克雷终于落网。审判时他不承认有罪。他坚称所有遇害的女性全是自愿接受他雇用的模特，离开他的地下工作室时都心情愉悦、毫发无损。陪审团听得很恶心，受害者的亲属更是拒绝承认。在他家地下室发现的 DNA 证据（毛发或血迹）将他和受害者联系在了一起，证人指证他（或一名符合其相貌特征的男子）在绑架地点附近出现过两次。克雷银铛入狱，不允许保释，经过漫长而熬人的庭审后，所有指控均落实有罪，他被判处死刑。他最近这十年一直在死囚牢房，消耗剩下的上诉机会，孤零零地坐在牢房里——按照这封信说的，他花了很多"自由"时间阅读我用化名写的色情作品。

克雷始终没有坦白。那些头颅仍告失踪。

11

从照相馆一回来,克莱尔就开始搜索资料,再来找我时变得更加热忱。这事情显然有利可图。

"假如他向你独家坦白,我们就能拿到六位数。"克莱尔说,"这还只是预付款。会出平装本,这种书通常走的超市渠道主要卖平装本。小报会登你的书摘。谁知道呢?搞不好能系列化。"

"别用那个词。"

"什么词?"

"系列化。"

"哦,好的。"她很兴奋,扭来扭去,这儿拍拍那儿摸摸,看不见平时的泰然自若,总算露出了孩子气。她涨红了脸,瞪着眼睛,瞳孔放大,说是性欲勃发都可以。我尽量假装没看见。"还有电影拍摄权。DVD。有线电视。普通电视。"她像唱歌似的吐出这些字眼,看我的眼神甚至有了一点尊重,就仿佛我或许能引来财富和文化货币,无论机会多么渺茫,都给我笼罩上了不一样的光环:假如真正的文化力量和权力能受我吸引,那么我肯定在某些更深刻的虽说肉眼看不见的方面拥有一定趣味。

"你这么起劲到底是为什么?"我问。

"少来了。"她说,"家教季节即将结束,让我和你一起弄这个吧。"

"咱们走着瞧。"我尽量维护自己,"也许你可以在旁边观察我——假如事情能成真的话。"

"酷!"她说,"我来算几个数字。"天知道那是什么意思。会有什么区别呢?她反正从来不听我的。

接下来,我不得不和监狱管理局走完一整套无聊的手续,留我的指纹,核实我的背景情况。我收到一份指南,列举什么东西不能带、什么事情不能做。最吓人的是"别穿帆布衣服"。那是因犯的制服,万一发生骚乱什么的,警卫会尽量不朝穿灯芯绒的开枪。

我还会见了克雷的辩护律师卡罗尔·弗洛斯基。她的办公室在公园街,离法院不远,所在的大楼要我说已经老朽但很有律师味道:电梯吱吱呀呀,走廊昏暗,一度华丽的大堂地面缺了黑白双色的八角形瓷砖,换上的一律是浅绿色的方块浴室瓷砖。她的办公室里,书本和文件从地板堆到天花板,平底锅叮叮咚咚接着漏水,但这个房间很宽敞,摆满大件家具,全都是皮革和实木制品,隔着广场能看到整幢法院大楼。开门的姑娘同样美得惊人。

她满头黑发,身材娇小而匀称,打扮时髦,戴着眼镜和发卡,穿黑色羊毛正装。她介绍自己是法务助理特蕾莎·特雷奥,然后领我去见卡罗尔·弗洛斯基。卡罗尔外表邋遢,金发,五十多岁,穿羊毛衫,眼镜塞在头发里。她从办公桌前起身,抽着烟,挥手叫我过去。我伸手想和她握手。

"很高兴认识你。"我开口道。

"他妈的滚!"她叫道。

"什么?"我愣住了,脸上的笑容渐渐消失,手还软绵绵地举在半空中。

"对,对。"她说,对我摇摇头。我意识到她的交谈对象不是我,只是用眼睛看着我,嘴巴对着蓝牙听筒在说话。她不耐烦地朝堆满文件的椅子打个手势。我搬开那些文件坐下,把文件放在大腿上,假装被房间里唯一的艺术品吸引住了,那是一张老套的黑白照片,拍的是雪地里掉光了叶子的树木。桌上有个比餐盘还大的烟灰缸,里面塞满烟头,房间里一股陈腐的烟臭味,仿佛这儿是彻夜熏制火腿的作坊。

"完全是狗屁!"她对着我的脸吼道。

我微笑点头。

"太对了,你个傻蛋!"

感觉有点奇怪,我傻乎乎地坐在这儿,她直勾勾地瞪着我大喊大叫:"对!不对!放屁!×!"于是我转向窗户,望着法院门前的台阶。那天风很大,加深了我和世界隔着一层玻璃的感觉,我就像在看一部无声电影。人们艰难爬坡,身体拉直、摇摆,头发和裤子在风里飘动。礼服和长裙发狂般地勾勒出女主人的曲线。一顶帽子滚下来。一个塑料购物袋盘旋飞腾。

"好吧,我跟你实话实说,"弗洛斯基说,"我觉得这事情臭烘烘的。"

我不确定她在对谁说话,于是好奇地指了指自己。

"对,就是你,"她用长指甲指着我说,"恶臭。"

"啊,"我尽量不予置评,"我明白了。"

"但达利安想这么做,那就只好是你了。"她挥挥香烟,烟气在空中画出一朵小菊花,她坐下去,若有所思地狠狠吸了一口,"咱们先把话说清楚。我对他要和你讨论的事情一概不知情,往后也不会知道。谈话内容仅限于你们之间。"

"好。"

"可是……"她站起来,我吓得一抖,"有几点我们必须先谈一谈。第一!"她竖起大拇指,"他建议和你五五分成,我想你应该没问题吧。"

"当然没问题。"百分之五十已经非常慷慨了。克莱尔要我叫价百分之三十五、二十五就可以成交。按照她的解释,克雷的份额将用来结清债务,包括高额的律师费账单,然后悉数转为受害者赔偿金,因为他不能从罪行中获利。我说:"非常感谢。"

"别谢我,"弗洛斯基答道,"又不是我的钱。"现在还不是,我心想。她竖起两根手指。

"那么就有第二条了。他告诉你的哪怕一个单词,你得知的所有事情,他妈的林林总总都不允许出版、转告、在访谈中讲述、泄露或以任何方式对外散播,直到克雷先生自然或非自然死亡为止。言下之意是,如果我能得逞,你将有很长时间都见不到一个子儿。"她微笑道,"当然,我也一样。"

我尽量报以微笑,但她忽然变得面无表情。"哈啰!"她说,"哈啰?"她敲敲话筒,"杰克,王八蛋,你他妈要搞什么名堂?"

我挥挥手,点点头,后退离开。特蕾莎·特雷奥正在噼里啪啦敲键盘,塞着耳塞,没有和我交谈也没有抬起头,于是我自己出去,回家向克莱尔报告。

"该死!"听我说完我的遭遇,她说,"就知道肯定有名堂。"她很喜欢五五分成那部分,说它"美得很"。可是,如果克雷的死刑判决被推翻,或者得到减刑,或者无限期推迟,那么我就什么都拿不到。然而,克莱尔去咨询的律师帮她冷静了下来。他们说克雷已经死定了。他的案子已经走完了全部过程，处决日期定在三个月之后，他基本上只有死路一条。只有州长下令才能救他一命，但那在政治上是不可想象的事情；或者找到新办法上诉，但那在法理上没有任何基础。也许正是因为这样，他才决定开口，卸下良心的重担（假如他有良心的话），离开这个世界时可以了无牵挂，把这些东西一股脑留给我。

12

我搭夜班火车去州北。我要一早赶到监狱,登记手续烦琐复杂,因此我决定干脆提前一晚动身,在监狱附近找个旅馆过夜。第二天搜身检查过后,我就能见到达利安·克雷了。

直到坐上去新新监狱的火车,过去一周的紧张和兴奋渐渐消散,更加发自肺腑的紧张和兴奋开始浮出水面:我正要去会见一名多重杀人犯。我即将会见一个恶魔,甚至有可能为他做事。这个恶魔可不像我十四岁打工时遇到的健康食物店老板,那家伙的刻薄仅限于逼着我刷洗面筋机罢了。克雷是真正的恶魔,属于那种非人类的恶魔。他和一般的罪犯不同。普通罪犯做坏事是出于自私或愚蠢,恐惧或憎恨,总之都是普通的人性弱点,不难理解。克雷却不一样,他是与众不同的异类。无论他犯罪的根源是什么,他都踏过分界线,抹杀了自己的人性,因此变成了魔鬼。

我害怕和魔鬼见面。我承认。我在车上坐立不安,惊恐得可笑,就像鼓足勇气接近鬼屋的孩童,在光天化日之下按理说什么也不该害怕,又或者就像我们去看玻璃鱼缸里的鲨鱼,一步步后退只是为了以防万一。害怕还因为我将要踏入监狱,哪怕只是以访客的身份。他们再也不放你出来的可能性永远存在,对吧?还有更深层的恐惧——玷污:迷信、原始,但正因此而难以动摇,害怕邪恶会传染,与魔鬼接触会对我造成损害,会对我的

"灵魂"造成不良影响。

说实话，我其实挺想回家，钻进已经被我改造成书房的旧卧室，在我写下那些幼稚诗歌的书桌前坐下，幻想从佐格去某个温暖潮湿的星球旅行，那儿的居民用面具遮住头脸，靠生殖器官辨认彼此，或者琢磨如何争分夺秒阻止有史以来最大一批强效可卡因运达哈莱姆，揭露秘密策划阴谋的白人政客。挡住这些人渣去路的只有一个人：莫尔德凯·琼斯。

窗外黑夜降临，列车向北疾驰，城区变成村野，我们似乎渐渐回到冬天的怀抱。外面仍有积雪覆盖死气沉沉的农田和悄然无声的建筑物，还有电话线和围栏柱。树木光秃秃的，只有松树除外，它们是黑暗中的一团团黑影。群山依然冰封，天空无比晴朗，星辰不计其数。我对面是法务助理特蕾莎·特雷奥，她背对着列车前进的方向，我要是这么坐非得晕车不可。

特雷奥带着几份要克雷签字的文件，她同时也是我的向导，告诉我怎么去旅馆和监狱，陪我完成登记手续，不过我和她将分别会见克雷。她从商务装换成牛仔裤配风雪衣的旅行装，不过车上很热，她脱掉风雪衣，底下是一件松松垮垮的美国公民自由协会运动衫。背包上的像章催促我去"中东散播和平"。我还注意到一点：她并不害怕。

"你不怕吗？"我笑着问她，"走这么一趟？"

"不怕。"她说，"你要是动歪脑筋，我有胡椒喷剂。"

我哈哈大笑道："你明白我的意思。去监狱见一个凶手。"

"你指的是一个遭到错判的人。我为他的律师工作。"

"好吧，对不起。总而言之，我的意思是……"话题越扯越远，我开始后悔。我更愿意闭上眼睛装睡。也许还要打两声鼾。

"我的意思是肯定很有趣吧？我是说身为律师，你需要跟各种罪犯和讨厌鬼打交道。"

"比方说色情写手？"

"哈！"我又笑道，"说得好。连中两元了。我是混球，这我知道。我没办法。你是律师，应该能有同感。"

她没忍住，露出一丝笑容。一丝几乎看不见的勉强笑容。

"总之，"我耸耸肩，"管他的，就这样吧。"我转身盯着窗外。树木。积雪。星空。视野内一切都是一个模样，也许我们根本没有动过地方。

"其实我还不是律师。"她说，"我还在见习期。我是志愿服务的助理。"

"是吗？为什么要跟弗洛斯基？"

"因为我认为死刑很野蛮，因为就算克雷——还有其他死囚——确实有罪，确实杀了人，但我们杀死他们也同样是犯罪。一个社会不可能既这么做，又自称它是文明的。"

"我们几时是文明人了？"我问，"这一点很值得商榷。当然，我并不赞成死刑，"我飞快地加上一句，"我也反对。州政府掌握这种权力让我不太舒服。死囚区可没几个有钱的白种人。"

"没错！"她叫道，坐直身体，总算显得热络了起来。

"可是，"我忍不住又说，"我忍不住要想，有人杀死了那些姑娘，有人做了那些坏事，这个人很邪恶，那么，这个邪恶的杂种难道不该去死吗？"

"唔，如果你有这种想法，如果他很邪恶，活该去死，而你自认是个好人，是个文明人，又为什么要接这个活儿呢？"

"你为什么总这么说？谁说我是好人了？"我问，"我只是个码字的。别担心，等你当上律师就会明白的。"

她翻个白眼，笑容消失，收回先前伸出的小小一截橄榄枝。谈话到此结束。她从包里取出眼镜戴上，开始读西碧莱恩·洛琳度-高尔德的《猩红黑暗降临》。

我这是第一次见到别人读我的书。我当然知道肯定有人在什么地方读它们，我承认早几年我甚至会去书店，到书架上找我的笔名，然后像观鸟似的在附近逗留，等待名为读者的怪异物种飞过来选中我的书。但这种事没有发生过，一次也没有，我的假想读者始终是一团模糊的黑影，比我创造的角色还不真实。

我的第一个念头是告诉她，但立刻意识到让她、她的老板或克雷知道我是谁或我有什么身份恐怕不太明智。再说她多半也不会相信我。再说要是她相信，但认为我写得很烂怎么办？

我清清喉咙，尽可能随意地问："写得好吗？"

"什么？"我似乎很烦人。

"那本书，写得好吗？"

她点点头。我觉得这比说不好当然要好，但不怎么让我满意。

"写什么的？"

"什么？"我这会儿显然是在骚扰她了。

"写什么的？"

她对我射出能杀人的眼神，叹息道："吸血鬼。满意了？"

"唔，有意思。"

"喂，荡妇密语先生，你少对我的选书口味指手画脚。"

"我没有，也不会这么做。其实我听说她的书相当不赖。"

她抬起头，看着我的眼睛，想判断我是不是在取笑她。

"我认为她很了不起。"她说。

我估计我多半脸红了。我知道我必须垂下眼睛。她是我的书迷,我心想,真正的书迷。我的书迷。然后,因为我实在按捺不住,就像我看书时忍不住要往后翻,我必须去想接下来的这件事。虽说我真的不该去想,但我忍不住。身为作家,身为诗人,哪怕是最糟糕的诗人,这是我的天职。尽管我和特蕾莎开过玩笑,但我们诗人确实是蛮子:文明依赖于压抑,而诗人总要往下想,无论多么不该想,无论多么不该说出口,我们也非得说出来,哪怕只是悄然无声地说,用文字说,对自己说。于是我看着特蕾莎·特雷奥,心想在牛仔裤和松松垮垮的运动衫底下,有没有什么粉红色的软肉穿了洞眼,有没有什么柔嫩之处需要轻轻啮咬。

她读着小说,我尝试在脑海里陪她沿着故事线前进,猜测她会什么时候微笑什么时候皱眉。在刚开始的几个章节里,我的女主角萨莎——主修考古的大学生——得到纽约的一份暑期实习工作,为一对避世隐居的富豪夫妇整理藏品。我很高兴看见特蕾莎正全神贯注地读着这个部分,皱起眉头,用手指把玩头发,有一次甚至咬住丰满的下嘴唇,流露出夸张的同情,因为萨莎来纽约后的第一晚,去中央公园散步险些遭到强奸,还好有条野狼赶走袭击者,她因此得救。可是,就在我们(特蕾莎、萨莎和我)踏上神秘夫妇的优雅排屋的台阶,悬疑气氛应该近乎无法忍耐的那个时刻,她却突然合上书开始睡觉。她合上黑色的睫毛,一根细长的手指夹在书里做标记,直到我们抵达奥西宁,这里的地面有新鲜的积雪。

13

摘自西碧莱恩·洛琳度-高尔德的《猩红黑暗降临》第三章:

我遵照指示,在日落后赶到这里。天空开始落下细雨。我站在排屋的台阶上,攥着手提箱,周围的一切美得超凡脱俗:萨顿官酒店雾气朦胧的路灯,黑沉沉的天际线,雨点无声地消失在河面上。我,萨莎·伯恩斯,一个小镇姑娘,居然受邀来整理亚拉姆和艾薇·维恩夫妇的私人藏品。斯克内克塔迪从未显得如此遥远。恐惧突然袭来,我想逃跑,想冲回佩恩车站,跳上第一班回家的火车。只是紧张而已,我告诉自己,但感觉上不是这样,那是一种原始的动物本能反应,就像老爸的猎狗闻到美洲狮的气味。就在这时,还没等我揿下门铃,锁就咔嗒一响,厚重的大门缓缓打开。我小心翼翼地走进去。

"欢迎。"一个有点异域口音的低沉声音从我看不见的地方传来,"请进。"

这个天花板很高的长形房间极为华美,两端都有壁炉在呼呼燃烧。枝形吊灯绽放光明。从地板到天花板的书架上摆满古语撰写的珍本书籍。摆设很少,只有一两块波斯地毯和几件保存完好的古董，房间一角是一架三角大钢琴，盖子上放着一把小提琴。一个男人从暗处走出来。他又高又瘦，全身黑衣，头发过早地变成了灰色——这是我的估计，因为他那张坚毅俊美的面容顶多三十五岁。他额头宽阔，肤色黝黑，贵族气的鼻梁挺直。与这些不相配的是他丰满得甚至有几分女气的嘴唇、一道从左太阳穴延伸到下巴的伤疤和深陷的绿眼睛，他的眼睛仿佛在眼窝里燃烧，就像从未被光线照亮过的矿井里沉睡的宝石。

"我是亚拉姆。"他握住我的手，"很高兴你能来，请允许我向你介绍我的妻子。"

他打个手势，我惊呼一声。不知什么时候，一个女人陡然出现在我身旁，就仿佛是烟雾凝聚起来的。她可不是什么普通女人，而是我这辈子都没见过的美丽人物。大家会说我挺可爱——瘦削、金发、蓝眼，田径队里跑得最快——但我绝对不会用迷人或性感形容自己，这位女士让我觉得自己像个假小子。她身材高挑，外形艳丽，黑纱长裙包裹着成熟的曲线，乌黑的头发披到臀部，白皙而完美的鹅蛋脸上嘴唇血红，有一双全世界最哀伤、最美丽的眼睛，仿佛两滴即将落下的泪水。

"晚上好。"她说，"我是艾薇。你远道而来，肯定很累了吧。我先带你去你的房间。"

接下来的几天一晃而过。非常愉快地一晃而过。白天我单独在图书室帮助归类那些无与伦比的藏品。我从没见过这么多文物：不但有苏美尔、古埃及、阿拉姆、希伯来和非洲的，也有中国、日本和印度的。听起来很死宅，但打开这些珍宝的包装,用紫貂毛的小刷清理灰尘,我简直像是进了天堂。只有两个念头让我烦恼:第一,为什么这些无价之宝从未见过天日和留下记录?第二,为什么要选我?没错,我在一所很不赖的州立大学念考古系,但我接触过的项目顶多是在发掘现场称量易洛魁族的箭头。

亚拉姆解释说他们想保护隐私,不希望他们所藏物品的风声外泄。另外,他们觉得我这种年轻人的天真很可爱。他们说他们对生活很厌倦,坐在盛宴前看着我狼吞虎咽地吃松露和鱼子酱,但自己连一口也咽不下去,葡萄酒也只是沾唇而过;而我完全是"厌倦"这两个字的反义词。他们很有魅力,能讲十几种语言,两人的象棋都有冠军水准,能用钢琴和小提琴彼此应和,随着情绪改变曲目,从巴赫到勋伯格全不在话下。他们比赛看谁背出的莎士比亚的台词更多,但在黎明时分以平局告终。

我承认,我从一开始就迷恋上了亚拉姆,但压根儿就没动过他有可能注意到我的念头。我对艾薇的感觉比较复杂。我从没考虑过我会和一名女性共谱恋曲,但她那么美丽,那么优雅,那么聪慧,从某种神秘莫测的角度说那么悲伤,另一方面又那么坚强和专横,几乎更像个男人。我实在不知所措。

一天夜里,她带着红酒敲开我的房门,解释说亚拉姆出去了。他们似乎从不离开这幢房子,于是我问亚拉姆去哪儿了。

"打猎。"她说,用低沉的嗓音哈哈大笑,我不得不放弃这个话题。打猎?在纽约?她指的是其他姑娘吗?所以她才这么悲伤？假如这是他的取乐方式，那么我想恐怕很少有谁能拒绝。我能拒绝吗？我想拒绝吗？有一瞬间我记起公园里扑向袭击者的那头狼。那头野兽似乎也有一双绿眼睛。

"你难道不请我进门？"艾薇打断我的沉思。我笑着摇头，驱散那幅画面。

"哎呀！"我拉开门，她轻盈地跨过门槛。

那天夜里，我们聊天说笑，听音乐喝酒——至少我喝了，接下来我肯定睡了过去，因为再醒来时周围一片漆黑。我的感官渐渐适应黑暗，觉察到旁边有人。强有力的手抚摸着我的面颊，呼吸的气流打在我嘴唇上。亚拉姆？我心想。我知道这么做不对，但我无法抵抗，我张开嘴，迎接那贪婪的一吻。我张开手臂……摸到长发和一个美丽女人的温暖躯体——是艾薇！

我们拥抱在一起。我告诉自己这只是一个梦，第二天早晨我开始思考这到底是不是真事。但事情继续发生：白天整理书籍和积灰的古物，夜晚躺在靠垫上听舒伯特，然后艾薇会偷偷摸上我的床，用手指封住我的嘴唇，不许我提问。

"今晚不行，亲爱的，我求求你，"她耳语道，"不要打断我们共度的良宵。"我估计自己是昏头了，没法理智思考。就像中了咒语。我从没遇见过他们这样的人。有一天晚上，我看见他们在会客室击剑，这时候我才意识到他们有多么独一无二。

没错，击剑，就是两人持剑对决。我走下来，想听一晚上的莫扎特，却看见他们手持长剑互相劈刺，头发飘扬，汗水四溅。他们时而突进时而翻滚，时而跳过沙发。他们时而前刺时而闪避，时而碰倒座椅。我有一瞬间想到他们也许是在为我决斗，但两人似乎并不在乎我的旁观。最后，亚拉姆大吼一声，像豹子似的扑向前，花剑深深刺入艾薇的胸部，位置就在我几个小时前还在亲吻的雪白双乳之间。这一幕让我惊恐万状。艾薇踉跄后退，撕开礼服，大声呻吟，花剑就留在胸口，亚拉姆无动于衷地看着，脸上露出残忍的笑容。我惊呆了，无法动弹。艾薇撞在法兰西第二帝国样式的小茶几上，旋即倒地。

"艾薇。"我叫道，跑向她。但就在这时，她从茶几抽屉里取出一把大号手枪，扣动扳机，击中亚拉姆的心口。我看见亚拉姆的胸膛开了个窟窿，他倒地不起，艾薇叹了口气，在我面前堪称无价之宝的地毯上死去。我跪倒在地，泪流满面。忽然，艾薇抬起身体，给了我一个吻——深深的一个吻，吻在我的嘴唇上。我惊呼起来，死去的女人在我身下大笑。

"艾薇，你还活着？"

"当然。"她坐起来，花剑还插在乳沟里，"不过这个挺疼。"她拔出花剑，揉了揉伤口，伤口开始缩小，在我眼前渐渐愈合。

"但你对亚拉姆开枪了，"我说，"你杀了他。"

"他活该。"艾薇说。

"酸葡萄，"亚拉姆坐起来，摸着弹孔说，"你就不能大大方方地输一次吗？"他站起身，微笑着走过来，"别担心，我会报复的。"我诧异地看着他，不敢相信我的眼睛。这是什么把戏？变魔术？怎么做到的？

"不好意思，吓到你了。"艾薇说，"不过如你所见，我们活得很无聊，婚姻维持了这么多年，必须想办法释放压力。等你年纪大了自然会明白。亲爱的，我们在一起多久了？"

亚拉姆耸耸肩。"感觉像是天长地久，不过只有九百年。"他咳嗽两声，"抱歉。"他说，清清喉咙，朝嘴里吐了一口什么。他微笑着向我伸出手掌，掌心躺着一颗子弹。我惊讶地瞪大眼睛，难以呼吸。有一秒钟我以为我已经疯了。两人忽然开始狂笑，像两个野孩子，带着癫狂的喜悦拥抱。

就在这时，我第一次看见了尖牙。

14

"你就是汤姆·史丹克斯,别名荡妇密语?"他的声音柔和而低沉,稍微有点嘶哑,和我一样带着皇后区口音。我走过探视区,脸上挂着礼貌的微笑,克莱尔挑选并打好的领带紧紧地卡住我的喉咙。警卫在我背后关门,我只被吓了一小跳。那不是栏杆门或吱呀作响的大铁门,只是一扇带小窗的普通房门。我们也不是在牢房里,而只是在一个水泥墙壁的房间,房间刷成丑陋的绿色,有一张桌子和几把椅子。

我说:"我的真名是布洛赫,哈利·布洛赫。"

"哦,对。我总是忘记。我是达利安。"

"很高兴见到你。"我伸出手,他咴咴地笑。

"有段时间没听见别人说这句话了。"他抬起手臂,给我看手铐,"请坐。"

我去拉椅子,但椅子一动不动。

"所有东西都是固定死的,"他说,"包括我。"

"好吧。"我坐下。

"那么,"他问,"我是你想象中的那个模样吗?"

我不置可否地耸耸肩,说:"我没想过你是什么模样。"事实上我当然一直在想。这是无数作家迟早要面对的问题:变态杀人狂应该是什么模样?要让他像个魔怪吗?比方说一个痴肥的大块头,就像可怜的沉溺于自己肉体牢笼的萨德老先生本人?或者是坐着轮椅的枯萎怪物?大卫·林奇最喜欢的邪恶侏儒?满头乱发戴着眼镜把玩大号开关的疯狂科学家?外表和蔼可亲的恶棍天才、一肚子坏水的俊俏少年,从汉尼拔·莱克特一路回溯到德古拉和路西法?或者你更喜欢连一只苍蝇都不肯伤害的不起眼的小人物?

为变态角色想出有新鲜感的外形,这个挑战底下还有一个更深刻的难题:邪恶没有面容,也许只有照镜子的时候除外。比方说,此刻你在通勤列车上读这本书,请你左右看看。周围的哪一个是大话精,哪一个是奸夫,哪一个是窃贼?再比方说纵火者、变态狂、食人魔?说真的,谁都有可能。历史上有的是没什么特别理由就犯下滔天罪行的普通人。然而,在小说里,我们却会觉得平淡无奇的真事不够有说服力。我们不买账。至少在平装书里不行。因此,小说就必须完成一项荒谬的任务,连宗教、心理学和每日新闻都无法完成的任务:让现实变得可信。

所以我将如实写下我的所见所闻,你愿意怎么看那是你的事情:他看上去挺不赖。他不是半兽人,也不像布拉德·皮特(不过我很乐意把主演权卖给他)。他像是一般人的好看的表叔,常年保持身材、每天打网球、去餐馆总是点鱼肉的那个表叔。监狱待他不错。他在健身,就算身穿宽松的连体囚服,我也能看清他胳膊、颈部和肩膀的每一块肌肉如何像拨弦般跃动。进监狱之前,他算是蛮好看,不过贼头贼脑的,庭审时身穿瘦巴巴的黑西装和衬衫,油腻腻的长发为了出庭扎成马尾辫,几颗烂牙不时地探头探脑。但州监狱修好了他的牙齿,剃掉了他的头发。时间染灰了他的鬓角,使他的面容变得优雅。他有了皱纹,棕色的眼睛闪闪发亮。他像是随时可以去拍摄圣诞购物小册子里的保暖内衣广告,深情地望着金发妻子的眼睛,身旁是熊熊炉火。

坐在他对面,离恶魔仅有两英尺,我知道这个可怕的事实,但并不能完全理解。和我会面的是个普通人,和善可亲,虽说也许不太聪明。你不会害怕他。你甚至会喜欢他——直到你发现他砍掉了姑娘们的脑袋,把尸体扔进垃圾箱。

"好吧,但你和我想象中的不一样。"他上下打量我,皱起眉头,像是后悔点了特餐的食客。

"是吗?"

"比想象中年轻,年轻得多。体型也比较小。比想象中矮和瘦。你真的是荡妇密语吗?"

"是啊,我是那个专栏的主笔。"

"你完全不像天生就能占据上风的那种男人,但你有经验?"

"当然。"

他盯着我的眼睛,像是能探入我的脑海,然后问:"那么,你在驯服贱妇方面有丰富的经历了?"

"呃,我是作家。"我说,企图在被铆死的椅子里向后靠,结果却只能跷起腿和抱起手臂,"不过这个你已经知道了。身为作家,不消说,我有相当一部分素材来自切身体验,也根据新闻报道和虚构作品来写作。我这些年写了很多东西,接下来还将要与你合作,我有一项能力肯定是你会欣赏的,那就是心理投射的能力。就是这样。"

我惨淡地笑了笑,想象自己试图给珍妮戴上项圈。她会咬我的手吗?或者冲着我的鼻子就是一拳?好比那次她在床上不小心一胳膊肘打得我鼻血横流。不,她会大笑。她根本不会掩饰笑意，就像她帮我把厕纸塞进鼻孔时那样。

"哦，对，所以我才想问清楚。"克雷似乎还在怀疑，"这个项目是一条双向街道。"

"啊，对，"我很高兴能转换话题，"你在信里似乎提到了条件？"

"对，你看看吧。"他把一个牛皮纸文件夹从桌上推给我，我打开文件夹。

"看起来像信件。"

"粉丝信。骨肉皮的情书。"

"骨肉皮？"

"这些姑娘都爱上了我，"他淡然挥手道，"有些真是好姑娘。年龄各有不同，有几个甚至已经结婚。我经常收到这种信，虽说我只是个本地名人——我说的本地是纽约，不是这儿的深山老林。你看看吧，找一封念出来。"他往后一靠，等我念信。

信有很多，笔迹各自不同，也有用打字机打在彩色信纸上的。几捆比较厚的一直能追溯到几年前，其他的只是节日贺卡，夹着模糊的宝丽来照片，写着淫荡的话语。我选了个紫红色的圆齿边信封，开始读圆滚滚的手写文字。

"'我通常不是这样的，不会因为一个男人这么欲火中烧。只是一个普通姑娘……邻家？'"我清清喉咙，我为什么要读这些？"'但我忍不住要想和你在一起会是什么样的，满足你的每一个要求，让你纵情享乐，大人。我身高五英尺二，体重一百二十七磅，36C 的胸，乳头大而**明感**……'"我停下来，不肯翻过这一页。

"你怎么看？"克雷问。

"应该是**敏感**吧。"我说。

"我说的是那姑娘。"

"了不起。你看得肯定很兴奋吧?"

他轻蔑地哼了一声,在头顶晃晃手铐。"对我没有半点好处。我连头发都不能摸,更别说藏脑袋了。"

"哦,对,太不好了。"

克雷耸耸肩道:"命运的巨大玩笑。我被关了起来,突然一个个姑娘都想要我。倒不是说我以前找不到姑娘,只是出了名一切就都不一样了。"

"对,对。"

"你是作家,你经常收到这种信吗?"

"没那么多。"我坦白道。

"但肯定有人寄故事给你。"

"当然,不少。"

"背后有照片。"

"什么?"

"很多姑娘寄照片给我。当然比不上我自己拍的,只是业余水平而已。"他使个眼色。我合上文件夹推还给他。

"那么,克雷先生,请问你为什么要我来这儿?"

他微微一笑,我注意到州政府赞助修好的牙齿白得可疑。"我要你写作。你是作家,对吧?"

"对……"

"听着,"他说,"我永远不可能离开这儿了,这我知道。他们不会允许我再摸到任何一个姑娘,拍摄哪怕一张照片。现在我拥有的只有思想。"他敲敲太阳穴,咚咚咚三下,像是在敲门,

"我这里是自由的。"

"我明白了。"其实还是不明白。我只是注意到这个房间多么逼仄,空气多么炽热,我多么厌恶脖子上的领带。真是奇怪,我总要忘记和我对话的是个杀人犯,而不是堵住你问你要不要一起去泡妞的不识相的讨厌同事——或者更进一步,不是你可以一笑置之的寻常烦人精,你不能在他抢走办公室最火辣的姑娘之后抱头冥想。他凑近我,用手铐压住文件夹。他的指甲被咬得露出了发紫的皮肉,角质层被啃掉,露出的肉和包着过白牙齿的牙龈一样红。

"我要你替我去见这些姑娘,因为我自己不能去。"他说,"我有一份名单,都是住在附近的,我问过了,她们都愿意。你和她们谈谈,访问她们,写下我和她们的故事,按照我说的内容,但用你自己的风格。"

"我的风格?"

他盯着我,那双眼睛在无聊小报的描述中属于眼镜蛇,但对我来说更像小狗,湿润而温暖,真挚的热情满得都要溢出来了。"我选你就是为了这个,"他说,"我喜欢你的调调儿。"

我有好一会儿说不出话来,但我尽量不动声色,仿佛在正餐派对上吃了一口腐烂的食物。他耐心地等着我。

"咱们把话说清楚。"我说,"你要我去见这些女人,然后写你和她们做爱的故事,描绘你的性幻想?"

"一点不错。"

"就像一份为你定制的色情杂志?"

"对,供我在牢房里阅读。"

"哦。"

"和手淫。"他补充道。

"我懂了。"我说,"谢谢。"

"但是,"他用一根手指指着我,"咱们等价交换。知道什么意思吗?"

"大概知道。"

"你每为我写一个故事,我就让你写一章我的传记。不过不能马上碰最精彩的部分,咱们从头写起,从我满地爬的小时候开始。但别担心,你会得到你要的那本书。保证畅销。"

"哇,"我偷偷看表,心想不知道还剩下多少时间,"我说不准。实话实说,我必须考虑一下。"

"当然,你尽管思考。慢慢思考。我有八十八天。"

15

我感到恶心。离开监狱的一路上（通过一个个检查点，签字领回手机和钥匙，拼上老命解开领带），我都在担心我会忍不住呕吐，但等我回到宾馆，恶心的感觉已经消失。我立刻收拾行李退房。我没有等特蕾莎·特雷奥，尽管我出来她就进去见克雷，我们打算一起回纽约。我还应该打电话给克莱尔，告诉她事态进展，但我也没有打给她。我只是请前台帮我叫出租车，穿着有点薄的夹克衫等在外面，更愿意让新鲜空气充满肺部，让冷风吹着我的面颊。天气很冷，但能闻到春天的气息：湿润的泥土和正在融化的寒冰。我早早赶到火车站，要消磨一个钟头才能坐上去纽约的下一班列车。我买了票，把时刻表扔进垃圾筒，我可不打算再回来了。

我走进男厕所，用冷水浇脸，在吹风机下吹干双手。我回到空荡荡的候车室，前后踱步。我看见一辆轿车开进装卸区停下。四个人下车走进车站，伺机而动的冷风跟着他们从自动门吹进来。帽子和捂得严严实实的大衣使得我难以区分谁是谁，只看清有一位戴眼镜的老先生搀扶着一位拄拐杖的女士，另一位老先生的花白胡须剪得整整齐齐，还有一个四十来岁的男人脸刮得很干净。他们径直走向我，我走到旁边让他们过去，最年轻的男人喊出我的名字：

"你是布洛赫先生?"

"对。"

他相貌英俊,体形很好,但没什么特征:短发上过发胶,大冬天的皮肤仍旧晒得黝黑,双手的指甲修得很仔细。我猜他是牙医或日用品中间商。"我是约翰·通纳。"

"谁?"

"珊迪·通纳的丈夫。"

"哦,"我说,"明白了。"

"这是哈瑞尔先生和夫人。那位是希克斯先生。你知道我们是谁吗?"

"对,"我说,"我知道。"

他们是克雷杀死的那些姑娘的家人。我请他们去火车站的咖啡馆坐下聊,但他们拒绝了,于是我们坐进候车区的塑料椅子。情况挺尴尬,因为塑料椅子被固定成一排,最后我只好站在他们面前,像是面对审查委员会。希克斯先生第一个开口。他摘掉帽子,花白头发乱糟糟地竖了起来。

"我们听说了——我不会透露是怎么听说的——你参加的这个图书项目,我们想面对面和你谈谈,让你知道,作为受害者的家属,我们强烈反对这件事情。不可能更加强烈了。我们来这里亲自向你陈情。让那个禽兽……"

哈瑞尔夫妇坐在座位里,像两只臃肿的鸟儿,满足于冷静地听着希克斯发言,但通纳实在按捺不住,他又是扭动又是叹气,转动着昂贵的潜水表上的旋钮。他几乎立刻打断了希克斯的话头。

"陈情没有任何意义。我们已经请了律师,随时准备就此申请禁止令。最优秀的律师,请相信我。"他指着我的胸口说,我注意到他戴着结婚戒指。也许就是和亡妻交换的那枚戒指,也许是他又结婚了。"钱不是问题。这次只是中肯的警告。看看这些可怜的人,你难道想揭开旧疮疤吗?"

哈瑞尔夫妇冷静地眨着眼睛看着我,仿佛我们在谈论寒冷的天气。他们握着彼此的手。希克斯低头看着空荡荡的手掌,似乎有些尴尬。

"听我说,布洛赫先生,"他说,"我相信你没有恶意,只是受雇完成工作。"

通纳再次爆发:"这么说没用的……"

"杰克,"希克斯说,"让我把话说完。"

"吸血鬼。"通纳嘟囔道,转过头去。

希克斯凑近我,眼镜底下是一双水汪汪的蓝眼睛,像是金鱼缸底的两块石头。"我们每个人的处事方式不同,"他说,"但你可以想象我们的感受。我妻子承受不了,完全被击垮了。她丧失了求生欲望。她现在就埋在珍内特身旁。所以我求求你,为了我们所有人,还有死去的姑娘们。请不要打扰我们的平静。"

我同意了——多多少少吧。我说今天只是克雷和我第一次见面。我说我不打算写这本书,他们的愿望无疑将得到尊重。我懒得讨论法律问题,因为克莱尔的律师说过,我们无论如何都能立于不败之地。我还知道通纳很有钱(最优秀的律师无疑会站在他那边),知道克雷曾经在他的工厂做事,所以才遇到了他的妻子,这一点增加了他的负罪感,因为他是凶手和受害者的连接者,我知道这无疑是通纳的愤怒的真正源头。我甚至知道希克斯夫人死于心脏病和肝硬化。我做过研究,知道他们的全部情况，但亲眼看着他们，我不禁心想，要是走在路上偶然遇到这几个人，你会认出他们吗？我说的当然不是具体的真相，而是如果你遇见他们，你会知道他们受过打击，遇到过可怕的事情吗？悲剧会比邪恶更加显眼吗？我同时还在琢磨，今天露面的只有三个受害者的代表，第四个人的家人在哪儿？

16

回到家,语音邮箱里有五条留言。两条来自克莱尔的我略过没听。她已经在我的手机上留了一条。一条来自莫里斯,他想约我喝一杯。一条来自珍妮。真是奇怪,无论过了多么久,某些声音你还是一下就听得出,哪怕只是一个词,一声呼吸。

两天后有一场派对,庆祝《破格子呢大衣》的春季号出版,她在最后一分钟决定邀请我。她说之所以犹豫,是因为害怕见了会尴尬,但现在她意识到她确实想见到我。要是我愿意来的话。要是不会让我太为难的话——当然很为难,但我当然不会让她知道,因此我当然会去。虚荣和愚蠢,我知道,但有时候我们只剩下这些。

最后一条的声音和名字我都不熟悉。

"哈啰,布洛赫先生。我是达妮·吉安卡洛——达妮艾拉。抱歉打电话到你家里打扰你。希望你别介意,我只想问一下你明天有没有时间,我想和你碰个面。谢谢。"她留下号码,然后说,"对了,我是朵拉·吉安卡洛的妹妹。就这样,谢谢。"

朵拉·吉安卡洛是克雷的另一个受害者。南希·哈瑞尔、珍内特·希克斯、珊迪·通纳、朵拉·吉安卡洛。我打给她。她接听的时候,听筒里沸反盈天,像是在什么派对上。我说别担心，我和其他人谈过了。她还是坚持要见我。

"我不会写这本书了，"我大声重复道，"我答应了。"

"不！"她对着电话喊道，"不，要写。别放弃。"

17

"你当然要写。"克莱尔坐在我书桌旁的椅子里,身穿格子呢迷你裙、黑色长筒袜和套头毛衣,按着黑莓手机的按键。我绞着双手走来走去。"不是我没心没肺,但受害者家属不愿意又怎么了?你是作家。你的责任就是述说故事,而不是被这种事影响。"

"但克雷要和我做的交易呢?"我问,"去见那些脑子烧坏的骨肉皮,为他写色情小故事?这也太恶心了。"

她耸耸肩道:"就像你那本《天生玩家》里,莫尔德凯答应帮皮条王越狱,那是作小恶扬大善,为了逮住堕落的白人典狱长。"

"不,根本不是一回事。区别大得很。小说是我编出来的,眼前这是现实世界,而且他妈的非常变态。我会留下一辈子的污点。"

"但你已经有一辈子的污点了。你是色情杂志供稿人。你为高中生代写学期论文。你打扮成死去的母亲,写软色情吸血鬼小说,而且已经多久没有人类女朋友了来着?"

我耸耸肩。我已经不记得了。

"你活得一塌糊涂。别生气。这是你突破的机会。也许是这辈子最后一个了。集中精力好好写。别去见受害人的妹妹,我替你去。"

"不，没关系。我觉得这是我应该做的。"

"随便你。"她叹息道，"珍妮的派对怎么说？"

"你怎么知道的？"

"你不在的时候我听过你的留言。万一有业务电话怎么办？去参加派对，闲聊几句。你们的关系已经是远古历史了。不过请让我先给你理个发，记得穿另外那件黑色羊毛衫。"

"穿了身上痒。"我说，"这件有什么不好？"

"腋窝有个破洞。"

我去卫生间对着镜子看腋窝，她说得对。

"哈利？"她在门口出现，"今晚我能睡在这儿吗？"

"你老爸不介意？"

"他和女朋友去圣巴斯了。我祝他玩得开心，但最好别娶她。"

"好吧，你铺沙发，我叫中餐外卖。"

"太好了！"她说，"脱掉那件羊毛衫，我帮你补。"

第一次得知珍妮在和她现在的丈夫瑞安约会，是因为我在一个圣诞派对上撞见了他们，那是我们以前念哥大时的教授每年举办的家庭招待会。我不常出席这种活动，但克莱尔和我母亲都逼着我去。我并不担心会遇到珍妮，因为我听说她在喜马拉雅参加某个作家的排毒静修营。可是，我进去刚脱掉大衣就看见了她。她全身上下就像气卦[①]打开一样绽放光彩，肩上披着一条西藏围巾。一开始我和她都惊呆了，像是见到了彼此的鬼魂。接下来我们一起假笑，心不在焉地拥抱。她介绍我认识瑞安，我假装

---

① 在印度梵文中指人体的七个能量中心。

不认识这个家伙。他那本俏皮但冗长的小说我还没有突破第三页,但当时到处都能见到他的脸和名字。他们讲述两人如何在山巅寺院的一场喉唱音乐会上相遇,更准确地说,是如何用眼神相交的。

"我们要修一周的闭嘴禅,"瑞安急切地解释道,仿佛我属于迫不及待想知道前后经过的快乐宾客,"于是我在冥想时塞纸条给她。"

"我们传了一个星期的小纸条,"珍妮笑道,"麦克斯文尼要拿去出版!"

"哈,"我说,"好极了。"

瑞安笑得很灿烂:"最后到了机场,我们终于可以开口了,我一个字也没说,抱住她就吻了下去。"他想表演一番,但珍妮涨红了脸,扭过头去,他亲在她的头发上。

"很像我写的一个短篇,记得吗?"我问珍妮,只是为了说点什么,免得我开始尖叫。"两个女夏尔巴人和一个登山客被冰风暴困住,不得不抱团取暖。"这个短篇叫《种马拉雅全无敌》,发表在《淫欲》杂志上,那会儿她笑得脸色发紫。

此刻她却说:"好像不太像。"嗓子像是被捏住了。她攥紧瑞安的手,像是在发送信号。"咱们去喝一杯吧,听说葡萄潘趣酒很不赖。"

"非常好,"我说,"值得一试。不过我正要走。我母亲病了。"这话说得我都没法原谅自己。

"替我问好。"

事后珍妮打电话安抚我,说他们已经订婚,目前只有两家人和我知道。我向母亲汇报,她只是和平时一样耸耸肩,用她压倒一切的支持碾碎我残存无几的自尊心。

"很好，这下你自由了。"

"但你一直很喜欢珍妮啊，你说她聪明又美丽。"

"聪明，没错。美丽，没错。还很成功。还很性感，体形很好。但完全不适合你。"

"我懂了。"

克莱尔的感性和她有得一比。"她是专搞名流的那种人。相信我，我知道。我老爸至少娶过三个，包括我老妈。她抛弃你就像甩掉烂股票，割肉平仓，然后扑向那个新的谁谁谁。你不如去约个色情女郎吧？至少能让你爽一爽。"她说。

总而言之，除了我母亲过世后她写来一个非常贴心的字条，那是我最后一次听见珍妮的消息。说到我母亲的临终遗言……"等几年，"她这么说，"然后娶克莱尔。"

18

那天夜里，克莱尔睡在我的沙发上，我做了个梦。不算噩梦，甚至和会见克雷没关系。梦到的是我。我在我的公寓里看着自己，但公寓是我母亲还在世时的样子。事实上，梦里她还活着，但病恹恹地躺在床上。我在给她煮汤，隔着走廊大呼小叫地聊天。她就喜欢这么和我交流。梦境仿佛去掉音轨的电影。我能身临其境地看见所有东西，看见我们的嘴唇翕动，但听不见到底在说什么。

然后我注意到了怪事。我在用右手搅汤。不稀奇，我知道，但我是左撇子，非常左的左撇子，不用右手做任何事情。可是我却在用我通常毫无用处的右手搅汤、加盐、碾胡椒，等等等等。就像在照镜子，我在梦中想，然后开始琢磨，我有没有用右手搅过汤？有这个可能性，对吧？但我随即发现我在梦里把手表戴在左手腕上，就像右撇子那样，这就错得离谱了。接下来我发现梦里手背上的毛比平时更多，稍微多一点，但还是多。我有了奇怪的感觉，惊恐感渐渐升起，逐渐爬上我的胸口。然后我发现梦里的我穿着蓝袜子，海军蓝，这是绝对不可能的事情，因为我只穿白色或黑色的袜子。而且质地似乎是羊毛的，这同样不可能，因为羊毛让我的脚出汗。我仔细去看，像是拉近镜头，梦中我的面部线条都和醒着时不一样。额头的皱纹不见了，嘴巴两边的法令纹很深。一条蓝色静脉横贯右太阳穴蜿蜒伸进发际线，我可没有这东西。我意识到这不是我。这个男人不是我。

但此刻为时已晚。他已经用盘子垫着汤碗沿走廊走向我母亲的房间，一条胳膊夹着调羹和餐巾，另一条夹着盐罐，因为无论你加了多少盐她都会嫌不够咸，他一边走一边无声地吹着口哨。忽然间我知道了，我知道他是死神，为我母亲而来的死神。我开始尖叫警告她，但这是个无声的世界，仿佛在水下，叫声无力地飘出我的嘴巴，被水流带走，没有人能听见，除了我自己。我在母亲的床上突然醒来，汗流浃背，跑到镜子前。有一个疯狂的瞬间，我还没有完全醒来，眼睛尚未适应光线，在我记起镜子里的世界左右相反之前，我抬手去摸右太阳穴，以为自己看见了那条蓝色静脉。

19

第二天下午,我在苏荷区的一家咖啡馆见了达妮·吉安卡洛。她走进咖啡馆,我打了个寒战。尽管她很美丽,对着世界绽放笑容,但我感觉到了哀伤。她穿牛仔裤,裤脚塞在高筒靴里,上身穿白色编织毛衣,拎着一个巨大的挎包,背着背包,手里还拿着个手包。她有一头长而直的金发。这是唯一的区别,除此之外她和棕色长发的姐姐就像是一个模子里出来的。我站起身。

"吉安卡洛小姐?我在这儿。"

她有一瞬间像是吓了一跳,然后露出笑容,羞怯地挥手打招呼,走了过来。我注意到她的指甲涂成深红色,与外表的其他部分形成古怪的对比。

"嗨!"她说,和我握手,然后把行李放在桌边的另一把椅子上,"不好意思,我没时间在学校和工作点之间回家。"

"你在学什么?"

"心理学,应该是。"女招待过来,她点了一杯脱咖啡因豆奶卡布奇诺。

"你在酒吧或夜总会工作吗?"

"是啊!"她惊讶道,"你怎么知道?"

"我给你打电话的时候听到你那边很吵,像是在派对上。刚才你对女招待很客气,像是知道做女招待有多么辛苦的人。拎包让我觉得你上班需要换衣服,还要打扮起来,因为你做过发型还化了妆。"

"哇!"她笑道,"你应该去当侦探。不过我猜当作家也需要有观察力。"

"其实我写的主要是虚构小说,而且是很不现实的小说。"

她又羞怯地笑笑,说:"你为《淫欲》写稿。听他们说的。"

"他们?"

"通纳和其他人。"

"哦对,估计你也知道他们来找过我了。他们强烈反对我写这本书。"

"我知道。"

"实话实说,见过克雷以后,我本来也不怎么想写。"

"这我相信,他让人恶心。"她不由自主地去拿手袋里的万宝路特醇,想了想又放下了。她喝一口不是咖啡的咖啡,皱起眉头,加点糖,搅一搅,就着调羹像喝汤似的尝了一口。我拿起咖啡杯,发现已经空了,尴尬地重新放下。

"好吧,"我说,"容我唐突地问一句,你为什么要见我?"

她不再摆弄手边的东西,看着我的眼睛。

"因为我希望你写这本书,我想当面对你说这句话。"

"我不得不说你这么说让我很吃惊。能问一下为什么吗?"

她花了一分钟思考,缓缓搅动难喝的咖啡,但当她开口时,声音却冷静而平和。"我姐姐和我小时候很亲近,但她遇害时我们已经各走各的路了。好吧,是我选了自己的道路。她是家里的骄傲。聪明、漂亮,想当女演员。她要去上大学。我当时已经离家,忙着折腾自己的事情,吸毒什么的。说来话长而且很无聊。我姐姐遇害后，我母亲得了抑郁症，两年后自杀。按我父亲的说法是不小心吃多了安眠药。现在他在亚利桑那生活，有了新老婆和两个孩子。他人不错，我是说他帮我出学费，等等，但他不想和我说话。可是我觉得我欠朵拉，我必须搞清楚究竟发生了什么。她人生的最后几个小时遇到了什么。我想找到她……你明白的……其余的部分，让她真正入土为安。我不怪其他几家人，甚至不怪我父亲。我觉得有些人只是不想知道得太多而已。"

"但你不一样。"

她摇摇头。

"朵拉和你是孪生姐妹。"我说。

"对。"她微笑道，"当然了，所以你才一眼就认出了我。"

"对。你说她比较漂亮，我觉得这很有意思。你们看起来一模一样，除了头发。你染过吗？"

"是的。"她抚摸自己的头发，头发垂落时闪闪发亮，"我不喜欢，只是工作需要。"

"小费比较丰厚？"

"对，但我不肯抖胸。"她再次大笑，"现在大概可以说了，因为你应该不会被吓到。我其实是脱衣舞娘，不是女招待。"

我也大笑道："跟你说实话，我本来猜的就是脱衣舞娘，只是想表现得礼貌些而已。"

我送她上出租车，自己去搭地铁。和平时一样，回皇后区的列车久等不来。坐在站台上，我想起了达妮。有一种熟悉感让我抓耳挠腮，因为我并不认识谁哪怕只是隐约像她：那么美丽，又那么为往事所困。她在微笑，在披着金发咯咯笑的时候，也还是深色头发姐姐的影子。后来，坐在书桌前，我终于想到了：她不是我在现实生活中遇到过的女孩，而是我梦想着写进书里的那种女孩，或者说，是那种会在主角睡觉时捅他刀子、在屋顶上滑出主角的怀抱并摔得粉身碎骨的那种女孩。

20

　　《破格子呢大衣》的派对在威廉斯堡的一个酒吧举行。我换了三班列车才赶到，来到酒吧门口，看见几十辆摩托车用铁链锁着。我偷看一眼，见到人们身穿昂贵的牛仔裤和插科打诨的复古T恤，戴着模样别致的眼镜，我的膝盖开始发软，差点转身就走。还好朗读环节已经开始，我趁机溜进去，躲到人群的最后面。讲台上是个满脸雀斑的年轻女诗人，长长的鬈发束在胸前，用哀怨的声音抑扬顿挫地朗诵似乎算是诗歌的东西。

　　　　我记得：
　　　　早晨的阳光
　　　　清澈坚固，
　　　　床单是清爽的。
　　　　乔巴拿来面包果，
　　　　从花园
　　　　打开它，用
　　　　一把小刀。
　　　　你，也，打开了我。
　　　　分开，仿佛成熟的面包果。
　　　　以男人前所未有的方式。

甜美的夏日姐妹。

我记得。

这首诗收获了一轮热烈的掌声。珍妮走上讲台。

"谢谢你,玛格丽特,非常可爱。在新一期《破格子呢大衣》里你可以再读几首。不过可别热心过头,哈。"有几个人咪咪地笑。珍妮说完笑话,自己也紧张地笑笑,把一缕头发撩到耳后。她身穿蓝色礼服,既拘谨又高兴,显得前所未有的美丽。"下一位朗读者,同样出现在——哈,不是他出现,而是他的作品出现在我们的春季号上。请欢迎小说家迈克尔·布兰伯恩,他的短篇小说集《不可能的部落》将于秋季出版。迈克尔?"

站起来的是个不修边幅的年轻人——总之比我年轻,戴着黑色宽框眼镜,身穿皮夹克和复古"快乐年代"T恤。他郑重地和珍妮拥抱,接受大家发自肺腑的掌声。他显然是圈内的宠儿。我在前排认出了瑞安剃光的脑袋。他戴着红色塑料框的眼镜,身穿冈比[①]图案的T恤。坐在他旁边的女人是个我在什么地方见过的重要角色,也许是在查理·罗斯脱口秀上。

"谢谢。"年轻的作家说,"这个短篇来自我的作品集,名叫《外星人入侵斯卡斯戴尔》。"很多人笑得颇为灿烂,布兰伯恩也笑了。"我以前非常迷恋名叫'变形金刚'的玩具。有人记得变形金刚吗?"又是一阵欢呼和呼哨。"酷。好吧,事情发生在一九九〇年夏天,你们也许还记得,《变形金刚》日本原创系列的最后一年。"

---

① 一个绿色黏土动画人物,动画自一九五七年起开始在美国国家广播公司播放。

"记得!"有人叫道。迈克尔又笑了两声。

"很好,酷。哈哈。总而言之,故事是这样的。"他拿起布鲁克林啤酒喝了一口,"乔什骑着施文赛手五速自行车冲下车道,滑行着停下。自从他过生日得到那辆自行车,我就一直嫉妒到今天。镀铬的把手和香蕉形座位。"

众人大笑。我听不下去了,起身下楼,在卫生间逗留,假装没完没了地洗手,像个负罪感发作的变态佬。我对着镜子端详充血的双眼,数了数白头发,等我回去的时候,布兰伯恩刚好讲到高潮。

"就这样……"他端着啤酒,高举稿子,吟诵道,"我们终于落回自己的草坪,那年夏天全斯卡斯代尔最绿的绿色。"

掌声雷动。我前面的文身女孩对戴着各种环的朋友悄声说:"我喜欢这个,'最绿的绿色'。"

我再次溜走,这次走向吧台。正打算点一杯止吐然后逃之夭夭,有人轻拍我的胳膊。

"嗨,珍妮。"我们尴尬地互吻面颊,搂肩拥抱,"过得怎么样?"

"很好,一切都好极了。"她说,"你呢?"

"好得简直不得了。"

她哈哈大笑道:"喜欢朗读吗?"

"绝对难以置信。"

"好的,好的,我明白了。来,这个给你。"她递给我一份《破格子呢大衣》。封面当然是格子呢,这次似乎是用蜡笔画的,参差的撕裂破口其实是纸张上切出来的,露出了一部分内页。

"谢谢。"我说。一小群作家和画家在我们周围聚拢,更准确地说是在她周围聚拢,我很快成了小圈子里的一员。"泰德、凯利、杰瑞米、斯隆,"她唱歌似的说,"这位是哈利,我的朋友。"这话听得我直皱眉头。

"嗨,大家好。"我挥了一圈手,寻找逃跑的道路。几个人打量着我,暂时陷入沉默。珍妮指着一个毛茸茸的高个子男人说:"泰德的小说刚被选中。"

"太好了。"我说。

他合起手掌,垂下大胡子。

"说起来,你也许会感兴趣,"珍妮继续说道,"主题是成年历程,发生在二十世纪九十年代安阿伯的一个古怪家庭里。"

"了不起!"我说,"听起来很有意思。"

"别这么早就恭喜我。"泰德说,"卖掉比较容易,现在我必须写出来。"他假装吹口哨,"我判处自己入雅杜① 监禁。"

我们一起哧哧地笑。

"天哪,千万别。"凯利拖着长音说,从刘海间吐出一口香烟。她写过一部名叫《紧肤》的厌食症患者自传。我根据封面的裸体照片认出了她,我在书店里色迷迷地扫过几眼,当然没有买。"我一个人坐在切尔西饭店的房间里写了我那本书。"

"对,卫生间。"杰瑞米插嘴道。他穿帽衫和宽松牛仔裤。他写过一本自传,讲他身为著名作家的儿子在康涅狄格州的生活,如何天生有钱和遭受误解。他转向我说:"我现在都不离开布鲁克林了。你是做什么的?"

"足病医生。"我说,"皇后区的。我必须回去了。急诊。那

---

① 纽约州萨拉托加泉的一个艺术家社区。

可怜的孩子搞不好会丢掉一个脚趾。抱歉。"但我发现瑞安挡住我的去路,他手里拿着一瓶麦酒。我为什么要走出自己的房间?我指的是这辈子。

"嗨,布洛赫,一向可好?"

"瑞安,嗨,过得如何?"我们热情地握手。

"哈利,你最近在忙什么?"他笑嘻嘻地问。

"哎呀,瑞安,还不是老一套。"我爆发出刺耳的笑声。

"说真的,"他问,"你什么时候打算写点真东西,署你自己的名字?"

"在写,在写了。"我说,"小说,讲的是成年历程。《只有窝囊废了解皇后区》。"

"说真的,哈利。"他换上更热络的语气,友善地对我眨眨眼睛。

这时候,不知道为什么,天知道为什么,也许是为了赶走这个几近怜悯的表情,或者是为了碾碎此刻我这种有几分人味儿的感受,因为这是一个我不可能去喜欢的人,我说:"其实呢,瑞安,我在和连环杀手达利安·克雷合写一本书。"

"真的?"他后退一步,"不是说笑话吧?"

"我×!"杰瑞米挤过来,撞在瑞安身上,"就是那个马上要被处死的家伙?"

"我记得他拍了好多照片。"凯利加入了谈话,"他砍碎了那些姑娘的尸体。"

"警方一直没有找到头颅。"泰德的大胡子里传出说话声。

"你真的见过他?"斯隆侧着身子凑上来,这个金发姑娘是朗诵派诗人。"太恐怖了。"她又说,站得离我太近了一些。

"对，当然，"我漫不经心地笑着说，"我还要去访问他。再有八十几天他就要被处死了。"

一阵短暂的寂静，但这次不自在的人里可没有我。我的心情挺好。也许是死亡天使悄悄走过。也许是每个人都在思考自己引以为傲的写作项目和自己迟早会蒙上的尘土。珍妮盯着手里那本《破格子呢大衣》。瑞安举起啤酒瓶凑到嘴边。众人沉默片刻，看着天花板或者地板，像是在向我突然做出的决定致敬：我将写出这本书。终于，这个房间里有了一个真正的作家。

我点头告别，转身离开，听见杰瑞米悄声对珍妮说："他还是足病医生。"

走向车站，我留言给达妮说我打算完成这本书。回到法拉盛，语音邮箱里有一通回电。她在上班，噪声再次淹没她的说话声，但我听得出她很兴奋。"有兴趣的话过来喝一杯，免费。"她喊道，然后咯咯地笑，"除非你觉得特别不对劲，特别不适合。"

和什么相比呢？我心想，不过我也没有再打给她。我在一家韩国馆子吃了石锅拌饭，回家上床睡觉。一个人。但我在微笑。

第二部　二〇〇九年四月十六日至五月五日

21

摘自《猩红黑暗降临》第六章：

我下定决心。我要将自己献给亚拉姆。我准备接受初拥——其实并不存在任何疑虑，任何其他选择。我知道得很清楚，他或艾薇只要愿意，随时都可以用蛮力占有我。但我花了这么长时间才承认，我根本不会抵抗。我在等待他们。我在渴望。

他们却没有占有我，而是残忍地给我选择的自由。为什么说残忍？因为到最后要我去苦苦哀求，而那是多么大的羞辱。猎物主动投降，将喉咙献给尖牙，这难道不是最彻底地展示了猎人的力量吗？蜘蛛、眼镜蛇、召唤灯蛾的火焰：是凶手，还是比我们更了解自己的爱人？说到底，吸血鬼必须得到你的邀请。

你也许应该知道，我还是处女。尽管嘲笑我好了，就像我的朋友们，在游泳池我的更衣柜里放安全套，恶作剧地帮我登记恶心的约会网站。实际上我并不是因为矜持，也不是害怕，至少不是朋友们想象中的那种害怕。我害怕的是我自己。告诉你我真正的秘密，我从未向其他人吐露过的秘密：我是处女，我渴望被玷污。我的纯洁呼唤着黑暗。我父亲经常告诫我，不要将我"珍贵的花朵"献给配不上我的人，但我的内心一直在默默呼喊：父亲，你难道不明白吗？我渴望一个残忍的陌生人，采摘我柔嫩的花瓣，将它扔进烂泥！

我得知艾薇和亚拉姆真面目之后的几个星期内，他们没有任何行动或威胁。艾薇甚至不再夜袭我了。他们开始向我讲述他们的历史，像是要帮我下定决心。

亚拉姆已经九百多岁，但看上去还不到四十三，这正是他被艾薇初拥的年龄。艾薇已经一千多岁，但看上去顶多二十五。艾薇是吸血鬼贵族，是某条血脉的继承人，这个他们口中的"家族"可以追溯到远古时代。她是纯种血族，拥有极大的力量，非常罕见。可是，她遇到亚拉姆时，却不由自主地坠入爱河。亚拉姆当时是一位远征圣地的十字军骑士。他在埃及拜访艾薇的妓院，那儿的女人其实都是吸血鬼。艾薇爱上这位英俊迷人的骑士，给了他初拥。他们在耶路撒冷结婚，他带着新娘像逃瘟疫似的返回了欧洲。

他们当雇佣兵、土匪和强盗，积累了巨量财富。他们学习希腊文和拉丁文、数学和哲学，师从学者和僧侣，那些人从未怀疑过是他们掳走了附近村庄的孩童，村民归咎于吉卜赛人和犹太人。他们在维也纳念音乐学院。他们在印度和中国旅行，学习梵文，在山洞里冥想许多年。他们在日本逗留十年，学习书法、插花和剑道。

他们的足迹遍布全世界——非洲、北美，甚至北极，以船舱里戴着镣铐的活人充当食粮。他们参加两次世界大战，为正邪双方效力。他们来到纽约已经几十年，在大萧条时期买入大量地产，靠此又积累了一笔财富。他们通过化名和空壳公司的网络控制了许多夜总会、毒窝、酒吧、高级餐厅和一家著名画廊。他们穿最好的衣服，拥有最完美的一切，取食全世界最美丽的少男少女。

但他们活得很无聊。永恒而精致的无聊。艾薇体验过了一切能体验的感官乐趣，她遇到过的所有男女都拜倒在她脚下，她大部分时间都把自己关在房间里读诗。亚拉姆因为自己对鲜血的渴望恶心得要死，觉得自己像个瘾君子，每当夜幕降临就必须去寻找猎物，带着战利品回家献给他的爱人。他们彼此相爱，那份爱圣洁而魔性，近乎绝望，但对于两个如此热烈的灵魂，长相厮守不可避免地导致史诗般的战斗，每隔半年就要分手一次的人类不可能想象。所以就有了彼此残杀的游戏：射击、刺杀、绞死、淹死对方。这能够刺激他们麻木的感官，释放压力，同时隐藏黑暗的事实：唯一可以让他们兴奋和恐惧，让他们心跳加速的，只是共同赴死的念头。

我想这就是他们给我选择余地的理由。让我在迈出第一步之前就看清道路，这条路不容回头。我想亚拉姆正是为了这个才耗费那么多时间和我一起工作，翻检文物和讲述人生历程，让我看见狩猎归来的他是什么样子：满头乱发，衣服破碎而肮脏，牙齿上沾着鲜血，明亮的绿眼睛闪烁着残忍猎手的光芒。但为什么是我？为什么要赐予我选择的权力，对其他人却毫不留情地夺取性命？我只知道我的饥渴越来越强烈。亚拉姆越是警告我，我就越是想要他，想成为他的人。尽管他用了无数种方法催促我在还有机会时逃跑,就只差直说了,但另一种力量,比恐惧更深刻的力量,却在将我拖向他,谁都无能为力。

终于,二十一岁生日的前一天夜里,我再也等不下去了。亚拉姆向我展示一把十五世纪前后的战斧。他用双手举起武器,这双手能演奏小提琴也能压碎气管,我在他眼中看见了那种冷漠。

"我用这个夺去了很多性命。"他沉思道。

我伸手触摸他,我的指尖亲吻着他的手腕。"请拿去我的。"

他好奇地看着我。我用手指抓住他强壮但细瘦优雅得惊人的手腕。"不是用你的武器,而是用你的嘴唇,你的手臂,你的尖牙,占有我的生命,占有我。"我鼓起全部勇气,抬头望着他的双眼,"求求你。"

他没有说话,和我对视。他放下战斧,拥抱我。他向我垂下面庞,嘴唇擦过我的嘴唇,然后落在我的喉咙上。他进入我的时候我不由得惊呼。该怎么形容那种感觉?充满快乐的疼痛,恐惧磨砺的甘美。恐惧消散,他喝着我的血液,我迷失了自我,感到他存在于我体内的所有地方,每一条神经,每一条血管……

"亚拉姆!"艾薇的声音从我们前方传来。亚拉姆抬起头,露出笑容,我的鲜血渗出他的嘴唇。他拉过艾薇,把嘴唇贴在她的嘴唇上。他将我的鲜血喂给她。她吸着亚拉姆的嘴唇,忽然瞪大眼睛看着我。

我屏住呼吸。我等待转变,等待事情发生,却什么也没有等来。

"怎么了?"我问,"哪儿不对?"

亚拉姆舔着嘴唇,转向艾薇说:"你来解释一下。"

艾薇凑近我说:"请问你母亲的真名是什么?"

"我母亲?"我母亲在生我的时候难产而死,我继承了她的名字。"她叫萨莎·史密斯,怎么了?她是孤儿,不知道自己的真名。"

"你母亲的真名,"艾薇说,"是萨莎·圣·迪亚蒙涅德斯·德·特洛斯,特洛斯王族的女亲王。她是我的堂姐。"

"什么?"我以为我在做梦,我想大笑。

"我们小时候一起游玩狩猎。她和我一样爱上了凡人,但她没有像我对亚拉姆那样初拥你的父亲,她尝试将自己变成凡人。结果这害死了她。"

"你说什么?"我问,"我难道是吸血鬼?"

"你是混血种,非常罕见。混血种很少有能存活下来的,而且还带着王族血脉,这就独一无二了。我们走遍全世界寻找你,从远处观察和保护你。如今时机成熟,我们让你来到这里。"

"为什么?为什么是现在?"

亚拉姆按住我的手,说:"我没有能够转化你,是因为你的血统使得你不受影响。你已经有免疫力了。但是,从年满二十一岁那天开始,你将成长和转变。你将得到新的力量,对混血种来说独一无二。如果接受我们的训练,你还能更加强大。然后……"他犹豫起来,艾薇抓住我的另一只手。

"然后等你准备好了,亲爱的外甥女,我们将让你喝下我们的血,然后你将变得和我们一样。永远。"

22

克雷名单上的第一个女人叫摩根·切斯。她住在西村霍雷肖街一幢古雅的小房子里，在企业银行工作。这年头你想在西村活得像个波西米亚人就必须做这类事情。她三十来岁，高瘦苗条，黑发剪成时髦的发型，身穿合体但磨灭个性的套装。普拉达，要么就是吉尔·桑德。我在她家客厅和她见面。客厅装饰得很有品位，一尘不染，书架上有很多翻旧了的老伙伴：梳着阴郁发髻的勃朗特姐妹在一起抹眼泪，旁边是胖乎乎的《帕梅拉》和《克拉丽莎》，然后是躺得乱七八糟的一堆，有特罗洛普，甚至还有沃波尔和拉德克利夫，两位阴森的早期哥特大师和他们的墓穴、地牢和苔藓。撩起帕梅拉的裙子偷看，我多半会瞅见《O娘的故事》。她的咖啡很好喝，加的是真奶油。换句话说，摩根受过高等教育，有魅力和格调。要是换个环境，我很乐意请她出去吃顿饭，但另一方面我也不可能开口问她。她显然和我不是一个阶层。

也许你会吃惊，为什么这么一个女人要写情书给杀死女人的凶手。咱们停下来研究一下，因为这个问题还会一而再再而三地冒出来，实话实说，我并不想浪费许多时间去思考它。写吸血鬼和巫师、刺客和花痴的时候，我很少会琢磨角色的动机。虽说或许应该深入了解，但我对人们的动机确实不怎么感兴趣。大家

（包括我在内）为什么做我们做的事情，这对我来说是个不可能解开的谜题。

因此，我见到摩根·切斯时，既惊讶也不惊讶。请记住，我投入了很多时间撰写色情内容。我花了无数个小时用放大镜看校样，那些文章无论多么离奇，至少都证明了一点：任何事情都会有人做。写信向编辑补充材料时（业余人员拍的照片、派对上的醉话），你会意识到变态倾向会栖息于任何人的心中，与外在表象很可能恰恰相反。当然了，作为后殖民地、后现代、后女权主义者的有色人种也许会渴望被年老白人打屁股，而五十多岁的白种新教徒首席执行官会渴望被三百磅的黑女人用高跟鞋踩后背。我们作为工作者、市民、朋友、情人、陌生人，和自己的不同身份之间，充其量不过存在着模糊甚至互相矛盾的关系。这些不同的侧面仿佛一枚量子硬币的许多个面，尽管它们也许会重叠，也许会相接，甚至交叉，但你不可能同时看到所有面，至少在这个宇宙里不可能。要让那枚多维硬币看清自己，这个想法连佐格的巫师首领都不敢琢磨。

23

信件摘录，日期：二〇〇八年九月六日，由摩根·切斯写给达利安·克雷，用紫色墨水的钢笔写在淡玫瑰红的厚信纸上。

亲爱的先生：

我躺在自己的床上，你躺在你的牢房里，但我知道我们在一起。我知道，尽管法庭说你是凶手，但你其实是无辜的。我知道，尽管报纸说你会被处决——具体时间不清楚，只说是在近期——但我知道你将获得自由。你将拥抱我，我将向你——我的爱人，完全而彻底地奉献我。从来没有哪个女人、情人、奴隶，会向她的男人、爱人、主人，像我这样奉献自己。求求你，请你写信给我。告诉我当那一天来临，你将怎么对待我。告诉我，你要我如何侍奉你。

永远属于你的摩根

24

"嗨,我是哈利·布洛赫。"

"摩根·切斯。"

"谢谢你肯这么见我。"

"看你说的,这是我的荣幸,是我要谢谢你。"

"不客气。"

"喝咖啡还是喝茶?"

"不用麻烦了。"

"没什么麻烦的,我刚煮了一壶咖啡。"

"那好,听上去很不错。"

"加奶油和砂糖?"

"奶油就可以了,谢谢。"

"要喝茶也没问题。"

"不,咖啡就很好。"

"去去就来。"

"好的。"

我坐在桌前。我刚到,但社交技能已经耗尽,微笑得面颊僵硬。我想趁她去厨房时逃之夭夭。我感到挫败和惊恐,就像刚见面五分钟就知道初次约会将是一场灾难的男女,就像一脚踏入陷阱时的野兔。

但想逃跑已经来不及了，于是我取出微型录音机和麦克风、记事簿和圆珠笔、装信件的牛皮纸档案夹，准备开始访谈。摩根·切斯拿着两杯热气腾腾的咖啡回来，放在两个杯垫上。我道谢，喝一口表示赞赏。我再次检查记录。

"好，"我说，"假设你和达利安在一起，他把你绑在床上……"

她颤抖得太厉害，杯子跳了起来，咖啡飞过桌面泼向我。我抓起东西，躲避潮水般袭来的咖啡。星星点点的咖啡溅在档案夹上。

"对不起，"她跑出去，拿着海绵和纸巾回来，"非常对不起，"她说，使劲擦拭桌面，"我感觉非常不好。"

"没关系。"这毕竟是她的桌子。

"不，我是说，对不起，我觉得我谈不下去了。"她的眼睛盯着海绵，"真的不行。"

我站起身。"没什么对不起的，"我似乎也急于结束对话，"我完全理解，我不想看你难堪。"

"浪费了你的时间，我感觉很不好。"

"完全没关系。这个主意本来就很糟糕。"

我大大地松了一口气，收拾起所有东西，急匆匆地出门，踩着吱嘎作响的台阶下楼，走进清爽的冷风。克雷肯定会解雇我。这本书将会流产。克莱尔会火冒三丈。我会继续破产和没人疼爱。那又怎样？我还能呼吸。树叶很快就将萌芽，哈德逊河闻起来很近，混着汽车尾气和熏香的草药甜味。

"等一等，"一只手抓住我的胳膊肘——是她，"请回来。"

她家前门敞开着，她跑得气喘吁吁，一只手还抓着海绵。

"你确定?"

她点点头,几乎不敢看我的眼睛。我听天由命地跟着她回去,仿佛我才是被折磨的那个人。我们回到桌前坐下。她去倒咖啡,这次很久才回来。她将咖啡杯重新放在杯垫上——在她的正前方,离身体有半个桌面。我看见白色大抱枕放在白色沙发的正中央。一个方形白色瓷花瓶放在壁炉架的正中央。她也重新坐正,直挺挺地坐在椅子边缘上,眼睛直视着我。

我又拿出那堆东西,这次摆得更加整齐,纸张对齐桌边。我喝一口咖啡,放在她的咖啡杯的正对面。

"我实话实说,"我说,"你看上去很正派。聪明,有吸引力,"她的脸稍微有点红,"而且挺矜持。你为什么要这么做?"

她露出少女般的笑容,皱起鼻子时,我发现她粉底下有些雀斑。她和我对视片刻,又转开视线。"怎么,布洛赫先生,"她问我,像是书架上某本书的女主角,"你没有恋爱过吗?"

凶案发生和审判的时候,摩根还在念大学——主修的自然是英语文学。她在中西部长大,去芝加哥念书,对案情只有模糊的印象,只记得搜捕的过程,还有和姐妹会同伴看新闻时的胆战心惊,还有——当然了,那位英俊的被告。几年后,她放弃文学,在纽约得到MBA学位,又在报纸上读到这个案件,如今的报道中心是无休止的上诉。另一方面,她的个人生活并不顺利。她结婚很早,男方是个性格阴郁的拜伦学者,这段姻缘结束得很难看,接下来几年她投身于工作,事业很成功,偶尔和同僚的约会却都很无聊;于是在这套优雅公寓的四壁之内,放肆的幻想生活开始狂野生长。

摩根越说越放松,咖啡过后是红酒和芝士,我们在白茫茫一片的会客区继续对话,她越来越健谈。有时候我们和陌生人在一起就是这样。我以前访问其他人也遇到过这种情况,他们往往会吐露出乎意料的内容,哪怕是你正在录音,只是因为我坐在对面使劲点头,让他们去填补寂静。如前所述,摩根很迷人(甚至有点让我想起珍妮,就是那种书呆子气的笨拙),但我不会将她越来越松的口风误认为是真正的亲密。另外,毕竟有相反的力量在发挥作用:红酒和匿名。她的名字和名声托付给我是彻底安全的,更何况我只是克雷的跑腿小弟,威胁性还比不上心理医生或神甫,因为我连判断和诊断都不会下。谁在乎我想什么呢?我只是代笔幽灵。

"就算在结婚的那段时间,"她继续斟酒,"我也一直缺少一些东西——在性爱方面。"她坐进松软的椅子,将赤裸的双足叠放在大腿底下,两只黑色高跟鞋斜放在地上。我慢慢坐进沙发。"要知道,我很难得到高潮。"

她看看我,像是在衡量我的反应。我看着手里的布利芝士,一本正经地点头。"我懂。"我说。

"我甚至想过,我说不定是同性恋,但事实并非如此。女人对我没有吸引力。然后我开始想也许是机能性的问题,明白吗?比方说荷尔蒙失调或者性驱力低下。"她在约会和工作中认识的男人,有几个非常英俊,有几个非常有钱,但她却从未感受到任何真正的性欲冲动,只有在自己的想象世界中除外,她围绕她在报纸和电视上看到的强势而危险的男人编织幻想,其中就包括达利安·克雷。

"事实上,我一直有这种幻想。我一个人的时候会想象那些场景,但从来没有和其他人讨论过。我以为只是我有问题而已。

然后我发现了互联网这个世界。"

"色情内容?"我就着红酒嚼芝士,尽量说得轻描淡写,"抱歉,"我轻笑道,又拿起一块芝士丢进嘴里,"我想,你说的是色情内容吧?"

"对,我专上那种网站,我能找到的最下流的网站。去那种讨论组和聊天室。我在网上看的都是最恶心的内容。我甚至打那种电话热线,让男人对我说可怕的话,叫我母猪和婊子,我边听边——你知道的。羞愧归羞愧,但我忍不住。我的脑子里只有这件事。但我从来没有真的做过什么事情,也没有告诉过别人,甚至根本没有动过这个念头。直到我遇见达利安。不知怎的,他在我信里感觉到了这些想法。"

她写信给克雷,表示支持他是无辜的。克雷回信,两人你来我往开始通信,内容越来越浪漫,越来越有激情,越来越色情。他问她要照片,要香水纸,要信里夹阴毛。他告诉她该怎么做。

从许多角度来说,克雷是完美的男朋友,尤其是对一个受过伤害的羞怯女性而言。他有用不完的时间和能量可以投注在她身上。他有激情,有兴趣,专一。不存在(她认为)来自其他女人的威胁,现实生活基本上不可能摧毁她的幻想。这个男人永远不会掀起马桶盖不放下,不打鼾不放屁,不会在床上令她失望。他永远不会害怕承诺,在情感上永远可以依靠,在亲密方面永远不会有问题。据我所见,她比克雷聪慧无数倍,但许多女人都面临这个问题。她将性幻想投射在他身上,但许多男人也同样这么做,而且所幻想的对象不必很遥远,多半就是每天陪在身边的女人。连她的怪癖也变得容易理解了。她这么做,可以让幻想走得更远，进入比普通女性的幻想更黑暗的角落，这些幻想不存在成真的可能性。

"但你们永远不可能在一起。"我尝试逼迫她说实话，"我指的是真的在一起。"

她微笑着晃动杯里的红酒，望着红酒顺杯壁缓缓淌下。"我感觉我和他比我和我认识的任何一个人都要亲近。我相信他迟早会获得自由。许多情侣都忍受过长时间的分离。"

"确实，但他们在分离前都曾相聚，然后遇到了战争之类的事情，但你和他没有单独相处过哪怕一次。还有做爱。"

她再次微笑。她的表情显然在说：你从未真心爱过，也没有被任何女人真心爱过。

"说到底，性爱完全依赖于意识，"她说，"肉体并不重要。"

25

摘自汤姆·史丹克斯所著《驯服荡妇》：

  摩根没有看见他就感觉到了他。她从杂志上抬起头，他就站在地铁车门旁，他身材高大，黑发，英俊中有几分兽性，全身黑衣——黑色正装，黑色大衣，黑色皮靴。他没有像大多数男人被撞破在看她时那样转开视线，而是用那双锐利的黑眼睛与她对视。灼人的眼神透着智慧和深情，带着强烈的男子汉气息刺穿了她，看见她心底的秘密。她羞红了脸，扭过头去，紧紧地并拢双腿，她忽然觉得自己的裙子太短了。恐惧的战栗流遍她完美的胴体，甚至还有转瞬即逝的愤怒，但这些并没有挡住在两腿间突然升腾而起的欲望。她又偷看他一眼，他还在看她。此刻她确定他知道自己被激起了性欲，能看见饱满双乳上发硬的乳头顶起了薄薄的针织衫。她感到很羞愧。就仿佛她无法控制自己的肉体。就仿佛是他在控制。

  到站了，她起身逃跑，高跟鞋咔嗒咔嗒地敲打台阶，沿着黑暗的街道回家，她不敢回头张望，但想着、害怕着，也许还期待着他像影子一样跟着自己。夜色投下的一道影子。

摩根走进霍雷肖街那套品位高雅的公寓，几乎按捺不住情欲。爱液沿着大腿内侧流淌，仿佛收获季从枫树切口流淌出的糖浆。她跑进卧室，从暗处取出按摩器。她呼吸急促。她闭上眼睛。她开始呻吟。这时她听见了恶魔般的笑声。她抬起头——是他，地铁上黑色的陌生人。她忘了锁门。还是说她存心没锁，为了他？

"我就知道，"他说，"我总能知道。我闻得出一个想要我的女人。"

"你，你是谁？"

"我叫达利安，"他说着走近，"但你将叫我主人。"

26

我念到这里停下来。达利安说:"不赖嘛,但为什么磨蹭好久还没写到肉戏?比方说他用折刀割开她的裤子?我应该在地铁上就动手了。"

"这么写比较有现实感,"我解释道,"可以营造紧张气氛。你跟踪她,一步步接近,知道会发生什么。"

"好吧,也有道理,"他让步道,"我确实看得出。我喜欢他鼻子一闻就知道她想要的桥段。"

"谢谢。"

"接下来他扇她耳光那段呢?你说她几乎高潮。为什么几乎?她可以现在就高潮嘛。"他打个响指。

"呃,要是第一页这么写,那就没有故事了。"我争辩道,像是回到了学校里,面对写作小组的批评为自己辩护。这家伙以为他是谁?至少我识字。"需要慢慢建立情绪——从写作方面。"

他不置可否地点点头说:"剩下的呢?"

"朋友,我不可能从头到尾全念给你听啊,我们只有一个小时。"他开始让我讨厌,所以我不再害怕他。要是我不尽快开始访谈,我恐怕就要陷入痛苦的长期徒刑了。我把稿子放回牛皮纸信封里。"谈完了你带回房间里慢慢读吧。"

"好的,好的。"他说,"咱们开始吧。拿出你的小录音机。"

我拿出小录音机,花了一分钟开动它,找到我的问题清单。克雷耐心地等着,嘴唇上挂着一丝笑意。

"你被你母亲遗弃了,对吗?"我问。

"错!"他吼出这个字,然后一动不动地盯着我。

"抱歉,我只是在按我读到的内容说。"

"你读错了!"他又吼道。

"那好,你有机会纠正错误了。"

"不如你先说说你母亲?"

"我母亲去世了。"我说。

"对不起,"他皱起眉头,看起来是自顾自地皱起了眉头,"别在意。"

"没关系。"我暂停录音,"你要是不愿意,我们不是非得讨论这个不可。但是你自己说要从头开始的。"

"你说得对。我们说好了的。"他朝录音机点点头,我重新开始录音。他深吸一口气说:"我母亲。首先,她没有遗弃我,是警察从我身边夺走了她,然后州政府将她和我隔开。毁了我童年的是他们。政府。现在我又落到他们手上了。有人说我憎恶女性?我憎恶条子才对。要是发现有儿童服务机构的社工被人碎尸,尽管来找我。但没有人比我更爱姑娘们了。她们是我的人生目标。"

"先说说你母亲。"我说,"也许不是真的,我只是复述我读到的内容,但报纸还说她是……她卖……"

"说她是妓女?"他向前俯身,咧开嘴,铐住的双手夹在膝盖之间,"你想说的是这个吧?没错,我母亲是妓女。我替你说。那又怎样?我们总得吃饭。昨天夜里,这个国家有多少女人为了吃饭，向着她们没兴趣的男人分开双腿？那种关系叫做婚姻。我老爸——天知道他是什么人——弃家溜走了。混账的是他，不是我。我母亲没法睡他换钱，她睡了其他男人。那又怎样？她是妓女，她是女招待，她在作坊为洋娃娃缝衣服。这年头应该没这个行当了吧？我指的是这儿。布鲁克林没有了。我记得她带着洋娃娃的衣服回家，我把那些衣服穿在美国大兵的模型身上。她还在作坊给我缝衣服，估计厂里睁只眼闭只眼。"

"她给你缝衣服？"我问，"做裤子吗？记得好像挺难的。"

"不，我指的是缝缝补补。打补丁。因为我们很穷。"

"明白，明白了。"

"我想说的重点是她是个好母亲。我们每天一起吃早饭。燕麦。我记得我最喜欢咖啡的味道，哪怕我还只是个小孩子……"

"我也是。"我想也没想就附和道。

"所以她会在我的牛奶里稍微加一点咖啡。"

"还要加很多糖，我也是！"

"我有时候还是很想那么喝。"他说。

"这儿有？"

"什么？咖啡和牛奶？当然有。我是说我偶尔挺想这么喝。"

"哦，对，当然，"我哈哈笑道，"我没过脑子，我还在想你怎么点饮料呢。"

"呵呵，对，找狱警要呗。"克雷也笑了，露出满嘴白牙，再次提醒我身在何处。我突然感到一阵自我厌恶：真是可耻，我居然看着自己和一个凶手相视而笑。不过笑声起了作用，至少表面上看是这样；我和他建立了联系，他开始放松，靠在椅背上，不需要我的提示就说了下去。

"然后有一天她出去就没再回来。整个夜晚慢慢过去。以前还有邻居帮忙照看我,但这时候我们已经从那儿搬出来了。科罗纳的一家旅馆,好像。还是在欧松公园?我记不清了。"

"我可以自己查。"

"整整一夜只有我一个人。房间里没有食物。燕麦盒里只剩下最后一丁点——我记得,就是一点碎渣。没有牛奶。"

"你很害怕。"

"他妈的当然。我才五岁。于是我躲在壁橱里。估计感觉比较安全。然后,第二天早上,我非得要去卫生间了,这个我记得很清楚,但卫生间在房间的另一头,看上去是那么遥远。我记得当时肯定很早,因为电视一直开着,那会儿在播《今日秀》,我知道动画片很快就要开始了,我可以偷看。"

他说话时望着半空中,眼神涣散,身体前倾,完全一动不动。我也不敢动弹。这个房间没有窗户,散发着氨水的气味,仿佛医院或男厕所,头顶的日光灯管发出微弱的嗡嗡声。灯光映出我们的影子:我手中铅笔的影子落在记事簿上,他两肩和头部的影子被拉长,落在桌面和地板上,仿佛一张空白地图。那是什么颜色?不是灰色,不是黑色,影子碰到哪里,哪里的色调就变得更暗:仿木桌面、灰色油毡地毯、棕黄色的纸张、粉红色的皮肤。

"这时门突然开了,来的不是我母亲,而是警察。突然到处都是警察——也许只是我的感觉,也许只有两个警察,但你知道,他们穿制服系腰带佩着枪,看上去那么庞大。还有社会服务机构的人。他们带走了我。就是这样。"

他停下来。我等他开口,然后问:"你没再见过你母亲?"

"没有,再也没有。就是这样。"

27

我走出会见室,弗洛斯基和特蕾莎在有长凳和自动售货机的外间等着。

"嗨。"我微笑道。弗洛斯基转过身去,不顾头顶墙上大大的"禁止吸烟"标记拼命吸烟。特蕾莎看上去很疲惫,脸色苍白,黑发向后挽起,露出面庞。她从手提箱里取出一个文件夹。

"这是你的合同复本,签过字了。"

"谢谢。出什么事了吗?"

特蕾莎压低声音说:"终审上诉被驳回了。"她扭头看了一眼弗洛斯基,她把烟灰弹进饮水机。反而是特蕾莎显得很悲伤,弗洛斯基只是比平时更加愤怒。

"抱歉。"我不知道该说什么。我开始了解达利安这个人了,得知他即将死去,我真的感到抱歉吗?好像并没有。"所以,都结束了吗?"我问特蕾莎。

"还差得远呢,"弗洛斯基插嘴道,"用不着担心。"

"不,"我嗫嚅道,"我不是那个意思。"

她打开饮水机,浇灭烟头,把一块钱塞进售货机,揿下健怡可乐的按钮。钞票被吐了出来。

"他妈的鬼东西!"她对售货机连踢带打,尖头皮鞋踢到突出的边缘,险些摔倒。"妈的,"她一只脚跳着说,"这鞋是新买的。"

"来,让我试试看。"我说。我拿出零钱,把一张比较平展的一块钱塞进售货机。从机器伤痕累累的外表看得出,许多受挫的访客曾对它饱以老拳。汽水掉了出来,警卫恰好走进房间。

"卡罗尔·弗洛斯基?"他喊道。

"是我。"

"你可以见委托人了。"

"好。"她抓起公文包,以可敬的尊贵姿态踽踽而行,穿过那扇门走向委托人。她经过我的身边,我注意到她捶打售货机时,粗重的指环割破了她的皮肉,手指上有一道血痕。她连眉毛都没有多皱一下。我不禁心想,我要是遇到麻烦,一定委托她当我的律师。警卫嗅了嗅。

"你抽烟了?"他问我。

"我?没有,我不抽烟。"

他皱着眉头瞪了我一眼,将尴尬而沉重的寂静留给我和特蕾莎。

"要喝汽水吗?"我小声说,"我不喜欢健怡可乐。"

她摇摇头。"他还不知道,"她说,"她现在要去告诉他。"

"我知道。我见他的时候他挺好。访问很顺利。"

特蕾莎坐下,取出贴满黄色即时贴的厚实法律课本。她打开眼镜盒,戴上眼镜。我对性感的女图书管理员一直有幻想,这应该不奇怪吧?喜欢读书的姑娘最火辣了。

"说起来,"我说,"那位作家,你提过的那个吸血鬼小说作家,我读了点她的书,感觉很不赖。"

"我也这么觉得。"特蕾莎没有抬起头。

"我在哪儿看见说她有一本新书快出版了。"

"刚出版,我已经有了。"

"真的?"这倒是新闻了,"我得去看看。你已经买到了?你还真是她的书迷啊。"

她不理我,只顾低头看书。我从她衬衫领口的缝隙瞥见一小片白皙肌肤,还有一幅黑色文身的卷须,卷须向上(也可能是向下)伸展。我内心的吸血鬼露出獠牙。

"呃,你要是感兴趣,"我继续道,"我在哪儿看见说作者要做个线上活动。"那是出版商搞的新名堂。说实话,我连这个概念都几乎不理解,但克莱尔信誓旦旦地说能促进销量。"她会主持一个聊天室。"我解释道,尽量不显得太大惊小怪。

"对,"她对着课本说,"已经知道了。"

28

在回程的列车上,我开始誊抄访谈内容,戴着耳机听录音,对着笔记本电脑打字,这一向是最困难的环节。刚开始做访谈那会儿,我过了一段时间才学会不用自己的发言打断访问对象的话头。访谈结束后我还必须听着磁带上自己的声音讲述琐碎的细枝末节。我的皇后区口音很刺耳,嘀嘀咕咕带着鼻音,比我想象中还要难听。哪怕是今天,听着我和克雷的对话,每次听见我惹人讨厌的口头禅——比方说没完没了的"对哦,对哦"——我都忍不住皱眉头。事实上,以对话自然流畅而著名的作家和电影制作者往往高度风格化,而未经编辑的真实对话文本你读不了几行就会觉得无聊透顶。

与克雷的对话就是这样。他独角戏唱个不停,内容既惊悚又令人麻木,讲在儿童福利体系内的恐怖历程,辗转于一个个寄养家庭之间,受忽视、被欺凌、挨打,很可能还遭到过猥亵。曾经收留他的一对寄养父母后来因猥亵男童被捕,但没有资料显示受害者中有克雷,我提起时他也连连否认。可是,他的叙述与记录多有出入,尤其是关于他的母亲。

杰拉尔丁·克雷是个噩梦。她的病态母性表现远远超出克雷描述的贫穷和疏忽。她以卖淫为生,有一长串的被捕记录,包括多次盗窃、持有毒品和在公共场合醉酒。他出庭受审时,案卷里包括了儿童福利机构的记录，提到她不但长时间将他一个人留在家里，还在接客时把他锁在壁橱里。刚开始小达利安又哭又闹，于是她塞上他的嘴，直到他学会保持安静。他在禁闭期间尿了裤子就会挨揍。被捕后的那天早晨，她向分局的一位警官报告说她的孩子独自在家，社会福利人员确实因此带走了他，他由于无人照看而成为州政府的受监护人。她恳求判轻罪，服刑六十天后出狱，却没有出席儿子的任何一次监护权听证会。她抛弃达利安，继续在各个城市积累被捕记录——旧金山、洛杉矶、底特律。后来她也许改邪归正，因为一九九六年以后就没消息了。她当时大约四十到四十五岁，有可能和许多惯犯一样，年纪渐长，厌倦了职业罪犯的紧张生活，也可能已经死于非命。

29

后来我戴着耳机听着磁带在车上睡着了。我做了些古怪的梦,被耳机线勒醒后忘了个干净,到纽约时已经筋疲力尽。可是,这一天还没过完。我从地铁站走回家,看见一个像是卧底警察的家伙走出一辆像是卧底警车的轿车。车是黑色的雪佛兰,男人身穿黑色大衣、海军蓝正装、白衬衫和红领带,但不是硬汉条子那种类型。他看上去很精明,戴无框眼镜,嘴唇抿得很紧,脸上皱纹交错。他开始花白的黑发向后梳,对警察来说有点长。我突然毫无理由地惊恐起来,尽管我不停地对自己说你没有做过任何错事,但不知为何在我内心深处,还是有几分朦胧但无法驱散的罪恶感。

"布洛赫?"他问。

"对。"我平静地说。

"我是汤斯特别探员。"

"什么事?"他向我出示证件,但我只看了一眼。我在网上搜索资料时见过这个名字,对他的面容也略为眼熟:他是逮捕克雷的联邦调查局探员。

"能给我一分钟吗?"他说。

"没问题。"我尽量用低沉的声音说,"上楼去喝杯咖啡?"

"没时间。今晚我要飞孟菲斯。你要是不介意,咱们在我的车里谈吧。"他打开轿车后门,没有等着看我到底介不介意。我当然介意,但还是坐了进去,他跟着在我身旁坐下。驾驶座上的探员下车,方便我们私下谈话,也可能是不想目击我被折磨。

"书写得怎么样了?"他问。我和他直视彼此,像是坐在露天汽车影院里。

"挺好。"我说,"多谢关心。"

"你好像答应过受害者家属说不会动笔。"

"我什么也没有答应过,再说不是所有家属都不想让我写。"

"达妮艾拉·吉安卡洛?她活得一塌糊涂。毒虫、脱衣舞娘。她离进监狱只差最后一步了。我说的是其他几家人。哈瑞尔、希克斯。正派好人,只想安安静静怀念逝者。通纳先生有律师。他在附近有一家工厂。在岛上还有一家更大的。"

"制造什么?"

"嗯?"

"他的工厂。"

"聚乙烯袋。一卷一卷的塑料袋,干洗店罩衣服用的那种。"

"达利安·克雷在那里工作过?"

"是啊,没错。你能想象他的感受吗?得知杀人狂就是在厂里盯上了他的妻子?你应该尊重他们的意愿。你至少能为他们这么做。"

我耸耸肩,保持音调平稳:"达妮艾拉·吉安卡洛也许不是垃圾袋工厂的老板,但她的姐姐也是受害者。"

汤斯转身看着我的侧脸。我好歹也是莫尔德凯·琼斯的小说《热血杀人犯与冷酷皮条客》的作者嘛。

"你看,"他说,"她被案件迷住了,事情发生时她活得稀里糊涂。她有负罪感,而且她们是孪生姐妹。阴阳平衡之类的问题。你有没有想过你这是在占她的便宜?"

"你有没有想过这不关你的事?"话一出口我就后悔了。我准备迎接拳头,不由自主地眯起离他比较近的右眼。我前面提到的毫无理由的惊恐还有这一面:同样毫无理由且难以控制的反叛情绪爆发。

汤斯却连眼睛都没多眨一下。"逮捕凶手是我的事情,"他说,"像寄生虫一样啃食受害者尸体的是你。"

说完他伸出手,我和他握手。他甚至没有用力。我爬出车门,喜滋滋地对他挥手,走向我那幢楼的大门,却必须用一只手扶着墙,因为我的膝盖在使劲发抖,我害怕我会摔倒。

我满心惊恐加自豪地告诉克莱尔,说联邦探员刚才威胁了我。她身穿体操服和暖腿袜套,戴着蓝牙耳机,在我的客厅里做瑜伽。

"汤斯?让汤斯舔我的左奶子去吧。"她弯腰头碰脚,"他当然希望你出局了,我调查过他。他签约要写回忆录,但必须等退休后才能动笔。他要是提前辞职,就必须放弃全职退休金、牙医保险和其他所有福利。另一方面,你将打得他爬不起来,电影改编权,等等等等。"她从一条胳膊(或者一条腿)底下对我微笑,"他确实很难搞,但被拉链卡住××的是他,不是你。"

"真的?回忆录?"我坐进沙发,尽量不去看她没到合法年龄的臀部起起落落,"谁帮他代笔?"

30

《猩红夜雾》已经出版，没有或很少造势。我一本正经地跑了趟罗斯福购物中心的巴诺书店，同样大失所望。新书不见踪影，只发现另外几种书散于各处，我默默地将它们重新摆上书架。最后我向一位年轻店员打听，问我期待已久的西碧莱恩·洛琳度-高尔德的新书是不是今天发售。他耸耸肩，在电脑上查询，说书架上已有四本。我再三追问，他拖着步子走进里屋，拿着我家里已经有的那本书出来：厚墩墩的平装本，封面是猩红色天空渐渐融入黑色山脊。我原本希望那几道鲜血能用压凸印刷，好让血迹鼓出来显得更逼真，但那么做太费钱。我向店员道谢，他又耸耸肩。他一走开，我就把那本书放在"恐怖/都市超自然"书架最显眼的位置上，然后溜走跳上公共汽车。

走运的是我确实还有几个读者，但恐怕都不在我家附近。那天晚上我将走进互联网的一个偏僻角落，会见几个想和作者讨论新书的游魂。

克莱尔和我开玩笑，要我戴上西碧莱恩的假发出席，或者点几根黑色蜡烛喝一杯紫红葡萄酒，但我还是选择普通的写作打扮：运动裤、T恤和浴袍，一杯冰块和一瓶一升装可口可乐。为什么不买两升装？给你一条写作小贴士：我发现容量越大，跑气就越快。我喝没气的可乐写不出东西。还有就是别忘了拧紧瓶盖,否则无论一升两升都会跑气。

我以"猩红1"登录,接下来的十分钟异常难熬,我独自一人挂在赛博空间里。这儿又暗又冷。然后,一个接一个地,一小簇灯光依次点亮:"黑暗天使"和"燃烧天使23"、"鲜血爱人78"、"为你流血"、"撒旦女孩"和"恶魔母体"。克莱尔让我紧张,她站在我背后看我打字,我保证我会把对话念给她听,她才回到沙发上。

"好啊,"我呻吟道,"'撒旦女孩'想知道我的点子都是从哪儿来的。天哪,你以为是哪儿?从我的屁眼里。"

"你这么回答她?"

"不,我的回答是:'梦境、恐惧和日常生活,但很难一一对应。'"

"很好。还有呢?"

"'鲜血小子'问克里奥夫人和夏鲁斯·冯·法伯格·圣杰迈恩男爵在这一卷里到底会不会上床。"

"读完不就知道了?小气的兔崽子。"

"好。"我说,但只打了前半句。克莱尔拿起我用来充饥的那罐坚果。

"接下来呢?"她问,专挑腰果吃。

就这样,我朗读打字,克莱尔大声回答,直到一个名字跳出来,我犹豫片刻,没有念出声。一个自称"血族T3"的人上线了,但一句话也不说,像是站在门口,旁观其他人逼问我血族秘传和早已被我遗忘的角色的命运。我大声向克莱尔朗读问题,同时偷偷盯着那个沉默的名字,仿佛背着女朋友和另一张酒桌上的妖媚美女调情。我问自己,三个小小的T会不会属于特蕾莎·特雷奥？法务助理会不会在城区某处的电脑前注视着我？她会不会戴着那副性感的眼镜？

血族T3在虚拟空间开口了，她问，像我这么一位好看的——抱歉——年长女性，得知很多读者认为我的作品非常色情，内心会不会有所纠结。她身为一名女性（顺便说一句，是异性恋）却感到我（同为女性，但更年长、更睿智、更有经验）触碰到了她最深层最隐秘的欲望，她从未告诉过任何人、以为只属于她一个人的性幻想。我对此有何看法？以作者的身份？以女性的身份？

"他们说什么？"克莱尔问。她已经躺下，无所事事地望着天花板，把花生一粒一粒丢进嘴里。

"没什么，老一套。'黑暗小子'问我能不能尝出A型血和AB型血的区别，因为他或她做不到。'为你流血'想当血奴。"

"别理变态佬。"

"喂，说话当心点，"我说，"坚果是变态佬出钱买的。"

31

克雷名单上的第二个女人是玛丽·方丹。她住在新泽西的里奇菲尔德公园，公共汽车放我在路口下车，我意识到她的公寓多半是父母家的车库。那是一幢饱经风霜的错层房屋，白色墙板的接缝处能看见黑色污渍，刚萌芽的稀疏草坪上有几块秃斑。你也许还记得，这年春天气候异常。既舒适（十二月穿T恤上街当然让人心花怒放）又令人不安（这种天气怎么可能不是最终判决：我们已经破坏了地球）的暖冬过后，四月份遭受突如其来的寒潮袭击，明媚的午后有雪花飞舞。方丹家的草坪上，粉色和白色的山茱萸在假春天的蒙骗下提前绽放，花朵此刻却凋零于烂泥中。我按照玛丽给的路线，爬上车库旁的楼梯，来到一扇薄木门前，门里传来工业流行乐轰轰轰的节拍。

我大声敲门。她肯定在等我，因为音乐的音量立刻变小了，片刻之后，她打开房门。出现在我眼前的是个矮胖姑娘，有大大的眼睛、厚厚的嘴唇和惊人的胸围，地中海的暗色皮肤，身穿地摊货哥特装。

"嗨，我是玛丽。"她伸出一只小手，我轻轻一握。

"我是哈利·布洛赫。谢谢你肯见我。"

我走进房间。这是个工作室，带睡觉的凹室和厨房区，有点像《欢乐时光》里方兹的房间，只是这儿的黑色蕾丝和蜡烛要多得多。"治疗"乐队、九寸钉和玛丽莲·曼森的海报旁是查理（真正的曼森）的照片，还有蜜月杀手和摩尔杀人狂这两对著名夫妻档连环杀手的照片。衣橱上是献给克雷的小神龛：骨头扎成六角形、松鼠的颅骨、滴蜡的黑色蜡烛、熏香、贴在照片上的新闻照片。我看见克雷写给她的信件，与我的文件夹里她写给克雷的信件两两配对。克雷写给她的信件扎着红色缎带，塞在贝壳装饰的匣子里。我不禁有点悲伤，铺天盖地的黑暗邪恶里居然还有一抹女孩子气。她要是知道克雷把她的情书和宝丽来裸体照（此刻装在背包中的一个牛皮纸信封里）交给我时是如何嘲笑她的，不知道会有什么感想。

但话说回来，她也许根本不会在乎。摩根·切斯刚开始拒绝开口，将我置于不情愿的引诱者的尴尬位置上，而玛丽的嘴巴动得太快，她立刻和我热络起来，将我置于同样不情愿的被引诱者的位置上，反而更加尴尬。她并不美丽，没什么气质，不迷人也不聪明，但她拥有年轻肉体到最成熟时的那种青春的吸引力，比海报上的嗜血女性可爱无数倍：两百五十磅重的玛莎·贝克，蜜月杀手里的女性那一半（或者四分之三），死刑被迫延迟，因为她肥得坐不进电椅；摩尔杀人狂里的玛拉·欣德利，漂染的金发和纳粹气质使她成了反讽的性别符号，但她长得像个男人，智商仅有平平的107，要不是臭名昭著，恐怕普通到极点。然而，这两对男女构建了她理想中高度浪漫的多舛情缘：超越善恶的局外人，或者——取决于你的观察角度——精神侏儒，弱小得只能靠猎杀孩童和老妇抬高自己。

聪明的读者到这里会阻止我，说你难道不也一样？没牙老鼠哈利，靠这些性幻想吃饭。否则你为什么会在书里塞满不必要的低俗情节？你凭什么是个例外？好吧，让我告诉你。首先也是最重要的，这是谋生方式，任何一位侍者和脱衣舞娘都能为我证明，一个男人的赏钱就是另一个姑娘的房租。可是，还存在另一个更重要的（也许是荒谬的）理由：我怀疑导向情欲的推动力并非源自我大脑里色迷迷的爬行动物部分，而是高度艺术化的皮层。请允许我解释一下。

那些为了阴暗刺激和秘密欲望而阅读的朋友，别担心，好戏就快来了。我不会评判你们。而那些有洁癖的朋友，看见书页上的鲜血就会吓得一抖转过头去的朋友，我要说：你们并不孤独，请相信我。假如你们认为这种内容不堪入目，不妨试试用一只手遮住眼睛，用另一只手写出来。但同样正确的是，沉睡在我心底里的诗人舔着嘴唇蠢蠢欲动。因为，如果说我有什么训令可以向每一个削尖铅笔狩猎文字的码字工宣讲，那就是这个：假如你触碰到读者的神经——或者更好的，触碰到自己的神经——那就使劲写下去吧。

32

访谈誊本：玛丽·方丹，二〇〇九年四月二十二日

玛·方：我害怕和一个被官方指为杀人犯的男人恋爱吗？完全不怕。他远远超出你的论断。说到底，官方也想杀死他，不是吗？况且不是面对面，而是隔着一段距离。至少他是亲自动手的——我是说，假如他真的杀过人。对我来说，这是最色情的行为。死亡和性爱彼此联系。这条线很细，但绝大多数人都太害怕，不敢承认。性爱带我们去深渊边缘，高潮推我们落入深渊。那就像品尝死亡。与杀人犯做爱并不让我害怕，反而能激起我的性欲。

哈·布：真的？

玛·方：真的。你听了很震惊？

哈·布：并没有。

玛·方：我想×他。

哈·布：好。

玛·方：×屁眼。

哈·布：好。

玛·方：我是说×他的屁眼。

哈·布：我懂了。假如他请你帮忙杀人呢？帮助他诱惑某个人落入陷阱,或者按住那个人,你会愿意吗?

玛·方:当然,我什么都肯。

哈·布:你会自己动手杀人吗?

玛·方:会,当然会。

哈·布:杀任何人?朋友?家人?

玛·方:当然。有什么区别呢?这些只是抽象概念。他是我唯一的真正家人。他是朋友、兄弟、情人。就像尼采说的,我们构建了自己的道德。所以你才无法理解我和他。我们超出了你的道德范畴。社会价值。消费主义。我所谓的家人只会坐在那儿看电视,遵纪守法,像牲畜似的咀嚼喂给他们吃的泔水。你不妨仔细想想,到底谁是囚犯?再想想伊拉克。如果我清醒地看穿了这一切,那么我就是自由的,哪怕被他们关了起来。明白我的意思吗?他是自由的。因为他在意识里释放了自己。工作、房屋、学校、家庭,这个狗屎州的这个狗屎小镇。我厌恶这些。你必须从可怕的噩梦中惊醒,然后就不存在任何真实了。一切都被允许。为所欲为,这就是我的全部法律。

哈·布:克劳利。

玛·方:对,你读过?

哈·布:当然,多年以前。我像你这么大的时候。十几岁吧。你在念书吗?

玛·方:不,我已经二十二了。

哈·布:你有工作吗?

玛·方:办公室工作。不是秘书性质。

哈·布:你喜欢克劳利?

玛·方：我经常读他的书。

哈·布：你崇拜撒旦吗？

玛·方：也许，也许不。

哈·布：儿童呢？如果达利安下令，你会亲手杀死一名儿童吗？

玛·方：让我用你听得懂的语言解释一下，你就会明白我有多么堕落了。想知道我的终极幻想吗？

哈·布：当然。

玛·方：我想看他杀人，然后在血泊里×我。

哈·布：真的？你真的会这么做？

玛·方：能激起我的性欲。鲜血，汗水，就像献祭的考验。仪式化。我光是想一想就很兴奋了。如果你愿意，我可以给你看。我不在乎。

哈·布：很好，我相信你。

玛·方：来，撩起我的裙子看吧，尽管动手。我他妈根本不在乎别人怎么想。

哈·布：其实我得走了……

玛·方：看见了？快看啊，我不在乎。

33

我以最快速度离开那儿。亲爱的读者，撞见这么一个人，你该如何保持礼仪？连可怜的荡妇密语老兄都不知道了。就像我被迫去即兴喜剧俱乐部或在前排观礼表弟的割礼仪式，我逼着自己看完玛丽的表演，笑得像块木头，她在裙子底下摸来摸去，但最后我还是移开灼痛的双眼。她并没有多么邪恶或堕落。完全没有。不管她怎么努力，她只是个普通人。最令我难以忍耐的其实是这一点。她受困于生活和家庭，多半没有朋友，工作很无聊，憎恶自己的外表。一个外形难看、笨拙而羞怯的女孩。她要是更聪明或更有钱，大概可以逃进艺术学校。但她在现实中看不到出路——除了达利安。

我同样不得不承认，尽管她没有勾起我的色欲，却激发出我虐待狂的那一面。我想用粗暴的手段帮她清醒过来。我多年来一向讨厌装腔作势想拥抱邪恶的种种狗屁。我想让她见识一下什么是真正的受苦：虐待儿童、政治迫害、癌症、种族屠杀，真实世界的真实恐怖。我想当面嘲笑她，唾弃这个装模作样的小撒旦，告诉她她的情人是条害虫，是半文盲的人渣，哪怕在他眼里她也狗屁不如，完全是个笑话。我想把她的鼻子按进屎尿堆。

我当然没有这么做。谁知道呢？说不定会对她有好处。至于假装同情和理解——表现出我怜悯她的样子，那才是真正的残忍。她一个人待在房间里，除了邪恶的梦想还拥有什么？于是我离开了，让她以为我被吓住了。我随口说声再见，落荒而逃，她粗野的大笑声在门背后为我送行，我宁可吹着冷风等公共汽车，也不愿意多坐一分钟。

上了公共汽车，我感到凄凉绝望。我坐在司机背后，前额顶着车窗，刹车气闸时而轻叹，时而呼哧呼哧喘息。外面湿漉漉的，所有东西都闪闪发亮。树叶跃入风中，贴在我身旁的车窗上，像是要搭顺风车离开这个小镇。水珠像鸡皮疙瘩似的渗出抛光的车身。我看见玩具、自行车和圣诞精灵，被遗弃的红鼻驯鹿鲁道夫翻倒在草地上。秋千锈迹斑斑。黑色和绿色的垃圾箱沿着人行道列队。一把破伞亮出银色骨架。所有地方的所有人都跟可怜的玛丽和我一样不开心吗？公共汽车驶入隧道，我向后躺下，闭上眼睛。

回到皇后区，我的情绪差到极点，路过花店的时候，我看见莫里斯——J.杜克·约翰逊的照片模特，我走进去想提提神，结果发现他和男朋友刚吵了一架，心情比我还糟糕。

"咱们去喝个烂醉吧，"莫里斯提议道，"我需要感官麻木。"

"行啊！哪儿？雅克？"那是路口的酒吧。

"天哪，不行。不能在附近，我不想和我认识的人讨论任何事情，而且不能是同性恋聚集的地方。不能有我在乎他们想法的人。"

"唔，谢谢。"

"你明白我的意思。"

"明白，我大概知道个地方。"

"肯定不会有我们认识的人?"

"几乎百分之百。"

"而且没有同性恋?"

"差不多可以保证。"

34

RSVP，达妮艾拉工作的脱衣舞俱乐部，位于机场附近。我拨打她的手机，几分钟后收到短信。没错，当晚她要登台表演。她会把我的名字（外一位）告诉看门的，还会留几张酒券给我。莫里斯很激动。

"我要一个特别垃圾的大胸金发妹子骑在我身上，用胸揉我的脸。"坐上出租车，他这么对我说，"大得难以想象的奶子，粉红色的大奶头。"

这幢狭长的低矮建筑物是个混凝土碉堡，没有窗户，只有一个霓虹灯标志，位于工业街区，路灯是橙色的，偶尔有飞机呼啸经过头顶。我们推过十字转门，从光线充足的夜晚走进黑暗，等待眼睛适应。

刚开始，莫里斯似乎被这么多女性的肉体吓住了，但几杯酒下肚，他很快兴奋起来。他要的是清酒（按他的发音，是"萨凯"），喝到第二瓶，他站起来，像喝醉的工薪族似的，把钞票往走道上扔，向丁字裤里塞。即便如此，谁也不会误以为他是花花公子。他朝舞娘大喊"上啊，妹子"，追着一个黑人姑娘问她是在哪儿接头发的，有姑娘请他亲屁股，他觍着脸说："该死，你做普拉提是吧？"可想而知，姑娘们很激动，我们的包厢很快成了全场焦点，两三个姑娘咯咯笑着绕着我们转悠，其中就有一个奶子大得难以想象的金发美女。

"真货吗？"他问，对她的胸部又是掂量又是戳，仿佛那是他打算填料上炉的两只小鸡。

"亲爱的，你摸过假奶子没有？你们肯定有人摸过。"

"是啊，但你这对奶子太好摸了。奶头硬得可以。"

"那是因为你在捏啊。"

一个性感的红发小美女挤到他俩身旁，说："我的是真的，你摸。"她的乳房很小很可爱，长着雀斑。莫里斯捏了一会儿，最后下了定论："比较嫩。"他请两个姑娘各拿一个乳房贴他的脸，姑娘们兴奋尖叫。

这时候我发现多了一位客人。一个大块头黑人，体形和莫里斯差不多，身穿劳动服，留爆炸头和山羊胡。他站在我们的酒桌前，抓着一个只穿胸罩和内裤的娇小亚裔姑娘的手。

"嘿，打扰了。"他说。

"什么事？"我问，心想莫里斯打架是不是和我一样没用。

他指着莫里斯说："那位老兄，是作家J. 杜克·约翰逊吗？"

"不是，但我明白你的意思。长得很像而已。"

"哈，明白了。保持低调，对吧？"他用庞然巨手和我握手，然后隔着我拍拍莫里斯的肩膀，"不好意思，约翰逊先生。约翰逊先生！"

莫里斯左右看看，满脸微笑，像是也在好奇地寻找约翰逊先生。客人探身凑近他，挡住整个舞台。姑娘们纷纷后退，遮住自己的胸部。"我只想说我非常热爱你的作品。它鼓舞了我。"

"呃，谢谢……"莫里斯含混地说，醉醺醺的不明白发生了什么，但很高兴能认识一个花道爱好者，"最重要的是形状和颜色。"

我在桌子底下踢了他一脚。

"他是你的书迷，"我解释道，"莫尔德凯·琼斯。"

"对，对！嗨，非常感谢你的支持。太贴心了。"莫里斯和他握手。

"能让我请你喝一杯吗？"

"当然。"莫里斯叫道，"热清酒！"

新来的人为自己点了拿破仑干邑，我只要了可乐。

"不能喝酒。"我紧张地说，"我是他的保镖。"三个人为此哈哈大笑，我笑得最大声。

"你和你的小朋友坐下一起乐乐吧？"莫里斯说，他们挤了进来。我坐在两个男人之间，姑娘们排在外围。

"这位是美玲。"男人说。

"哎呀，你真可爱。"莫里斯说，和她握手。

"我是 RX738。"

"谁？"莫里斯问。

"RX738。"他取出几张名片递给我们。没错，名片上说他叫RX738，还有电话号码和电子邮箱。

"这是什么意思？"莫里斯困惑道。

"我是 DJ 和制作人，"他解释道，"做饶舌乐，玩节拍。"

"厉害。"

"对我的歌词影响最大的就是你的作品。"

"嘿，谢谢。我喜欢你的发型，充满了革命气息。"

"没错。说说我的看法。我知道莫尔德凯在鼓吹什么。黑人团结。调转枪口,不再互相仇杀,而是瞄准真正的敌人:白鬼子。别在意。"他对我说。

"没关系。"我马上说,喝一口可乐。

"有个好主意你想不想试试?"他问。

"说来听听。"莫里斯喝一口清酒。

"你在我的唱片里说一段。哪天来一趟录音室,录条音轨就得。"

"当然,"莫里斯说,"乐意之至。"

我看见整个人生在眼前闪过,结束于莫里斯站在录音棚里企图唱饶舌。我咬着他的耳朵说:"他妈的闭嘴,你会害死咱们俩的。"

但莫里斯没有听我说,他望着舞台,喃喃道:"你看她啊。"

那是达妮艾拉。我险些错过她。她跳的是一曲《玷污的爱》。她倒挂在钢管上,双腿像医生徽标上缠着手杖的那两条蛇,金色长发在灯光中洒下,她飘在半空中缓缓旋转,双眼紧闭像是只为自己跳舞,随后滑回肮脏的舞台,爬向像挥舞鱼饵般挥舞钞票的男人,这些男人戴着婚戒,一个个松开了领带。

"上啊,辣妹子。"莫里斯喊道,泼洒清酒。

"他妈的对。"RX738附和道。

达妮艾拉望向我们,抬起手挡住灯光。她笑着挥手,我也挥挥手。

"RX!"她喊道,"RX!"

十五分钟后,达妮高高兴兴地坐在RX的大腿上,喝着龙舌兰酒,亚裔姑娘用双手捧着RX的一只手轻轻按摩,金发女郎和红发姑娘偎依在莫里斯身旁喝着香槟。我还是坐在正中间,喝着可乐，尽量不盯着达妮近乎赤裸的身体看。她全身线条分明——双臂、两腿、平坦的小腹——乳房娇小而挺拔，臀部美得像芭蕾舞者。她点了根万宝路特醇，左右张望一圈，确定没有人在看她。

"书写得怎么样？"她问。

"还行，"我说，"很慢。说实话，写得我心情很差。"

"你也是作家？"RX问我。

"对。"我不安地说。

"也是？"她问。我耸耸肩。"他在访谈达利安·克雷，"她说，"他要发掘我姐姐的死亡真相。"

"×！真的？这可是硬碰硬的真东西。"

"谢谢。"我说。

"我不是真的，"莫里斯脱口而出，"我是狗屁。"我少盯了他一会儿，他就越过了狂喜和忧郁之间的分界线。他突然起身，掀翻姑娘们，眼泪滚滚而下。"我不是马丁大夫。我是卖花的。我在恋爱。"

"他妈的闹什么？"RX说。

"马丁大夫是谁？"达妮问。

"杜克，"我说，"杜克，快坐下。杜克，你喝醉了。"

莫里斯重重地在我身旁坐下。"杜克？"他大声问，"那谁是马丁大夫？"

"你是杜克·约翰逊。"我发疯似的低声说，汗流浃背，"马丁大夫是做皮靴的。"

"哦，对。"他说，然后吼道，"杜克·约翰逊！"

"他妈的搞什么？"RX困惑道，"你到底是不是杜克·约翰逊？"

"不是！不是！"莫里斯想起身，被我拉住了，"我是莫里斯。我是天堂插花店的老板。我狗屁不如。狗屁！不如！"

"你他妈不是杜克·约翰逊，那谁是？"

"他，他，"莫里斯指着我说，"他是。"

"你？"

"抱歉，确实是我。"我屏住呼吸。

"他是很牛的作家，"达妮说，"还写色情小说。"

"该死，杜克·约翰逊是白人。"我等着挨揍，但他与其说愤怒，不如说很沮丧。

"对不起，"我说，"我没想伤害任何人。"我想不出还能说什么。

"该死，白人。"他喃喃道，思考着这个发现。莫里斯在金发女郎的大胸里号啕，红发姑娘摸着他的脑袋。RX738喝完他那杯酒。

"唉，可你写得确实不赖。"他最后说，哈哈大笑，开玩笑地拍拍我的胳膊，只留下淡淡的瘀青，"去他妈的，我们都有秘密。我跟你实话实说，"他凑近我，"我是市郊子弟。长岛。上的是南峡高中。"

"我也是。"达妮说，"三年级的时候我从霍利斯高中转学过去的，我父母希望我念个好学校，所以我们才会认识。"

"我在学校里卖大麻和白粉，和血帮搞在了一起。"

"是啊，"我连忙说，"对。"

"该死，"他说，"杜克·约翰逊，但我还是想和你握个手。"

我们握手。"谢谢你，RX738。"我说。我这辈子都没这么自豪过。

35

摘自 J. 杜克·约翰逊所著《两点两瞪眼》第一章：

"莫尔德凯·琼斯？有意思，你不像犹太人。"

她淘气地笑着走进我的办公室。我听过这个笑话。我身高六英尺二英寸，心情好的时候体重两百磅，心情好不好皮肤都是深棕色。今天？还很难说，得看一个身材火辣、眼睛冰蓝的俏皮金发小妞说清楚她要什么了。

"我母亲是埃塞俄比亚犹太人，"我解释道，"犹太教的传统是母系传递，所以从原则上说我确实是犹太人。"我伸出手，"但我并不严格遵守教规。您是……"

"雪莉·布雷泽，我在玩家夜总会跳舞。酒保豪尔赫向我介绍了你。"她抖出一根万宝路特醇100，我觉得这根烟揭示了她自相矛盾的性格，"我想请你找个失踪的人。我老爸。朱尼帕·布雷泽。"她在手包里翻找打火机。

"你最后一次见到他是什么时候？"我取出火柴。

"十年前。"她说。

我隔着桌子给她点火。"不容易，但有可能。"我说，"他当时在哪儿？"

她看着我的眼睛，噘起红唇吐烟："他的棺材里。"

来到高低酒吧，两杯过后（她喝柠檬威士忌，我喝芝华士浇冰块），雪莉·布雷泽努力说明情况。现在很清楚了，这姑娘要么是疯子，要么在撒谎——也可能说的是实话，但如果是这样，我一定是发疯了才会去掺和。

她老爸是个吹小号的，朱尼帕·"白皮"布雷泽，绰号来自吹奏的音色和他的肤色，二十世纪五六十年代他这个白人混爵士圈也算一景。据说他技巧高超，高音能点中你心窝最柔软的部位，但到雪莉降生时，那种好日子早就是历史了。这会儿的老爸是条毒虫，在廉价酒馆卖艺，拎着个手提箱养活小雪莉。在四十二街她成长得很快，十八岁那年，老爸一针下去过量而死，雪莉没有哭泣，而是跳上了舞台。如今她二十八岁，看上去还相当不赖——只要你别看她的眼睛，就像我此刻这样。

"咱们别兜圈子了，"我又帮她点了一根特醇100，"为什么来找我？"

"我梦到了他。"

"梦？"我混日子时听过很多故事，夜里听到的就更多了，但这个还是头一遭。我笑道："好吧，我认输，说来听听。"我又叫了一轮酒。

她没有笑，也没有生气。她慢慢喝酒，慢慢抽烟。她看着我的眼睛，开始讲述：

"大约一个月前，我做了这个梦，我父亲在我的房间里演奏一首曲子。《再见了平顶帽》，他最喜欢的曲子。但在梦里他不是用小号演奏的，声音确实是小号的声音，但是从他的嘴唇里发出来的，他噘起嘴唇像是要亲吻谁。总而言之,梦里他抓着我的手,领着我走进壁橱,就是我现在家里的壁橱,但里面是一条长长的走廊,出去是我们以前在时代广场住的旅馆房间。他兴奋起来,演奏得越来越狂野和高亢,指着床底下要我看。最后我低头去看,床底下是他以前放小号的手提箱,里面满满都是鲜血。老爸开始尖叫,小号吹出的那种尖叫。我把手伸到血泊里,摸到一把匕首,然后就惊醒了。"

"吓人。"我承认道,"我昨晚也做了一个疯狂的梦。我奶奶骑着大象走在百老汇大道上。每次我半夜吃大力水手炸鸡就会做这种梦。"

"我明白,"她赶开烟雾,"人人都做怪梦,所以没什么大不了的。但我一次次做这个梦。我发现自己在哼那首曲子。我没法从脑海里赶走那个旋律。洗澡的时候,坐地铁的时候,工作的时候。快要逼疯我了。"

"你确实遇到问题了,但我还是认为你需要的不是侦探,而是去海滩休息一个星期。"

"我也这么想过。"

"那就好。"我掏钱包。

"直到我老爸开始给我发电子邮件。"

"什么?"我的耳朵终于抖了一抖,鼻孔张开,像是猎犬闻到了新鲜的气味。

"对,信都很短,全是只有他知道的事情。豪生饭店他演出结束后我们吃热奶糖圣代、他典当小号给我买校服鞋子、我会跳舞但不会唱歌。"她喝完那杯酒,"你怎么看?

我需要的是不是侦探?"

我从她的烟盒里取了一支烟,剥掉过滤嘴,说:"你认为侦探应该从哪儿开始找他?"

她拿起火柴帮我点烟,说:"当然是墓地了。"

36

再一次见到达利安·克雷那天,天气凉爽晴朗。你能看得很远,连最遥远的山脊上的树木都清晰可辨。会见室里当然不存在天气,时间也永远不变:单调的日光灯下,说是正午或者子夜都行。我坐进固定小桌前的固定座椅。水泥地面刚清洁过,松香味很刺鼻。

"很好,非常好!"克雷笑嘻嘻地评论我写的玛丽·方丹的故事,"你捕捉到了她的性格。尤其是那些小细节。比方说我给她烙印时,她使劲咬住马嚼子。"

"谢谢。"我被恭维得很不安,然后打了个喷嚏。

"上帝保佑,"克雷说,"这个季节必须当心。我每天吃维生素。"

"我没事,谢谢关心。"

他向后靠,若有所思地摸着下巴。他没刮脸,胡茬和我一样有黑有白。"玛丽是个小胖子,对吧?"

"不是。"我耸耸肩,"好吧,稍微有点肥。"

"我并不介意。"

"是的,她很可爱……"我附和道,在脑海里又看见她,听见她的假笑。我翻看笔记,像是要隐藏关于她的记忆。我开始录音。"那么,你说你想谈谈念书时的事情?"

"哎呀，艺术学校，但我没去。"

"为什么？"

他咻咻地笑道："被他们拒绝了呗，就是为了这个。谁知道否则我会成什么样呢？著名艺术家也有可能。"

"有道理。好吧，咱们谈谈这个。你怎么会开始从事艺术？你是什么时候开始知道自己想当摄影师的？"

"来，我告诉你。是在我的寄养母亲家，格雷琴夫人。我恨她。"他伸展双腿，融入故事，露出监狱拖鞋里厚实的白色运动袜。"真正的老婊子。喜欢用汽车天线抽我。抽大腿，疼得要命。她应该蹲监狱，而不是坐在老房子里看电视。她的男朋友喜欢扒光我的衣服，用冷水给我冲澡，然后把我光着身子扔到门廊上让邻居看。为了羞辱我。"

"为什么？"

"尿床。"他亲切地说，看着我的眼睛。

"好，好吧。"

"但他有一台照相机，明白吗？旧尼康。他拍了很多日常事物。她在院子里。他的车。松鼠之类的。树叶。他把照相机放在三脚架上，允许我看取景器，但绝对不许碰快门，免得浪费胶卷。于是我背着手，在脑袋里假装拍照。"他笑着举起戴着手铐的双手模仿照相机，用咬掉指甲的手指框住面孔，"咔嚓。捕捉这个时刻。咔嚓。"

他顿了顿，我按捺住插嘴的冲动。我参加餐会遇到尴尬的沉默时总喜欢乱说话。克雷交织手指，将双手叠放在大腿上，继续说道：

"他在地下室有一间暗房，允许我帮他打下手。他不在的时候我偶尔也溜进去。我喜欢化学药品和地下的泥土气味。暗房很小很黑。谁知道呢，我反而感觉很安全。我喜欢看着照片在显影水里慢慢浮现，就仿佛水下的生命渐渐活过来。总之，"他向后一靠，跷起腿，"我迫不及待地想拥有自己的照相机。我攒起每一毛钱，到处打工，偷零钱。最后我总算买了台二手佳能。那年我十五岁。我兴奋极了。相机漏光很严重，每次上好胶卷就得用胶布贴住，但这有什么啊，我是摄影师了。可是我还是只能假装拍照，因为买不起胶卷。"

你能在磁带上听见我和他哈哈大笑。

"再后来，"他说，"我开始真的拍照，拍了很多东西。天知道都去了哪儿。估计现在能值几个钱的。收藏家会感兴趣。"

"什么样的东西？"

"一切。树木、狗、其他孩子、邻居。我带着相机到处跑，摸爬滚打像童子军似的。学会保持耐心。你明白的。等待。拍照的要诀。就像猎人。等待你在寻找的东西自己露面。"他向前俯身，双手比画成一杆长枪，顺着大拇指瞄准我。我微笑。

"但你大部分时候拍的是模特，对吧？我指的是摆拍。"

"一样的，完全是一样的。这是你和被摄物之间的关系。等待，说服，诱骗，观察，等待你需要的东西浮现出来。那种不可言传的东西。这是最困难的部分。"

"等待？"

"对。等待，还有让被摄物保持静止。"他咻咻地笑了两声，开始啃手指。我拔出钢笔，在笔记簿上打了个毫无意义的勾。

"你是什么时候决定以此为业的？"我问。

他吐掉舌头上看不见的什么东西，耸耸肩说："就在我知道我是这块料的时候吧。刚开始我想做新闻摄影，你明白的，例如战争、火灾之类。比方说驻外通讯记者。逃离这儿。后来我发现，嘿，杂志社也需要人拍照，哈。还有海报、公告牌，等等。到处都有照片和拍照的人，对吧？"

"但你想做的是艺术摄影。"

"对，我跟过一个老师。巴恩斯沃思先生。他借书给我——妈的，其实是图书馆的书——但总而言之，他看见我抱着相机在学校附近的野地里乱转，就拿了几本书给我：斯蒂格里茨、布拉塞、沃克尔·埃文斯、黛安·阿勃斯——我最爱的就是她。这时候我意识到，摄影师也可以是画家一样的艺术家。他可以创造画面。表达但不仅仅记录。可以创造符合他意识的画面。"他重新放慢速度，眼睛跟着我上方半空中的什么念头。小小的火花、塑料灯具的反光，在他眼里移动。

"于是你申请就读艺术学校。"我提示道。

"对，申请了一堆学校。"他似乎第一次露出恼怒的神情。他举起双手挥舞，铁链擦过头顶。"他们不要我。石头缝里蹦出来的穷孩子。烂学历、烂成绩，所以我不可能拿到奖学金。明白吗？我哪儿也去不了。总之，艺术学校就是这么回事。给有钱人装×的地方。谁他妈需要呢？但他们有他们的体系，明白吗？你必须念艺校，进入画廊，学习怎么谈论那些狗屁。扯淡，他们学的就是这个。"

"但你学过课程？"

"对，在社区中心，老师是个混球。据说是个职业艺术摄影家。在巴尔的摩办过两次展览，了不起。他说我不成熟，好像我弱智还是怎么的。说我需要调和，好像我是一碗汤似的。然后我就自己干自己的了。艺术不就是这样吗？谁说了算？谁能下判断？只有未来。也许一百年以后，我的作品会挂在博物馆里。也许价值连城。妈的，他们说艺术家死了作品就会值钱。谁知道呢？也许等我们死后，你写木乃伊和火星精灵的书也能卖个一百万本。"

他轻声自顾自地笑了一会儿，然后陷入沉默。我再次管住自己的舌头。闭嘴，我命令自己，听他怎么说。

"艺术还是什么？"他最后说，"复仇。哈。还有正义。照片就像证据。就像留给未来的瓶中信。我在梦里见到但要很久以后才能实现的东西。我对此有信心。我不怕死。我知道我的作品会继续存在，一百年，两百年。你会永远活在其他人的心中。还有被你触碰过的所有人。我不需要宗教和其他人的上帝。艺术就是我的天堂。"

37

回到家，公寓空无一人。克莱尔的母亲在去棕榈泉和欧洲购物的间隙短暂停留纽约，克莱尔必须去见她，维持"家族束缚"。于是我去主大道的北京烤鸭店排队，轮到我的时候用手势和窗口的店员交流。蒙着蒸汽的玻璃里，一个戴着厨师帽的男人将金黄色的烤鸭放在砧板上，用切肉刀剁成闪闪发亮的碎块。另一个人把碎肉塞进面饼的开口，加上黄瓜和大葱，涂上一抹黄酱。我在单身食客的长桌前坐下，对面的中年男人身穿油漆点点的连体工作服，旁边的年轻女人身穿医院工作服和雨衣，我们盯着彼此之间的空位咀嚼。说话的人都只说中文。语言不通真是让我松了一口气。

吃过饭我回到家，浏览电子邮件、普通邮件、语音邮件和《纽约时报》。我冲个澡，剪指甲，用棉签掏耳朵。我再也控制不住好奇心，于是打开互联网。我像蜘蛛似的守在网络一角，默默观察血族 T3。这算是赛博跟踪还是只是赛博潜水？藏起来等待一个女人——不，仅仅只是一个化名，一个也许是也许不是特蕾莎·特雷奥的小光点，我在自己面前感到羞愧。这是新的下限，不但变态而且可怜。变怜！

血族 T3：嘿……

猩红1：嗨。

血族T3：最近可好？

猩红1：挺好。你呢？

血族T3：挺好。我还是不敢相信，我居然真的在和你聊天，西碧莱恩！

猩红1：我也是。我是说，我也不敢相信。

血族T3：你不敢相信你在和我聊天？

猩红1：我指的是我通常不和粉丝聊天，并没有特别在说你。

血族T3：但我是你的粉丝啊。lol。

猩红1：lol？棒棒糖？

血族T3：不，那是"大笑出声"的意思！抱歉。

猩红1：我更抱歉。实在不习惯打字聊天。

血族T3：我……lol。

猩红1：好吧，哈。

血族T3：允许我提个问题吗？上次我说的话，对你来说奇怪吗？

猩红1：不……什么话？

血族T3：关于你的小说。

猩红1：对。

血族T3：我就是感觉，读你的书，我总在想她怎么知道我的感受？

猩红1：直觉而已。

血族T3：哈哈。但你真的不觉得这很奇怪？

猩红1：呃，书是我写的，所以我猜我大概是个怪人吧。

血族T3：那好，我也是。

猩红1：lol。

血族T3：要是我建议咱们见个面，你会不会感觉太快了点？如果是，那恕我唐突了。

猩红1：不，并不会，我也愿意。但新书刚出来，我经常四处跑，你明白的……

血族T3：哦，所以你出去了？

猩红1：对。

血族T3：我不知道你也参加读书会或签售会之类的。据说你是个隐士。

血族T3：你还在吗？

猩红1：在，对不起。哈，被你识破了。我忘了你知道得很多。确实如此。我不知道我会不会说自己是隐士，但我很少见人和出门。不过我最近确实不在，为了躲一躲。

血族T3：抱歉，我说错话了。

猩红1：不，没关系。也许有朝一日我能克服这个问题，咱们可以见个面。

血族T3：希望如此。但我能理解。我们还能这么聊天吗？

猩红1：当然可以，我很乐意。

血族T3：那好。

血族T3：嘿！

猩红1：什么？

血族T3：你不一定在乎，但你也许想看看这个。晚安！

她发给我一个链接，然后迅速下线，她的小光点熄灭了。我点击链接，打开一个吸血鬼爱好者扎堆讨论吸血鬼事务的冷门网站。这儿有我新书的一则评论，发帖者叫血族 T3：

《猩红夜雾》是西碧莱恩到目前为止最伟大的作品。情节围绕从邪恶的夏鲁斯·冯·法伯格·圣杰迈恩男爵手上夺回密特拉圣剑展开，相当惊险刺激，但故事的真正核心是萨莎的挣扎，一方面是她对亚拉姆和艾薇（她的双性恋血族情人）的欲望，她和他们有狂野而色欲横流的激情关系，另一方面是她对杰克·希尔佛日益增长的好感，杰克·希尔佛是战地摄影记者/时尚摄影师和吸血鬼猎人，她对他有更加深切和成熟的爱意。艾薇在一夜风流之后试图转化杰克，事态因此变得更加复杂。杰克拒绝了，反而想砍掉艾薇的头颅。艾薇从此由衷地憎恶杰克。复杂的三角/四角/不等边四角（？）恋情反映了萨莎的二元性。她一半是吸血鬼，另一半是人类，永远挣扎于这两者之间。这不是一场黑白分明的善恶斗争，正如亚拉姆对萨莎解释的话：

"吸血鬼与虎狼没有区别。只有人类会因为憎恶、偏见、贪婪和欲望展开杀戮。狮子不可能搞种族屠杀和黑帮私刑，吸血鬼也一样。人类自认位于食物链顶层，故而陷入自满，因此会在疯狂中互相敌对。要是没有吸血鬼去精选人类的种群，就像猎豹对瞪羚那样，人类大概早就在战争和瘟疫的折磨之下灭绝了。"

特蕾莎——应该就是特蕾莎——继续阐述着这些主题和表达出的象征意义。对我来说是多么新鲜，书评所评论的书看起来相当不赖，但作者另有其人——比方说，她这样的一个人。读着她有关我文字的文字，我情绪高涨，几近惊恐或眩晕。我感到自己逐渐膨胀，成了什么天才。我同样确定的是，我迟早会被揭穿是个毫无天赋的假货。我就像气球，装了一肚子热空气，飞得越来越高，越来越害怕自己会爆炸。这难道不是每一个码字工的终极梦想吗？被爱，但不是因为自己，而是因为作品的完美。只是我厌恶我的作品。我一页一页挤出那些狗屁，像切大红肠似的切片装盘，我蔑视我写出的东西，也很难不蔑视这种货色的读者——除非他们对我的看法是正确的，而我错得离谱。

我们为什么阅读？刚开始身为儿童的我们，为什么会喜爱我们喜爱的书籍？对绝大多数人来说，我认为书籍就像旅行，将你送入冒险历程，送入感觉仿佛属于自己的梦境。但对少数人来说，书籍也是逃避，送你离开无聊、不快和孤独，离开我们无法忍受的场所和角色。我阅读的时候，书上的文字代替了我脑海里的声音，我有那么一小会儿可以不再是我自己，至少可以不那么痛苦地意识到我就是我。这些人是真正的读者，是疯狂的读者，爱书如同瘾君子吸毒，如同一个人爱他所爱的对象：无法用理性解释。

讽刺的是，这种阅读超越了所有判断。他不会带着客观标准读书，而是带着感情读书。（我说"讽刺"是因为这些沉溺于书籍的读者会成为学者、评论家和编辑——换言之：书呆子——同时又保有各自的秘密恶习。）类型小说的读者——吸血鬼粉丝、科幻宅男、推理迷——就像出现返祖现象的生物，血统纯正但不合时宜。他们读书像孩童，痴迷而认真，像少年，绝望而勇敢。他们读书是因为必须要读。

当然，还有一种符合这种描述的读者：色情文学爱好者。他（或她）就像囚犯，受困于肉身和不肯通融的世界，永远无法满足欲望那难以实现的要求。为了寻找极乐，他们遁入文字的世界，文字能带他们去任何地方，触碰任何人，而且永无止境。对于深夜时分的孤独灵魂，什么样的情诗、宣言和高等艺术都比不上最低俗、最笨拙的几段龌龊文字。

我们不就是为此写作的吗?（我们作家，最最差劲的读者。）为了送出我们的秘密信息，传达给我们永远不可能认识的陌生人。为了改头换面去接触其他人，那些将他们的面容藏在我们书里的人。我们难道不是为了他们写作吗？为了特蕾莎·特雷奥？为了达利安·克雷？

后来经过厨房的时候，我看见手机在厨台上发亮。我刚才沉浸在网聊的世界里，没有听见手机的微弱呻吟。达妮发来短信："谢谢你那晚来看我！要是不愿意就别写那本书。我能理解。想聊天的话，打给我。"

我没有打给她。时间已晚。

38

克雷名单上的第三个人是桑德拉·道森。她住布鲁克林，布什维克地区的尖端。我搭 L 线到蒙特罗斯大道下车，徒步走了几个街区。这附近有汽车修理店和床垫仓库，饭馆挂的牌子是墨西哥、多米尼加或厄瓜多尔餐点。她租的车厢公寓位于一幢三层砖木楼房的顶层，楼下是个小酒馆，临街大门加装了一道金属格栅。从她的信件我得知她二十五六岁，同住的室友压根不知道她的"真实性格"。她在金融区的同事也不知道。她的工作是"文字处理员"，同时在念图书馆学学位。克雷给我的照片里，她看上去娇小而淘气，金发削得很薄，白皙的手臂很瘦。她的身体仿佛少年，光滑而无毛，有一些晒斑。你能看见一根根肋骨。现实生活中，我爬上她家的楼梯，她戴着眼镜，梳着马尾辫，身穿印花棉裙，脚蹬人字拖，显得很不起眼。她说室友出去了，但思考片刻之后，她说还是去她的房间谈比较好。

她的卧室比公寓的其他房间显得更年轻化，床上盖着褶边床罩和松软的白色羽绒被，有个白色的斜面梳妆镜台，墙上贴着杂志上剪下来的图片，虽说主题有些阴沉，但内容比玛丽·方丹的那些柔和得多，有红玫瑰和黑色天空中的银色月亮，还有身穿蕾丝内衣在静水和崩裂石墙旁摆姿势的性感女人。

"我是潜荡妇。"她对我说，仿佛这是个头衔，比彻底的荡妇低一级,也可能是在荡妇得流感时来替班的人员。

"那是什么意思?"

"我是顺从的受虐狂,我喜欢男人控制我,我喜欢痛苦和被羞辱,我喜欢受到虐待。"

"呃,有意思。"我做出我希望是冷静而体贴的表情。她说得满不在乎,盘着腿坐在床上,我在白色柳条椅里扭来扭去。"你第一次意识到自己的天性是什么时候?"

"我一直就是这样。我小时候喜欢测试自己,看我表弟能用多大的力气咬我的手指,诸如此类。我总是让其他孩子捆绑我。"

"怎么说?你指的是玩游戏吗?"

"对,比方说捆在树上。要是玩什么幻想游戏,我总能想到办法成为囚犯,双手被捆在背后或者被蒙上眼罩。大多数孩子捆得很差劲,我太瘦了,常常能自己滑出去。但有个女孩捆得很紧——她特别认真,能捆得我无法动弹——我们用的是跳绳,就是那种白色粗绳,真的咬到肉里,从我的两腿之间穿过,那是记忆中我第一次感到兴奋,我动来动去,绳索摩擦我的阴蒂。"

"呃,有意思。"我重复道,希望听起来很有职业风范。我跷起腿,但转念一想,这像是我护住了腹股沟,于是又放下腿。

"然后我和她开始经常玩这个。她叫克拉丽莎。我总是扮演奴隶或俘虏。有时候我甚至当她的狗。我们拿来我家狗的皮带和碗,用皮带拴住我,她扔东西叫我捡,就着碗喝水。她在后院遛我,我随地撒尿,被我母亲撞见了。"她嘿嘿一笑,连忙捂住嘴。我也笑了。

"然后呢?"

"我可怜的父母手足无措。我母亲告诉我父亲,我父亲打我屁股。游戏只能到此为止了。"

"克拉丽莎呢?"

"我们分开了。她去了另一所学校。据我所知,她是普通人,就是正常的异性恋女孩。我记得她已经结婚了。"

"但你不想。"

"知道我的终极幻想吗?"她把两腿收到身下,像是要诉说秘密似的凑近我。

"什么?"

"被卖给白奴贩子。"

"存在这种生意吗?"我脑海里浮现出杰瑞·路易斯主演的彩色后宫电影。

"我听说过。"

"呃,你幻想成为其他人的奴隶,还是被卖进妓院?"

"通常混合了这两者。"

"你喜欢这样?你认为你真的会喜欢?"

"如果我的主人说我必须喜欢,那我当然就会喜欢。"

"主人?"

"达利安主人。"她露出恬静的笑容。

"哦,他是你的主人?正式的主人?"

"我们有契约。我属于他。我在网上登记为他的奴隶,所以现在我才会和你谈。"

"他命令你和我谈?"

"对。嗯,还有其他的。"

"其他的?"

她犹豫片刻，说："他说他把我借给了你。"

"什么？"我假装没听清。

"礼物。因为他喜欢你写的东西。"

"真的？唔。他没跟我说过。呃，你的礼物是什么意思？"她靠近我，摊开手掌。我感到自己脸红了，中年人做这个表情可称不上酷。

"奴隶。"她说，"请随便使用我。"

"我，我还是算了。"

"求求你。"她提高声音，"我要是不这么做，他会生气的。他要你使用我。他要你体验这种感受，这样你就可以写出来了。"

"哦，好，谢谢。非常感谢。太贴心了，但、但是，"我开始结巴，像是有了新的办法表达焦虑，"我靠、靠想象就可以了，我是说等我回到家。我、我想说的是、是这些都是写作的一部分。不是必须要、要、要……"我吞口唾沫，"要做什么事情。"

"但我想啊。"她跪倒在地，"先生，接受你的虐待，我会感到光荣。"她趴下去，胸口贴着地面，抬头看着我，姿势像是驯服的小狗，鼻子碰到我的鞋尖。

"哈！"我咯咯笑着向后退，像是她在挠我的痒痒，我的鞋子踢到了她。她痛得惊叫。

"天，对不起，真对不起。真的太对不起了。"

"没关系。"她喃喃道，捂住鼻子，"我喜欢。"

"好，好。"现在我不再结巴，但天知道为什么有了英国口音，"唔，倒不是说我没有受宠若惊，事实上我确实很荣幸，非常。"我把东西塞进包里，站起身。她展开手臂跟着我，恳求我，

149

我唠唠叨叨说个不停。

"只是时机不对。替我谢谢你的主人。也谢谢你。祝你过得好。"我用汗津津的手掌推开她凉丝丝的手,跑了出去,尴尬万分又心烦意乱——不得不承认,我有一部分小心思憎恨自己,居然没有抓住机会做些恶劣的事情。我算个什么蹩脚作家?

我被夹在欲望和痛苦之间,跑下楼,冲上马路,直到穿过地铁闸门我才意识到我忘了拿录音机。好得很。这下我只能回去了。我很想就这么算了,而不是回去再面对她。我转身爬上通向街面的楼梯,这时候地铁来了——真是火上浇油。乘客也许会在经过时指着我嘲笑讽刺。

我一边咒骂自己,一边急急忙忙回去,重新爬上两层楼,努力平复呼吸,驱散我过热的大脑里绽放的画面:跪在地上的姑娘,恳求的眼神。上次别人叫我"先生"是什么时候?

门和我离开时一样开着。"桑德拉,"我喊道,"还是我。对不起,我忘记了录音机。"我气喘吁吁地走向她的卧室,用指节敲敲门框,"哈啰,哈啰!"随后走进房间。我站住了,仿佛不小心进错了房间,进错了公寓,进错了世界。

我描写过多少次恐怖和血腥的场面?数以百计。必须承认,我时常因为懒惰或赶时间而使用"无法描述"和"超越言辞"这种字眼。然而,描述暴力的词语往往很简单,容易掌握,连孩童都认识。真正难以接受的是这些词语激发的念头:我们难道就是这些材料造成的?我们体内也都是这个样子?

有一次夜里我睡不着,编造了一整套艺术理论,大体而言就是提醒健忘的意识记住最基础的事实:我们漂浮在水里,围绕太阳旋转,我们从女人的体内出生,身体里是血肉和骨骼。没多久以后的某一天,我们就将死去。

因此,此刻我跨入布鲁克林的那扇门,我不但吓得说不出话(要我写书,我多半会这么描述),而且被一个最简单但我无法理解的英语短句打得无法说话、无法呼吸、无法思考:桑德拉·道森死了。

她赤身裸体地倒吊着,不过第一眼很难看清楚,因为她缺少了头部。她的双脚被捆在一起,挂在天花板的吊扇上。

这时,就仿佛我真的置身于一个故事之中,桑德拉的尸体开始缓缓转动,像是马戏团的杂耍艺人,吊扇叶片开始旋转,尸体也越转越快。我明白这代表着什么——有人打开了开关——我突然感觉房间里多了一个人,就在我背后的门口,我开始转身,但动作慢得可怕。然后就什么也没有了。

我在地上醒来。大约过了十五到二十分钟。被打昏之前,我吓得甚至感觉不到恐惧,就仿佛我胆怯的意识跳出来抛弃了躯体,而躯体为了保护脆弱的心脏主动关机。推迟降临的惊恐一股脑砸在我头上。我睁开眼睛,看见自己在什么地方,着火似的跳起来拔腿就跑,穿过公寓,冲下楼梯,来到马路中央。

盲目而麻木的惊恐催着我继续奔跑,来到路口,我喘不上气,终于强迫自己回头张望,像是害怕那幢楼会立刻爆炸。氧气回到脑袋里,我用手机拨打911,报告发生了一起凶杀案。我说出桑德拉的地址和姓名,也留下了我的名字和联系方式。

他们请我留在现场等警察,我说不行。我已经又开始奔跑,疯狂地在路上寻找出租车。我试图解释脑海里形成的可怕的新念头:我必须去曼哈顿,去霍雷肖街一套我不记得具体地址也没带电话号码的公寓，那儿还有一个女人，我害怕她也有生命危险，原因过于古怪和复杂，一两句解释不清。跑到地铁站的时候，我上气不接下气，找不到出租车，但已经远远听见了警笛声。我挂断警察的电话，跑下去等回城的地铁，去找摩根·切斯。

39

我在 L 线站台上踱步，手机悄无声息，我意识到脑袋在一下下抽痛。从我醒来以后就在脑袋里敲响的警钟原来不只是惊恐，还有疼痛。我摸摸后脑勺，疼得一缩。头发上有血块，颅骨根部有一块地方碰到就痛。我有轻度脑震荡吗？我的大脑运转得既缓慢又疯狂，我在站台上踱步，探头望向隧道，寻找微弱的亮光，我记起在挨了那一下之前，尸体在我的头顶转动时我冒出的疯狂念头：是达利安·克雷干的，达利安·克雷在这儿。原始的恐惧攥住了我，假如我没有被打昏，大概会拼命尖叫。此刻，震撼已经过去，我感到肚子里阵阵发冷，膝盖不停颤抖，另一种比较平静但更险恶的恐惧渐渐扩散。无论当时是谁在公寓里，只有一点可以确定：那个人不是达利安·克雷。那么，究竟是谁呢？

列车呼啸着开进车站，抖动和刹车声在我脑袋里掀起大地震。也许我真的脑震荡了。我快步上车，找到座位坐下，用精神力量催促司机，像是我的意志能让这列地铁跑得更快，中间不停站，干脆飞起来。我毫无原因地站起身，又重新坐下。列车每次停站我都在心里读秒。穿过漫长的河底隧道，地铁抵达第五大道。列车停车等待，没有人上车，但似乎等了一万八千年。下一站是第三大道，才两个街区，天知道为什么要设这一站。列车开进联合广场，我看着人们上车下车，满怀怒火地盯着他们。叮咚一声，车门开始缓缓合拢。一个男人在最后一刻跑过来，伸出胳膊挡住车门，我大声呻吟。大家扭头看我。我傻乎乎地笑了笑，扭过头去。我望着黑洞洞的隧道掠过车窗，我盯着自己苍白的影子。我看看手机，但很清楚这儿没信号。难以置信的事情发生了，肾上腺素耗尽、动物的防御机制、心理恐惧和头部受伤，在这些因素的共同作用之下，我短暂地睡了过去。

40

一分钟之后,我在车站醒来。第八大道,我的目的地。我跳起来,跌跌撞撞赶在关门前挤出车门,跑上楼梯,冲过闸机。刚回到地面,手机响了——是警察。

"哈啰?"

"你好,我们接到从你手机打出的一通报警电话。"

"对。"嘟嘟一声,另一通电话打了进来,"稍等,给我一秒钟。"我切换通话,打来的还是警察。

"哈利·布洛赫?哈利·布洛赫先生?"

"是我。"我想在红灯时穿过第十四街,一辆公共汽车将我赶回人行道上。

"我是纽约警察局的布隆卓维奇警探。我在你这部手机报告的犯罪现场。"

"对,桑德拉·道森。我知道。"

"你知道擅自离开犯罪现场是违法的吗?"又是嘟嘟一声。

"稍等,抱歉……"我切换通话——是克莱尔。

"哈利,我们需要谈一谈。我刚查过你的邮件。"

"回头谈,克莱尔,谢谢了。"

"《佐格的婊子女神》,他们要搞我们,哈利,事情很严重。"

"现在不行。"

"好吧,哈利,现在他们正在搞我们呢。现在我坐在你的办公室里,正在被搞。"

"再见。"我说,切回警察,"哈啰?布隆卓维奇警探?"

"你在哪儿?先生,我们必须现在和你谈一谈。"我顺着马路狂奔,努力回忆街道的顺序和名字。有一家"传记"书店来着。在哪儿,是远还是近了?

"我知道,"我气喘吁吁,原地转圈,"但我害怕还会有一名受害者,明白……"

"在哪儿?"

"霍雷肖街。"

"哪儿?"

"霍雷肖街,西村的霍雷肖街,知道吗?"

"先生,你在曼哈顿?你离开犯罪现场,去了曼哈顿?"

"对,呃,我担心另外一个女人,她就住在这儿。"

"哪儿?请问地址是什么?"

"我不知道。我只记得霍雷肖街,所以才跑来找。妈的……"电话让我分神,我走得太远了,已经不知道方向,"妈的,妈的。"

"怎么了?怎么了?"警探大喊。

"我迷路了。你知道西村的街道都是拐来拐去的对吧?"我转身沿着格林尼治街向北跑,拐上霍雷肖街。电话那头的警探在斥责我,但我喘息得太厉害,没法回答,脑子全放在认路上,没精神去听他在说什么。看见了。我记起来了。摩根·切斯住的那幢楼。

"我再打给你。"我说,挂断警探的电话。

她那幢楼很容易闯进去。西村的古老建筑物就是这样，一方面别致迷人，另一方面只要我把地铁卡插进门缝，门锁就会应声而开。电影里他们用信用卡，但信用卡太硬了。至少我替我的小说主角这么认为，他们经常需要破门而入。我拿自己的房门做实验发现了这个诀窍，事后换掉了门锁。

至于摩根·切斯的公寓，我不需要尝试破门而入，因为门没锁。恐惧卷土重来，流淌在我的血管里，涌进我的嘴里，我颤抖着手推开门，随即闻到了那股气味。虽说我在小说里描述了许多次，自己并没有亲身体验过，但我还是立刻就明白了，我们每个人都会明白：那是死亡的气息。

摩根·切斯——至少我估计是她——被捆在床上，两臂和双腿展开。头部不见踪影。苍蝇嗡嗡乱飞。我知道我要呕吐了，为了不破坏证据，我跑下楼，在几个行人的注视下对着阴沟大吐特吐，然后再次拨通911。

41

这次我在原地等警察。一辆配无线电的巡逻车带着两名制服警察首先出现,他们都很年轻,一个是拉丁裔,另一个是黑种女人。他们让我坐在台阶上等着,然后上楼去了。我为他们感到难过。一分钟后,他们走了下来,明显受到了巨大的震撼,失魂落魄,甚至没有注意到他们紧紧抓着彼此的手臂。管理员和部分邻居出来了,警察不许他们靠近。警察呼叫支援,用黄色胶带封住门框。又一辆警车带着两名制服警察赶到,然后是一辆卡车,带来了身穿风雨衣拎着设备箱的现场勘察师。他们看上去很专业,一个字也不说,径直从我身旁挤过,我猜他们和那两位新手不一样,在工作中见过许多可怕的景象,但我还是为他们感到难过。我们最近恐怕都要做同样的噩梦了。

布隆卓维奇警探和附近分局的两位警探几乎同时赶到。他块头很大,面颊红润,沙黄色的头发,板刷似的小胡子,身穿廉价的蓝色正装。曼哈顿分局的是一男一女,都穿黑色正装。他们先谈了一会儿,不时地看我两眼。然后布隆卓维奇警探走了过来。

"你是布洛赫?"

"对。"

他向我出示证件,我伸出手,他随便握了一下。他的手背长着乱蓬蓬的红色毛发,戴着婚戒和毕业纪念戒。

"别乱跑。我下来就找你录口供。"

"好。"

他大踏步走上楼梯,我注意到他的两只袜子不相配,有点替他难过。他看上去很硬朗,就警察而言也挺亲切,但我感觉到他并没有那么精悍,此刻正要踏入不可知的世界。那两个曼哈顿警察?我才不在乎他们呢。

三个人都上楼去了,汤斯特别探员也来到现场。他没有说话,只是看了我一眼,像是好不容易才控制住自己没有踹我,然后也爬上楼梯。我根本不喜欢他,但我知道他是最能干的一位。几个人一起下来,默不作声,皮鞋重重地踏着吱呀作响的楼梯,他们在门廊上围住我,我对着他开始说话。

"我有一种不妙的感觉,我们应该去一趟新泽西。"

"为什么?"他问,眯起蓝眼睛盯着我。

"也许还有一名受害者。名叫玛丽·方丹。地址在我家,但开车去的话我认得路。里奇菲尔德公园的榆树街。我可以解释为什么,但我认为我们应该边走边说。"

他的厌弃表情没有改变,但只思考了半秒钟就点点头。

"咱们走。"

开车的还是上次那位探员,他身旁还坐着一个人。汤斯和我坐后排。我们驶向隧道,警笛不时地响起,车流随即分开。我向他介绍情况,然后讲出我和达利安·克雷的交易,他的讥笑表情变成了怒吼。

"天哪,我知道你们作家都是人渣,但这次对你这种投机分子来说都太没下限了吧。居然和恶魔做交易。"

"混合隐喻,"我说,"你写书时得多注意。"

他瞪了我一眼,然后转开视线。

"你怎么会知道?"他用单调的声音威胁说。但我并不在乎,他吓不住我,因为我已经吓得屁滚尿流。

"通过我们投机分子的网络。"我说,"你大概想守住受害者,只准你一个人利用。"

我没有看见他的拳头。估计是因为我没料到。我的右眼突然冒出金星,我倒向左侧,脑袋撞在车窗上。我转过头去,汤斯安安静静地坐在那儿,双手摆在大腿上。前面的两位探员也无动于衷。除了我的脸痛得要命,就仿佛什么也没有发生过。坐在他左边算我运气好。他用同样单调的声音面对着前方说:"你要是像我这样看了二十年的血腥场面,抓住了这么多凶手,也可以考虑靠这个挣点钱。"

"好吧,"我说,"有道理。我收回我的话。"

"你还好吧?"他问。

"还好,有点头疼。大概是过敏,春天嘛。"

前排的探员看着GPS,听着无线电给出的方向,我们从正确的出口驶下高速公路。当地警方与我们会合,一辆警车开路,另一辆殿后,开着警灯领我们驶过那些街道。我们经过公共汽车站、生锈的秋千。我在支离破碎的记忆里寻找那幢屋子:露出黑斑的白色墙板、参差不齐的草坪、山茱萸。

"那儿,"我说,"右边那幢。"

"那儿,"汤斯对司机说,"右边那幢白色屋子。"

探员在车道停下,他的搭档通知当地警察,警察在玛丽家门前刹车。

"在车里等着。"汤斯对我说。三扇车门摔上,我被关在静悄悄的车里,望着警察跑向主屋的大门。开门的是个大块头女人,穿弹力裤和粉色运动衫,我猜她是玛丽的母亲。我后来得知,她和丈夫之前是去度假了,到佛罗里达去探望祖母。回到家,女儿没有来开门,他们并不担心,因为这种事很寻常。她经常几天甚至几个星期不见踪影,还会一段时间不和父母说话。他们注意到她的房间散发出怪味,但这也没什么不寻常的。

一位女警请母亲返回室内,汤斯带着调查局探员和警察跑到屋后,爬上通往车库二楼的楼梯。我坐在后排,车窗没有放下,草坪仿佛电视剧开场前的布景:两名警察把守笼罩了一层暗蓝色的白色房屋,旋转的警灯给景观玫瑰染上异色。风吹动薄云,摇晃山茱萸,粉色花瓣斜着飘向地面。有两三片轻轻落在引擎盖上,像正在融化的雪花似的贴在车窗上。

一分钟后,两名警察回来了,用手帕捂着嘴。一名警察在楼梯上滑了一下,他的伙伴拉住他。他的鞋跟留下一抹血迹。两人互相搀扶着回到草坪上,一名警察跪倒在地,连连干呕,另一名警察搂住他的肩膀。两名探员跟着出来,黑色风衣在背后飞扬,他们跑过草坪,拿着对讲机说个不停。剃平头的大块头探员停下脚步,抬起反光太阳镜,擦掉面颊上的泪水。汤斯慢慢走下来。他打开车门,外部世界的声音、气味和感觉又回到了车里。

"来,"他说,"你看过另外两个,应该也看看这个。"

我紧闭抽痛的嘴唇,不情愿地下车,跟着他穿过草坪。走到一半,我听见主屋的纱门里传来哀号声。有人告诉了母亲。我有一秒钟似乎飘了起来,像是被大浪卷得离开了地面。汤斯扭头看我,我的脸上毫无表情,跟着他爬上楼梯。气味难以忍受:甜腥味。呕吐物、排泄物、变质的肉和腐败的鲜花。来到楼梯顶层，他站到旁边让我进去。我在门口犹豫片刻，汤斯从背后推了我一把。我屏住呼吸，踉跄着踏入地狱。

还是我见过的那个房间——海报、床、厨房区、镜子、连环杀手爱好者的照片——但所有的东西都被涂上了血液。我的视线在黯淡的光线中聚焦，我的大脑挣扎着理解涌现在眼前的画面：床垫仿佛黑色海绵，满是嗡嗡乱飞的苍蝇。渗出黏液的地毯。滑溜溜的墙壁。床的正中央躺着的尸体就像曼陀罗。

我剧烈喘息，深深吸气，但立刻意识到了错误。有毒的空气涌入身体，黑色的恶意充满大脑，血红色的墙壁开始旋转。视野变暗，我在惊恐中逃向房门，如果在房间里失去知觉，哪怕只是一秒钟，我就永远也无法逃离这里。汤斯在我昏倒前抓住了我。

42

警方扣留了我八个小时。三起凶案跨越州界,所以汤斯探员有权指挥,但各个地区的警察也得到许可向我问话:布鲁克林的布隆卓维奇警探、曼哈顿二人组,还有一个新泽西的亚裔瘦子。他们没有碰我,警察不是那么问话的,虽说给我一巴掌说不定能让我说得更快。总而言之,我在五分钟内说完了我知道的所有情况,然后从白天坐到晚上,看着他们说服自己相信。他们就像摔跤组合。每个警察都过来让我从头到尾说一遍,然后扔下我盯着单向玻璃看一会儿,再然后下一个警察推门进来,换个不太一样的态度重新问一遍相同的问题——愤怒、和蔼、真诚、怀疑——就像一群烂演员在试戏,争取同一个无聊角色。

我当然为类似场景写过蹩脚的对话,次数多得我都记不清了:莫尔德凯被种族主义警察用电击枪打翻,被山地匪帮用私酿酒灌醉;萨莎被捆在柱子上,吸血鬼猎人用火慢慢烤她。在我的书里,主角永远摆出勇敢的样子,说着好笑的俏皮话,心里却因为秘密而在颤抖。他们从不就范。我恰恰相反,我惊魂未定,只想一吐为快(想到这个词都要昏过去了),但我说不出什么有用的线索。

最后让我崩溃的是曼哈顿的那位女警探,记得好像叫豪瑟——她击垮的是我的耐性。刚开始我为她难过。身为警队内的女性成员，她无疑特别需要表现得像个坏人。

"哈利，你为什么要这么做？你想占有她们，但被她们拒绝了？还是她们说可以，但你硬不起来？还是你想学习你的英雄？"

"什么英雄？"

"达利安·克雷。"

"什么？你在说什么？我为什么要做什么？答应写他的书？"

"哈利，你为什么杀害那些姑娘？"

"你疯了吗？"桑德拉、摩根和玛丽的画面轰然涌入我的脑海。我无力阻止。我尝到了胆汁的味道。至少我不需要再担心会呕吐了。我已经吐干净了。"你看，我理解你们需要盘问我，甚至怀疑我，但你这么问就太冒犯了，我不干了。我要叫律师。"

她皱起眉头，看了一眼玻璃另一面的人，估计是她的上司。她凑近我说："行啊，随便你，但叫律师只会让你显得有罪。"

"你反正已经这么想了。"

"也不尽然。"

"你刚才是这么说的，我要叫律师。"

"咱们先冷静一下。"

"放我走，要么就叫我的律师，立刻。"我抱起胳膊向后一靠。豪瑟坐立不安，像是她玩砸了，等会儿会在更衣室挨毛巾抽。事实上我根本没有律师。我打算给克莱尔打电话。

豪瑟站起身，拉了拉西装的长裤，说："你看，哈利，我们都快问完了，你要是叫律师，那我们就得从头再来。"

我比着口型又说了一次"律师"二字。她骂骂咧咧地出去。我朝单向玻璃挥挥手，向后一靠，双手叠放在膝盖上。汤斯走进来，反应这么快，他肯定一直在看。

"好吧，你可以走了。"他说，"但我得跟你说清楚，目前你是我们的首要嫌疑犯。事实上是唯一的嫌疑犯。桑德拉·道森遇害时你在场。"

"我不在，我只是发现了她。凶手打昏了我。我也可能送命。"

"一面之词。"

"你来摸我后脑勺的肿包。"

"我确定我们也会在其他现场发现你的 DNA。"

"你知道我去过。我刚才还和你一起去过。"

"我们还会发现什么呢？精液？"

"去你妈的。所以你才逼我进去？为了陷害我？"

"去你妈的。我不需要陷害你。你已经栽进去了。"

"随你说，我走了。"我站起身。

"还有一件事情。这件事情你没法狡辩。唯一有可能杀害她们的是克雷，但他的不在场证明滴水不漏。否则就是和他谈论过他的女朋友的什么人，比方说你。其他人不可能知道。"

"除了警察。"我刚说完，还没等他揍我，我就已经后悔了。我撞在了桌子上。

"想投诉就投诉吧。"他走了出去。

"免了。"我说——其实是企图说，因为我的下嘴唇疼得发麻。

第三部　二〇〇九年五月五日至十七日

43

凌晨四点左右,我回到家,尽管筋疲力尽,头部伤痕累累,但我不认为我还能睡着。我只要闭上眼睛,就看见她们——那些姑娘,或者说曾经是姑娘的肉块。黎明时分,我终于打起瞌睡,断断续续睡了一整天。我一次次从噩梦中惊醒,然后翻个身继续睡。中午,克莱尔打来电话。我说我在睡觉,随手挂断。六点,她再次打来。新闻已经报道了凶案,所以我大致讲了讲,略去种种恐怖细节没提。她想过来,但我说不行,明天吧,我现在只想休息。我站在厨台前,吃了个花生酱和果酱三明治,然后继续昏睡。十点钟,克莱尔再次打来。

"天哪,克莱尔,你就不能让我清静一下吗?"

"快看新闻,九频道。"

"我不想看。烂事一直在我脑袋里转悠。"

"你看就是了。"

我叹口气,坐进沙发,拿起遥控器,换到本地新闻频道。卡罗尔·弗洛斯基对着森林般的话筒侃侃而谈。

"我只想说案件引发了重要的问题。我明天将会会见官方,尽量争取帮助。我今天和我的当事人谈过,他向受害者家属致以沉痛哀悼,衷心希望凶手能尽快落网,正义能得到伸张,不单是这个案件,还有他的案件。"

"你知道……"克莱尔还在电话线的另一端,和我一起看电视,"他要是不上电椅,你就一分钱也拿不到。"

"你年纪还小,别这么愤世嫉俗。"然后我心想,也许正是因为她还年轻;人类一代比一代坚强,就是为了在达利安·克雷的世界里存活。

"对不起。"她说。

"再说现在已经不用电椅了,而是注射毒药。"

"对,针头。"

"另一方面,警方认为我是凶手。"

"荒谬。"

"你去告诉他们。"

"你真的不需要我过来?我叫辆出租车就行。"

"不用了,谢谢,我没事。"

"好吧。但还有一点,要是警察问起,你千万别说你打扮成自己的母亲。"

她挂断电话,这下我睡不着了。我看着电视新闻,报道又从头讲起。感觉很离奇,因为我不久前才见过这些地方和这些人,而就像是在做噩梦,它们忽然出现在电视上:桑德拉那幢公寓楼和她的照片,摩根那条街道和她的照片,玛丽的家和她哭泣的母亲。我看见汤斯和记者交谈,其他的警探在他背后忙碌。弗洛斯基第三次出现时,我关掉电视去冲澡。刚进卫生间,电话就响了。是达妮。她看见了新闻。我向她讲述我的这一天,还有这一晚,没提血腥的细节,新闻里的内容已经够多了,她能想象到究竟有多可怕——几乎可以。

"会让我做噩梦的。"她说。

"确实。我不停地惊醒,然后又睡着。但两者都持续不久。"

"我知道那种感觉。我以前也总是梦见我姐姐,梦见她求我帮她找头部。"

"天哪,太恐怖了。"

"要我过去吗?"她突然说。

"什么?"我听见电话里有喷气机的尖啸声。

"你要是不愿意就算了。我在上班,但正打算走。这儿的电视也在播新闻。我出来打电话给你,但不想回去了。我在停车场,坐在车里。可以吗?你在意吗?"

"在意什么?"

"我过去。"

"啊,好的,想来就来吧。"我说。

44

要是写小说,侦探到这一步就要和那个姑娘睡觉了。我猜这是不可避免的发展。似乎就该这样。我们没有理由要在一起,只是忽然间必须在一起而已。

她看上去不太好。她身穿下班时换上的运动服和厚外套,但还留着跳舞的妆容和发型。她哭过,粉底上有一道一道的睫毛膏印子,泪眼蒙眬。至于我,好吧,我和她差不多,更甚的是那晚的我嘴唇肿胀,右脸和左太阳穴上有瘀青,后脑勺有个鹅蛋大的肿包,外加睡眠不足、躺得太久和连场噩梦的三重效果。还有我总能闻到的那股气味。不过我的运气似乎不错。达妮属于同情心泛滥的那种人。

我给她开门,她惊呼:"天哪。"她拥抱我,手碰到了我头部的肿包。"应该用冰敷。"

"我应该把整个脑袋泡进冰桶。"

"这倒是,"她笑道,"你看上去太糟糕了。"

"嗯,谢谢你能来逗我笑。"

"对不起,"她笑得更起劲了,"忍不住,你的嘴唇太肿了。"

"这话说的。你看着像个悲伤的小丑。"

她擦擦眼睛,瞥了一眼浴室的镜子。"啊!"她说,"活像巫婆。金发巫婆。"

"贱婆！"我说。她哧哧地笑。她打量着镜子里的我和她。

"两条丧家犬。"她吸吸鼻子，"我猜我们属于彼此。"她对我微笑，我亲吻她。

通常来说，我并不是这种人。事实上这还是往好里说了无数倍。自从珍妮之后，我就没吻过任何人，而且珍妮也是先对我主动出击的。但我猜昨天的事情——说起来真的不太好——终于让我有了勇气，也可能是不顾后果，也可能只是绝望。总而言之，我亲吻她，她更加激烈地回吻我。她贴在我身上，用全部力量抱紧我，嘴唇狠狠地压在我的嘴上。

"啊，该死，我的嘴唇，我的脸。"

"对不起，真的对不起，"她说着抽身后退，再次哈哈大笑，"你这家伙够感性的。"

我也大笑道："我知道，我搞砸了一辈子才有一次的机会。"

"完全搞砸了，你太差劲了。说到我呢？投怀送抱却被一把推开。"

"因为过于粗鲁。"我说，温柔地再次亲吻她，她的回吻也很温柔。我抱紧她，用力亲吻。很痛。我尝到了血的味道，但我不在乎。我们一起跌跌撞撞地走进卧室，倒在床上。我的脑袋砰的一声撞在床头板上。她愣住了，等着我的反应。

"噢。"我静静地说。

她再次狂笑，但我很快就意识到笑声已经消失——她在哭。

"我明白。"我说，抚摸她的背部，不过我不敢确定这是不是真的。我让她在我的胸口哭泣，我盯着天花板。泪水渐渐充满我的眼睛，流淌进我的耳朵。我睡着了，在黑暗中醒来时感觉到她在脱衣服。我也脱掉衣服，她爬进我的怀抱，将她的肌肤贴着我的肌肤。我没有过这样的性爱经历。不是两个相爱的人在寻欢作乐,不是两个喝醉的人在发泄情欲。这种性爱充满愤怒,脆弱而盲目。这是悲哀的性爱。这是狂暴的性爱。这也是甜蜜的性爱。

45

摘自《两点两瞪眼》第二章：

  雪莉·布雷泽和我开车去皇后公墓，这是老派曼哈顿居民埋葬死者的地方。也许你从去机场的高速公路上见过它——绵延几英里的墓碑嘲笑着背后的天际线，真正的不灭都市，永恒的墓园。至少当时的我有这种感觉，因为我的直觉告诉我哪里出了问题。不过也可能是我的老羚羊SS和以往一样在提醒我，闪烁油量灯警告我。无论是哪一个，我都不该置之不理的。

  我们停车。我取出车尾箱里的铁铲，用毛毯裹好。我又从手套箱里取出一瓶黑麦威士忌和一个手电筒。走进墓地，她找到父亲的墓碑。我们走到附近，找了一棵树铺开毛毯，在亡灵之地野餐，等待墓园关门。

  那天的夜晚来得很慢，太阳一点一点落向市区背后的河流，我们有大把时间可以聊天喝酒。后来我们陷入沉默，只是坐在那儿，看着天色变化。黑暗终于降临，门卫室的最后一丝光线也熄灭了，夜灯——不知是电灯还是别的什么——亮起，我把橙红色的烟头弹向黑暗，转向雪莉。

  "好了，咱们走。"

"等一等，"她用小小的声音说，小手抓住我的手腕，"求求你。"

"怎么了？"我点燃火柴想看清她，但她吹灭了火苗。

"不，求求你。"她抓得更紧了，"我们来到这里，我却害怕见到他了。"我感觉到颤抖传遍了她的身体，她的牙齿咔嗒咔嗒打架。"莫尔德凯？"她悄声说。

"怎么了？"我也悄声说。

"抱住我，求求你，我冷。"

好吧，我还能说什么？我有一半犹太血统，一半印度血统，两边和白种姑娘的历史都不怎么好看，但太多的烈酒、太多的聊天、太多的寂静和太多的繁星一起钻进我的脑袋。我拉紧她。她的嘴唇在黑暗中找到我的嘴唇。下一秒我只知道我们脱掉衣衫，倒在地上，做着龌龊的事情。我进入她，她呻吟得像个幽灵，她的皮肤在月光下也白如幽灵，但我闭上眼睛，我身体下的她滚烫而充满生机，仿佛一头动物。

"打我，快打我。"她恳求道。我的手重重地落在她浑圆而坚实的臀部上，我抓着她的头发向后拽，像是在对抗一头野兽。她也拼命表演，又抓又挠像是只野猫。最后，我们躺下去，筋疲力尽。她点燃香烟。我看看手表。午夜时分。该做事了。

我们找到她父亲的墓碑，我开始挖掘。她似乎抛弃了所有的恐惧和斗志，我们默不作声。现在没什么可说的了。月亮钻出云层，月光充满墓穴。大约一小时后，铁铲碰到了木头。

"好,"我喘息道,"我们挖到了。准备好了?"

"好了,"她的声音平淡而冷静,她用手电筒照亮棺材,"动手吧。"

历经多年,棺材已经腐朽,很容易将铁铲插进顶盖的缝隙。我使劲撬,顶盖砰地打开。棺材里安详地躺着的是一把小号,它甚至在月光下闪闪发亮。

雪莉惊呼一声,手电筒熄灭了。我听见男人的大笑声——我在某处听过这个笑声。我连忙向外爬,但一只脚踢中了我,我摔进棺材,躺在小号旁边。手电筒重新打开,照着我,尽管外面只有月光,但我还是看得清那个男人是谁。

"喂,胖子,"我说,"你来这儿干什么?没有约会吗?"

嘶哑的笑声再次响起。那是"胖老爹"斯利姆,贩售肉体、毒品,搞腐败,最近还做起了分割公寓的生意。我将他送进监狱一次,开枪打过他两次,但三百磅的体重使得他很难完蛋。

"喂,琼斯拉比,"他说,"我也可以问你同样的问题。犹太公墓在隔壁。现在你慢慢起来,把小号给我。"

我抓住小号,站起身,递给胖子。他和平时一样衣着浮华,三件套的正装、礼帽和毛皮大衣,双手和牙齿金光闪闪。但最惊人的还是指着我脑袋的一把点三五七马格南手枪。

"好吧,胖子,"我说,"不管你和我有什么过节,请你别碰雪莉。"

"雪莉?谁是雪莉?哦,你说的是这个小贱货?"他抓过雪莉,"她属于我,但她早就不是白雪公主了。对吧,亲爱的?"

胖子使劲捏她,她喜悦地大叫:"对极了,老爹。"

"不过你别担心,拉比,"他继续道,"雪莉安全得很。给他看看,亲爱的。"

女孩转动手电筒,在朱尼帕·"白皮"布雷泽的墓碑旁还有一块同款墓碑。上面写着"雪莉·布雷泽,我亲爱的女儿,1980—2008"。手电筒再次熄灭,铁铲击中我的头部。

一秒钟过后我醒来时平躺在棺材里。怎么会是这个结局?我问自己。背靠黄土面朝天,死得像个廉价婊子。不过话说回来,我们到最后不都是这个结局吗?聪明的、硬朗的、大人物、万人迷:都在这儿,就躺在我附近。玩家迟早被玩。这时候我开始大笑,疯子似的大笑,第一铲泥土填满了我的嘴。

46

　　第二天上午八点，我从仁慈的深度睡眠中惊醒，因为汤斯特别探员及其同党在没完没了地按我家门铃。我套上睡袍，看一眼确定达妮真的蜷缩在我的被单底下，然后我跌跌撞撞地走过去从猫眼向外张望。

　　"谁啊？我在睡觉。"

　　"调查局，警察，开门。"一个戴蓝帽子的警察把证件举到猫眼前。

　　"我没穿衣服。我去分局找你们好了。"

　　"开门，先生。我们有搜查令，可以破门而入。"

　　"等一等。"我打开门锁。警察递给我文件，一群人蜂拥而入。最后进来的是汤斯。

　　"早上好。"他说。

　　"真有这个必要？你就不能告诉我你们要找什么吗？"

　　"搜查令上写着呢。"

　　"时间太早，不适合阅读。"

　　"与达利安·克雷有关的一切材料，包括但不限于笔记、誊写稿、磁带、照片、记录册……"

　　达妮走出卧室，头发乱七八糟，穿着她的运动裤和我的雷蒙斯乐队T恤。她看上去吃了一惊。

"吉安卡洛女士。"汤斯对她微笑。她报以厌恶至极的眼神。

"过来,"她对我说,"咱们煮咖啡,等混球探员和他的朋友完事。"

汤斯哧哧地笑道:"混球特别探员。"

门铃又响了,叮叮咚咚响个不停,大家还没来得及反应,锁就自己转动打开了。克莱尔冲进房间,背后跟着一个头发花白、身穿深蓝色细条纹正装的男人。克莱尔穿制服,运动夹克和齐膝长袜一样不少,头发扎成马尾辫。她铁青着脸扫视全场,双手握拳叉在腰间。

"他妈的搞什么?"她喝问道,苛责的分量对汤斯、达妮和我似乎相同。

"这位是……你女儿?"达妮问。

"哈,"克莱尔吼道,"想得美。"

"调查局和警察在搜查我家,"我说,"他们要扣留我写书的所有材料。"

"放他妈的屁。谁管事儿?"

我指指汤斯。他对着愤怒的少女皱皱眉头,然后扭头看我。

"这位是谁?"

"我的商业伙伴。"我说。

"没错。"克莱尔走向他,"这是我们的律师。"

"早上好,各位,"律师说,带着身穿全房间最昂贵西装的自信上前,摸出名片,"我叫……"

"我知道你是谁。"汤斯说,没接递过来的名片。

"我不知道。"我说。

律师微微一笑,把名片递给我,说:"别担心,无偿服务。

我是他们家的朋友。能让我看看搜查令吗?"我将捏在手里的文件递给他,他扫了一眼,说:"啊哈,富兰克林法官。我们明天要吃午饭来着。"

我看看名片。特纳·C.罗伯特逊,大律师,莫斯克、波特、罗伯特逊与林恩事务所。名片是鲜艳的米色,用的是浮雕墨水,摸起来像是弯一弯就会咔嚓一声折断。我把名片放进睡袍口袋。他和汤斯的脑袋凑到一起窃窃私语。克莱尔踱到我身旁。

"那是谁?"她咬牙道,视线射向达妮。

我告诉了她,她叹息道:"猜得出。脱衣舞娘。"她转身,甜甜地笑着说:"T恤穿在你身上很好看。"

"谢谢。"达妮平静地说。

"睡在这儿很舒服,对吧?我很喜欢的。"

达妮没有答话,她扫了克莱尔柔嫩的躯体一眼,然后望向我。

"克莱尔帮我处理各种事情。"我解释道。

"是事情不是韵事吗?"达妮问。克莱尔眯起眼睛,我看见她弓起了后背。

"你怎么称呼你的工作?跳舞?"

我险些呛住,说:"好了,现在还是先想想怎么不让我进监狱吧。"

一名年轻的探员,就是昨天哭过的那一位,走出我的办公室,看上去又一次感到失落。

"什么也没有。"他说。

汤斯扭头看他,说:"什么意思?"

"对,什么意思?"我附和道。

"这儿没有任何相关的东西。没有笔记,没有访谈记录,什么也没有。只有很多有关其他书籍的资料。吸血鬼、外星球,诸如此类的东西。还有一大堆旧色情杂志。"

"怎么回事?"汤斯扭头看我,我也惊恐起来。

"你在玩什么花招?"我问他,"我的资料呢?"

"你告诉我。要是不交出所有资料就是蔑视法庭,你明白吧?"

"我不知道资料在哪儿,"我坚持道,"肯定被你们藏起来了。搜他们的身。"我发狂般地命令道,仿佛我是带头的警探。

"别担心,"克莱尔自豪地走上前,"都在我这儿。我一听说你被捕,就过来把资料转移到了一个安全的地方。"

汤斯叹息道:"听我说,小姑娘,我不在乎你的朋友都有谁。持有和隐匿谋杀案的证据是犯法的。"

"不好意思,特别探员,"罗伯特逊走了上来,"但这份搜查令只授权你搜查这个地方,并强制布洛赫先生交出所谓的证据,仅限他一个人。纳什小姐不受约束,我想请你不要再威胁或诱迫一名未成年人。"

汤斯耸耸肩道:"律师先生,你很清楚你在浪费时间。我可以再去申请一份令状。"

"可以,但这次我必须在场辩论。出版自由关乎第一修正案,我的当事人准备维护他们的权利。"

"他们准备进监狱吗?"汤斯问。

克莱尔上前一甩马尾辫,大声说:"我们准备好了。"

"我没有。"我说。

"安静,"克莱尔说,"我们哪儿都不会去。我的律师能处理好。"

"对,哈利,安静。"达妮赞同道。

我扎好睡袍,坐进沙发。达妮和克莱尔坐在我身旁。罗伯特逊和汤斯开始第二轮咬耳朵,很快达成共识:将所有资料复制一套,包括昨天已经扣留的那些;调查结束后,我仍旧独家持有出版和发行的权利。

两个男人走过来解释一番,克莱尔说:"听起来不错。"

"对,很好。"达妮也说。

我抬起手掌说:"那我看也挺好。"

"但这是有条件的,"汤斯说,"前提是哈利没有因谋杀被捕或受到指控,否则他将失去所有权利。"

"当然。"克莱尔说。

"很公平。"达妮说。

"什么?"我壮着胆子说,"哪儿公平了?"

"天哪,别担心,"克莱尔说,"高兴点儿,你又没杀人。"她被这个念头逗乐了。

"你该看看他后脑勺的肿包。"达妮说。

克莱尔站起身。"好了,剩下的就交给你们吧。"她说。她和汤斯握手,亲吻罗伯特逊的面颊,朝我晃晃钥匙。"我去检查信件,然后就得闪人了。要去学校。"

门刚关上,达妮就问:"她有钥匙?"

"她去什么学校?"汤斯插嘴道,"都十点多了。"

"别担心。"罗伯特逊说。"她是全A生。对吧?"他问我。我点点头,他对其他人解释道:"他是家庭教师。"

达妮皱起眉头。"我们回头再讨论。"她对我说。汤斯和罗伯特逊走过去监督工作收尾。

"没什么可讨论的，"我尽量斩钉截铁道，"纯粹是业务关系。"

"那就更离奇了。你如果只是普通的变态，那我能够理解。但这个样子，我实在搞不懂。"

"我们是搭档。"我解释道。

达妮皱起鼻子说："换个说法。"

"同事？"

门开了，克莱尔闯进来。她抓着信件，冲进我的卧室，关上门。

"出什么事了？"达妮问。

"不清楚。"我对她说，"你等着。"

我敲敲门。没有回答。我慢慢打开门，走进房间，随手关门。克莱尔面朝下趴在没有整理的床上，信件扔在她身旁的地板上。

"嘿，"我低声说，"出什么事了？"

她耸耸肩，没有起来，脸埋在枕头里。我知道那枕头肯定散发着达妮的气味。整个房间都散发着性爱的气味。"说吧，你可以告诉我。"我在床边坐下，想拍拍她的后背，告诉她别担心达妮，感谢她为我撑腰，这么理直气壮地处理所有事情，但这时我看见了照片。

照片从一个牛皮纸信封里掉出来，信封上写着我的名字，但没有邮票和回信地址。克莱尔已经顺着边缘撕开了信封。那些是八英寸乘十英寸的白边彩色照片。最顶上一张是桑德拉·道森。我知道是因为我认出了背景里的房间，她的床、白色梳妆台、墙上穿衬裙戴面纱的女人照片；她被切掉头部倒挂着，底下是一摊亮红色的鲜血，仿佛地上的一朵花。

我伸手去捡照片，但随即想到也许有指纹。"信箱里拿到的？"我问。克莱尔点点头。我从口袋里取出律师的名片，用硬挺的边缘分开照片。一共有三张，一名受害者一张，全彩特写，正是我目睹过的犯罪现场，构图和边框的设置都很仔细。和在桑德拉家一样，我感觉我背后有人。无论我去过哪儿，他都曾经去过，无论我见过谁，他都紧接着去见。现在他要我知道，他来过我家。

我拍拍克莱尔的肩膀，说："我马上就回来，好吗？"她对着枕头点点头。我用名片将照片推回信封里，用衣袖包着手捡起信封。我穿过客厅，走进厨房，达妮、汤斯和罗伯特逊正坐在早餐角，用我母亲的棕色黄花图案杯子喝咖啡。我把照片放在汤斯面前。

"信箱里拿到的。"我捏了捏达妮的肩膀，"你还是别看了。"我返回卧室，克莱尔还趴在那儿。

"我能抱抱你吗？"我在她身旁跪下，她点点头，我抱住了她。

47

谁？我不停地问自己这个问题，吃饭的时候，洗澡的时候，穿衣服、散步、谈论各种完全无关的话题的时候。谁？无论为什么杀害克雷的女朋友，凶手必定与他有接触，或者能看到他的信件或进出他的牢房，知道这几个女人的身份和她们与克雷的幻想生活。那么，会是谁呢？当然有可能是同谋。也可能是模仿犯：警察、监狱警卫、不知怎的接触到了这些档案的疯子、司法体系内的变态办事员。还有可能是跟踪狂：也许是另一个充满嫉妒心的情人，或者是羡慕克雷的名声和女性俱乐部的什么人。那么这就意味着凶手一直在跟踪我，踏着我的足迹，我一离开就进去残杀姑娘。每次我的思绪转回这个原点，就有一股新的恐惧灼烧起我的胸腹，扼住我的喉咙，我看见桑德拉的倒悬尸体在转动，紧接着感觉脑袋挨了一下。然后我问自己：谁？

还有，这个谁对我有什么企图？我是被变态佬玩弄的受害者吗，就像吉姆·汤普森地摊小说里的角色？是被陷害的替罪羊，就像希区柯克电影里的主角？还是就像所有惊悚小说里的情节（包括我自己的），我只是不知情的目击者，即将被凶手除掉，我太愚蠢，意识不到真相，再次露面是下一章里被冲上海滩的尸体？还有一个念头我不敢允许自己去思考，更别说大声说出来了，换了昨天这个念头还非常荒谬：克雷难道真是无辜的？真凶回到了这座城市?

有一点是确定的:我不能指望汤斯保护我。他临走时就差没朝我鞋子吐痰了,连我的律师罗伯特逊在握手告别时也直截了当地告诉我:"你现在应该做好准备,因为你随时可能被捕。"

"别担心,"克莱尔当时说,"我会保释你的。逮捕他只是走个过场,对吧?"罗伯特逊耸耸肩。

说起来,克莱尔倒是挺好。她刚擦干眼泪,就摆脱了胸中的恐惧,仿佛那只是看完电影后做的噩梦,以年轻人的弹性恢复正常。她的敏感性早已被我们这些人制造的媒体垃圾所钝化。第二天她就回来工作了,躺在我的沙发上吃扭扭糖。她直接从曲棍球训练场过来,身穿天蓝色的碎片图案运动鞋、红色齐膝长袜、褶裥学生裙和帽衫。只看她的脚,还有梳得紧贴头皮挽成高马尾的头发,她仿佛动画片里戴着金色头盔的战斗少女。

"我知道这是一场大悲剧,"她嚼着甘草糖,对我吐了吐染成红色的舌头,"但这本书的市场价值翻了两倍。我知道以前的事情让它本来就会得到关注,但咱们得面对现实:新出现的尸体使得它有了才下头版就上书架的感觉。"

"唉,我知道那种感觉。"我说,"我吃了两天胃药,想摆脱的就是那种感觉。我要改名换姓搬去堪萨斯。沙发就送给你了。"

"别那么夸张。你已经有了六个名字。学学水门事件那两位老兄,伍德斯坦和伯恩斯[①]。尼克松想做掉他们,他们逃跑了吗?"

"尼克松可没用切肉刀剁掉他们的脑袋。你去租个电影看

[①] 克莱尔记错了,是伍德沃德和伯恩斯坦。

看吧。"

"你是作家,该死的!"她用扭扭糖指着我说,像是丑闻版拿着雪茄的老编辑,"遇到这种事情,你应该投入工作。追寻线索之类的。做你最擅长做的。"

"饶了我吧。"

她耸耸肩说:"至少明天还是要去采访克雷。在监狱里,你安全得很。"

她说得有道理。明天我确实约好了要见克雷。按照惯例,我应该先访问桑德拉,然后写个故事交给克雷,换取一次访谈。但现实野蛮地插手,我当然一个字也没有写。比起报纸上的新闻,最极端最令人不安的幻想也只是儿童故事了。克雷的那本书怎么办?还是现实吗?目前可以说我遇到了写作瓶颈:我的脑袋里只有一个念头,那就是不要变成书里的角色。可是,约见的时间还写在日历上,谁也没有声明取消;在铁栏杆和武装警卫的保护下,和一个肯定没有袭击我但有可能知道凶手是谁的人谈话,我觉得这不是个坏主意。于是我收拾行李,搭夜班火车过去,住进同一家倒霉的汽车旅馆。我给达妮打过电话,但没人接听。她也许在工作,赤身裸体地悬在一根钢管上。

然而,监狱并不像我希望的那样温暖和舒适。尽管穿过一道道铁门不比出家门走到熟食店更可怕,但我还是缺少安全感。就仿佛所有人都知道我的身份。我就是"那个人",所有人都盯着我看,我感觉受到眷顾又羞愧万分。我感染了"克雷病",过安全门的时候,似乎连搜身的狱警都不想碰我。我就像夜总会里声名狼藉的贵客,被一阵风送进了会见室——特蕾莎·特雷奥已经到了,坐在破旧的售货机旁用脚尖打着拍子。看见我,她站起身。

"很好，你来了，他们在等你。"

"他们？"

"卡罗尔想见你。弗洛斯基女士。"她心里憋着什么话，使得她喜气洋洋的，像个小女孩。她两眼发亮。"我们——她见过了法官和州长的首席法律顾问。情况现在很乐观了。"

"很高兴三个女人被杀让你这么开心。"

她被我挖苦得扭过头去，捏起桌上的薯片。"我不是这个意思。我为她们感到抱歉。但现在警察也许能抓到真凶了。"她说。

"警察？拜托。知道他们的首要嫌疑犯是谁吗？我。"

特蕾莎挑起眉毛，我哈哈大笑。

"更吓人的是真凶了解这三个姑娘，知道我什么时候见她们，知道她们的地址，什么都知道。"我凑近她，看着她的眼睛，"谁知道这些情况？克雷。你可怜的无辜受害者。"

特蕾莎和我对视，说："很多人有可能知道。包括我。"

包括你。我想起我在她衣服底下瞥见的文身，想起我与血族 T3 的在线聊天，她的那一丝邪恶如此诱人，她有不为人所知的内心活动。我的粉丝。喜爱吸血鬼的怪人。我问自己：她会不会已经知道我究竟是谁？我回答自己：那又怎样？我感到眩晕，又尝到了苦涩的胆汁味道、恐惧的可怕味道：反胃、肾上腺素和铁路热狗的混合物。警卫出现在门口，叫出我的名字。

"回头见。"我说。她似乎对我露出诡秘的笑容，然后从包里取出我的小说。

48

"哈利。"克雷微笑着摇摇头。弗洛斯基坐在他对面。另一把塑料椅留给我。"哇,你脸色好难看。不过考虑到你经历的事情,大概已经算还好了吧。"

弗洛斯基抽着香烟,透过烟气打量我,像是在研究我的个性,也可能是在给我算命。我坐进椅子,烟雾擦过我的面颊。我想打喷嚏。

"是啊,"我说,"这几天过得很苦。"

"不奇怪。"克雷说,"我们一直在关注新闻,现在你知道我的感受了。"他笑得愈加灿烂。弗洛斯基冷漠地看着我。我看看克雷,看看弗洛斯基。

"我不确定你到底是什么意思。"

弗洛斯基扔下烟头,用鞋跟在伤痕累累的油毡地毯上踩熄。"他的意思是说这下你知道被媒体围捕是什么感受了,知道遭到警察的暴力虐待、无辜地成为可怕罪案的嫌犯是什么感受了。"

"希望你有个好律师。"克雷哧哧地笑道,但弗洛斯基的一个眼神让他住了嘴,"对不起。"他拿起手指慢慢啃。他露出微笑,白色大牙像是切进了牙龈。"因为紧张而笑,"他说,"绞刑架笑话,明白吗?我不知道该说什么。我没有见过这几个姑娘,但通过信件和照片似乎已经认识了她们。这种认识有其亲密感,你明白吗？父母、朋友和家人都在哀悼她们，但我知道她们不为人所知的另一面，她们只把这一面托付给我。人们不明白这种联系有多深，但你当然明白，因为你全都知道。"他坐起来。我能看见他刮脸时割伤的小口子，位于喉咙根部。我能看见他假牙缝里的食物。"你不会凑巧带了那个故事吧？桑德拉的故事？"

我猛地后退，像是他企图要吻我。"我他妈没写。"我说。

"好了，好了，"弗洛斯基开口道，"够了。我没时间听你们扯这些。你当然不可能写。至于你，"她对克雷说，"闭嘴，听我说。"

"对不起，卡罗尔。"克雷说，然后对我说，"别担心，哥们儿，我不会因为这事中断咱们的交易。"

"达利安。"弗洛斯基咬牙切齿道。

"对不起，您请。"

她深吸一口气，就是在心里从一数到十的那种深吸气，然后对我说："你知道我从一开始就反对写这本书。现在情况似乎完全发展成了另一种烂摊子。说起来，我承认我也许看错了你。总而言之，我们已经没得选了，我们必须互相信任。又死了三个姑娘。你本人的安危也成问题。"

"信任我？什么意思？你们在说什么？"

"我要告诉你的事情仅限你一个人知道，属于律师只和当事人讨论的事情。但你已经被卷入了，所以……你明白披露是什么吧？法律意义上的披露？"

"算知道吧。"

"被告有权看到所有证据，看到控方案卷内的全部内容。有权获悉未对大众公开的信息，只有警方知道的事情——当然，还有凶手知道。"

"所以呢?"

"所以,十年前我看过那些凶案的照片,读过勘察报告。昨天法官命令汤斯向我展示新命案的勘察报告。它们完全符合以前的特征。"

"有多完全?"

"就像笔迹。你以为汤斯为什么这么心惊胆战?这个案件造就了他。目前我打算辩论的焦点是,这些案件的特征非常接近,犯案的凶手肯定是同一个人,总之足以激发疑惑,重新开启庭审程序。"

我皱起眉头说:"可以这么看,大概吧。"我不愿承认我也考虑过这种可能性。万一对面这个怪胎杀人狂只是个普通的怪胎呢?

弗洛斯基又叼起一根香烟点燃,像赶开烦人小虫似的抖灭火柴。她说:"随便你。我不是来和你讨论案情的。我想告诉你的是这个:我确信照片杀手回来了——真正的照片杀手。我认为他回来是因为行刑引发的大众关注,还不止如此,我认为是你的书让他浮出了水面。"

"什么?"

"这种人物,这种变态,他们的自我感都很强。他想落网吗?不,他又不蠢。见到达利安被捕,他乐于转入地下,停止杀人,至少改变行为模式,或者换个地方——谁知道呢,反正有其他人承担罪责了。可是,让这个"其他人"得到荣誉,想到这个"其他人"会名垂青史,因为他做的事情而被著书立传,他就不愿意了。怒火越烧越旺,他终于又开始杀人,要整个世界知道他究竟是谁，他能做出什么事情。如我所说，他并不蠢，但很疯狂，我认为我有责任提醒你。他很有可能会来找你的麻烦。"

"我？"我向后靠了靠，思考这个问题。两人打量着我，弗洛斯基阴沉着脸抽烟，克雷露出悲哀的揶揄笑容——也可能是揶揄的悲哀笑容。我再次想到他看上去是多么不正常但又没有杀伤力。牙齿和利爪，难道还不够吗？难道不是野兽的标记？今夜我回家时要留意的就是这个吗？"我做了什么？"我问他们，仿佛他们知道或在乎，"我只是代笔而已。"

49

"所以答案藏在过去。"克莱尔沉思道。我向她讲述了我与克雷和弗洛斯基的会面。她若有所思地用吸管吸着健怡可乐,细长的脚踝交叉放在茶几上。"听起来你需要做些功课,找到这个联系,挖掘案件的背景故事。"

"除非我能安安稳稳地待在家里,一边给兰花浇水一边破案,就像尼禄·沃尔夫。"我躺进扶手椅,脱掉皮靴,把双脚搁在她的对面。

"你说的这个人是谁?"

"侦探。天才,是个胖子。"

"好吧,你还差得远呢。"她说,"但你写过那么多书,应该能当一个好侦探。你出去走走,寻找线索。就像莫尔德凯。"

"你说得对。我很擅长寻找线索。想知道为什么吗?"我用脚捅捅她的小脚丫,"因为安排线索的就是我。在小说里当侦探和在现实中扮演侦探的区别很大。我编造案件,然后由我解决。即便如此,我每次都琢磨得头昏脑涨。"

她用脚后跟踢我的脚后跟反击,说:"我只想说,你要是亲自破案,这本书肯定会很了不起。"

我嗤之以鼻道:"我难道忘了说我的生命也有危险?"

"哎呀,要解决这个问题,还有比抓住凶手更好的方法吗?"

她坐起来，用两只手使劲捏我的脚，"万一他们没说错呢？万一克雷确实无辜呢？"

"住手！"我躲开她，"很痒。"

"哈利，我是说真的。"

我耸耸肩，望着她明亮的双眼。"如果克雷确实无辜，那么就有一个连环杀人狂尚未落网，而且要对我不利。"我说。

"而你指望谁来抓他？警察？"

我还没来得及回答，对讲机就响了，克莱尔跳起来撤下按钮。

"是谁？"我突然很害怕。

"有个非常重要的杂志记者想见你。你在监狱时关了手机，我让他们直接过来。不过我们学校有辩论队活动，所以我现在得走了。"她拿起背包，走向房门。

"辩论什么？"我喊道。

"非法移民。"她也喊道，"我是专家！"

门摔上了。杂志记者？我对着镜子看了一眼：两个黑眼圈，没刮脸，在列车上睡觉压平了的脏兮兮的头发。头发里甚至有一小团白色花粉，仿佛是春天的第一个乐句。门铃响了。

"来了，"我喊道，"稍等。"我走向房门，边走边披衬衫，发现袜子上有好大一个破洞。今天早上洞还很小，但现在我的大脚趾已经戳了出来，仿佛粉红色的乌龟在试风向。我渴望看一眼皮靴，但门铃再次响起，我把脚趾藏在门背后，打开门时送上最传统的问候语："不好意思！"

来的是珍妮。

"不好意思。"她说，仿佛我俩都是不好意思国的居民。她大概看见了我的震惊表情，问："我不该来吗？"

"不，我，不，我，我没想到……"

"不好意思，我和你的经纪人谈过，叫克莱尔对吧？是她安排的。"

"我的经纪人？好得很。"

"刚才在走廊里遇到一个女孩，她告诉我你住在这儿。"

"对，那就是她。"

"谁？"

"什么？"我想起前天达妮看见克莱尔时的表情，"没事。我刚才说什么？别在意。"

"实在不好意思。"她说，"要么我走吧？"

"不，别走。不好意思，请进。不好意思，我的袜子破了。"

又是几轮不好意思，她终于走进房间，脱掉大衣。我们像是两个有强迫症的武士在交换礼物，一边微笑着说不好意思，一边横着走进厨房。我开始煮咖啡——大概算是吧，另一种说法是洒得满厨台都是咖啡粉和水。

"我来是为了谈公事，"珍妮说，"发挥我的职业能力。"

"挨家挨户征订杂志？"我终于把碾碎的咖啡豆装进滤网，揿下红色按钮。机器开始嘶嘶呜呜地运转。

"不是。"她笑道，脸红了。她的局促让我冷静下来。我用海绵擦拭厨台，取出一块恩滕曼蛋糕放在台面上。她说："不过我确实注意到订阅人里没有你。"

"哈，你知道我只读色情文学和漫画。"我拿起雏菊咖啡杯，"再说了，一年只出四期？那算是什么杂志？"

"我们管它叫季刊。"

"什么？我还以为意思是每份卖两毛五呢，就像《邮报》以前的价钱。你的杂志应该叫十块刊。"

她笑得更热烈了。"我都忘了你有多风趣。"她说。

"天，谢谢。"

"你知道我是什么意思。这是优点。"

我倒了两杯咖啡，在她对面坐下，两人之间是一夸脱瓶的牛奶。"谢谢夸奖。"我说。

"实话实说，我很吃惊。发生了这么多事情，我还以为你会比你现在看上去这样更心烦意乱呢。"

"我确实比我现在看上去这样更心烦意乱。"我突然心烦意乱，胃里和额头尤其不舒服。我用双手拢了拢头发。"但我算是还好吧。"我又说，事实如此。

"那好，我认为你勇敢得不可思议。我们都这么认为。"我心想这个"我们"是谁，但不想打断她的连串恭维。"所以我今天才会来。为了尽可能提供帮助。我们对你受到的现实威胁无能为力，但我们可以组织一支作家纵队，就像西班牙内战时那样。"

我仿佛看到一幅画面：戴夫·埃格斯和乔纳森·勒瑟姆身穿同款风衣，拿着手电筒坐在车里监视我这幢楼，等待德里罗小队长用步话机下达指令。

"很好。"我说，"一帮神经过敏的家伙武装起来，我们恐怕会自杀或者自相残杀。"

"没错。说到对抗现实威胁，我们的力量毫无用处。但我们可以帮你打抽象的文字战争。警方的骚扰。调查局扣留你的文件。我已经搜集到了足够多的名字，可以发动一场请愿。许多人发邮件询问他们能如何帮忙。"

"什么人？"

"你明白的，出版业的人。比方说你那晚见过的一些作家。我想从在《时报》上发布公开信开始。我和瑞安谈过，他很愿意共同主持一场慈善朗读会，筹集费用打官司。我还给国际笔会打了电话。"

我笑道："我能搞定，不过还是谢谢你。"

"你确定？"

"对，非常确定。"

"我知道你会拒绝，但请不要被他们吓住。你必须写出这本书。你要答应我。"

"我答应你。"

"你会考虑我的提议吗？要是我能帮忙请一定告诉我。"

"当然。"

她起身，我也起身。她隔着厨台抚摸我的面颊。我一动不动，就仿佛蝴蝶落在了我的手背上。

"说起来，"她说，"当然是非常客观地说，你现在非常迷人。这件事好像让你脱胎换骨了。"

"我后脑勺有个非常性感的肿包，想摸一摸吗？"

"想，挺想，"她亲吻我的面颊，"但我不会。"

珍妮走后，我思前想后，意识到她看见了但我没有发现的变化是什么。没错，我筋疲力尽、神经紧张、无所适从。我惊恐绝望，而且——最主要的——非常害怕。但多年以来第一次，我不再消沉。给你一条心理建设小贴士：没有什么比恐惧更能让我们充满生机。

50

我决定从头开始我的调查,也就是从克雷的家,他居住和犯罪的场所,他拍摄受害者照片的地方。达妮坚持开车送我。我刚开始不愿意(我想不出她除了受创还会有什么感觉),但她很坚持,我暗自高兴,不但是因为有人陪,还因为有车接送。克莱尔宣称她也要去。听说我拒绝了珍妮的提议,她震惊得说不出话来,因此认为不能放我无人监管地上街乱逛。另外,她有一辆更好的车。

就这样,我坐上克莱尔老爸的黑色宝马 750i 的驾驶座,克莱尔在我身旁的乘客座,等待达妮走出她在杰克逊高地的公寓楼。克莱尔用吸管吸完最后一口健怡可乐,发出的声音犹如什么人窒息而死,随手把空罐丢在车厢地板上。她余怒未消。

"国际笔会,"她说,"国际笔会啊!"

"你不上网搜索都不知道那是什么。"

"但我知道慈善音乐会是什么。说不定会很风光。"

"慈善朗读会。和慈善音乐会非常不一样,而且肯定不风光。不会有博诺①。另外,考虑到我们以前的关系,我不可能接受。"

"唉,所以你才必须参加啊!"

"不可能,太奇怪了。再说只有这样,她才觉得我有英雄气

---

① 爱尔兰摇滚乐队 U2 主唱。

概,而不是绝望无助。她说我很迷人!"

"狗屁。只是吃着碗里的看着锅里的而已。别上当。再说你和脱衣舞娘在一起得到的已经超出了你能掌控的。"

"我说不准,只是那一晚而已。"我说。达妮走出公寓楼,挥手打招呼。我和克莱尔一起向她挥手。

"你反正当心就是了。"她说,转身跪在座位上,迎接坐进车里的达妮。

"嗨,达妮。"她轻快地说。

达妮笑得像个天使。"嗨,亲爱的。"她说。

我抓住方向盘,开车出发。

克雷以前的住处在欧松公园,接近布鲁克林的边界。这是个普普通通的住宅区,有很多年久失修的房屋,车道上停着旧车。比较年轻的新居民(其中很多是移民)修整了一些房屋,克雷家也许就在其中。十年前,这条街很可能更为阴沉、肮脏、衰败而荒凉。我从网上下载了一张新闻照片,打印出来,刚开始我还以为"地狱屋"(新闻标题的叫法)已被拆除,新的房子建了起来,实际上原先的屋子只是被重新粉刷过,侧面增建了一块,屋后加盖了新的凉台,前院种上了高灌木和树苗,你几乎认不出这里就是克雷的住处——估计是存心的,但确实还是那幢屋子。

我在马路对面停车。"就是这儿?"克莱尔听起来很失望,"不怎么吓人嘛。"她虽这么说,还是取出相机,拍摄希望能用在书里的照片。我望着双开的前窗、瓦片屋顶、深屋檐和小门廊。来这儿似乎是符合逻辑的第一步,但现在我却不知如何是好。达妮没有犹豫。

"等着。"她说,大步流星地穿过街道。我站在车旁看着她。

她身穿旧牛仔裤和高领套头衫，美得不可方物，但我感觉自己不像她的情人，而是备受折磨的同伴。从那晚以后我没再见过她，今天早晨没有亲吻、拥抱和浪漫关系下常有的其他举动，谁也没提起我们之间发生过的事情或不可能发生的事情。我只能认为她后悔了，假装一切从来没有发生过，只是在悲痛和酒精作用下的错误，忘个干净最好。达妮走上前门廊，揿响门铃。她敲敲门，等了一会儿又敲敲门。她招呼我过去。我穿过草坪走向她，克莱尔跟着我，透过相机的取景器观察四周。

"家里没人，"达妮说，"咱们四处看看。"

"刚才要是有人开门怎么办？"

她耸耸肩说："不知道，也许随便编点什么吧。"

她说得对。她和克莱尔这样的女孩和我不在一个宇宙里。她们所在的宇宙里，人们哭着喊着也要扑上来帮忙。我所在的宇宙里，谁也不会帮你换零钱，每家商店的卫生间都永远有故障。这些女人，这些有魔力的生物，为什么会怜悯我？我不知道答案，但我打心眼里感激。

我们隔着前窗窥探，前窗拉着白色薄纱窗帘。我看见一张柔软的白色皮沙发，比奥登堡雕塑还要宽大和松软，还看见墙上挂着大屏幕电视机，另有几个十字架和与耶稣有关的物件。我看见架子上的照片和几本书的标题，说明这是一家韩国人。估计是新来的，完全不清楚这幢屋子的恐怖历史。我们从窗前转身，我看见达妮的鼻尖因为贴着纱窗而沾了一团黑灰。

"别动。"我说，舔舔手指。她耐心地看着我的眼睛，等我擦掉黑灰。

"好了？"她问。

"非常好。"

克莱尔拍了张照片。"真可爱。"她说。

我们没有讨论接下来要做什么，三个人走下门廊，绕向房屋侧面，尽量不踩踏新翻泥土里的柔弱花朵。屋后是个小院子，有一张白色熟铁桌子、几把椅子、白色石制鸟食盆、几株玫瑰和一方草坪。我们并排蹲下，向地下室内张望。

就是这儿。这两扇低窗曾经都被封死，一扇是达利安的暗房，另一扇是他搭拆布景的所谓"工作室"。那里曾经有铁链、皮鞭、刀具和锯子，有铁钩固定在墙壁和低矮的天花板上，混凝土地面上有排水槽和清洗血液用的水喉。还有各色道具、服装、假发、化妆品和照明用具，廉价摄影工作室所需的物品一应俱全。现在这些当然都消失了。

我看见蹲在旁边的达妮用双手挡住阳光，看着相同的景象，转着相同的念头，多半想到了姐姐的最后时刻。我听见她的喘息声，近得能感觉到她的头发触碰我的面颊。我吸气的时候，闻到了她的香波气味。

"这是……"克莱尔开口道，我碰碰她的腿，她领悟了我的暗示。她默默举起相机，拍了几张照片，放下相机，不出声地望着前方。没什么可看的。墙壁和地面重新粉刷过，作为地下室，这里干净得夸张。一侧是一张乒乓球台、一个冰箱、几张动画片角色的海报和一套旧音响。另一侧是许多纸箱、一个也许曾经属于暗房的水槽、一台洗衣机和一台干衣机。还有一个冰柜，但里面恐怕没有失踪的头部。唯一能提醒你这里曾经多么可怕的东西是一张老旧的工作台，粗糙的木台面伤痕累累，星星点点满是油漆，上面挂着两把大号铁钳，仿佛锈迹斑斑的钢铁兽颚。

51

摘自 T. R. L. 庞斯特隆所著《无论你去向何方，荡妇飞船指挥官》第二章：

时间旅行比你想象中要慢得多。要进行星际跳跃，你必须利用时空统一体内的褶皱和破口，因此你感觉不到运动，也就是从一点到另一点的渐进过程。我们一动不动地站在飞船里，飞船悬浮在冰冷的黑暗空间之中，但这时候我们已经走了一光年。然而，身体知道真相，大脑拼命领悟，向前或向后调整，努力弥补丢失的时间。这是佐格星儿童在学前物理班上（类爱因斯坦理论、后量子理论、普鲁斯特理论和矮魔法理论）讨论的狭义相对论问题。假设你的粒子列车在鬼明时分离开大麦拉星，以每秒五百公里的速度飞驰，那么列车在布拉伯多克车站临时停车的五分钟，感觉为什么像是五个小时呢？时空旅行的概念和这个差不多。几分钟跑完了几十年的里程，但这几分钟感觉却慢得可疑。仿佛永无止境。你越来越不安、多疑和恼怒。你胃痛或者突然很饿，但菜单上的东西却提不起你的胃口。穿越这几百万光年的时候，你会感觉你等完了整段人生。

在这些压力的作用下，旅行者常会受到宇宙晕眩、黑洞抑郁和脚踝浮肿的折磨。更严重的，历史上也曾出现过精神融毁的病例，机组和乘客都变得异常暴力，其中最臭名昭著的是五三二一年天狼星六大血案（不过由于时间错层，尸体于四四四〇年被发现）。为了避免类似的悲剧，也为了减少不适，例如宇宙幻旅逆流症（饱受折磨的人里就有我），所有以五级及以上（或六级及以下）时空速度航行的佐格飞船必须加装轮班深眠系统。糅合了超级药物和假死的技术被用来让机组成员轮流冬眠（时间上限为一个世纪）。不冬眠的成员在现实时间内"生活"，履行"日常职责"，吃"三餐"，最后也去"睡觉"。等下一个班组苏醒，意识体会被诱使认为它是昨天才睡下的，虽说"昨天"可能是一千年之前，而"今天"也许只会持续一个小时。

听起来都很简单对吧？理论上确实如此，但我是阴茎十二号的船长兼指挥官，这是一艘标准的爱奴飞船，除我之外的六名机组成员都是性欲旺盛的女性，所以我发现生活非常简单，尤其是星际氏族战争爆发之后，基地被摧毁，我们只能在深空游荡，寻找可供避难的时间。我意识到我们有可能会一走就是成百上千年，于是决定执行深眠计划。每名成员工作一百年，然后休息五百年，我每一百年醒来一次，检查飞船的运行情况。

刚开始情况很顺利。我把我可靠的老阴茎号对准遥远的过去，一口喝掉甜美的蓝色药剂，钻进睡眠舱休息。一百年以后我醒来，煎培根的香味扑鼻而来。

"复调"在厨房做煎饼、培根和炒蛋。她是A型欢愉荡妇，所有配件一应俱全，醒来时胃口好得惊人。她在温暖的飞船里赤身裸体,一边做饭,一边开心地哼着小调。她还年轻,时间旅行对她影响很小。她刚洗完空气浴,金发直垂腰际。她只戴着颈圈,按照规定,她全身上下一根毛也没有。她可爱的胸部向上翘起,散发着香料星球的油膏气味,嘴唇和阴唇都涂着美味的闪亮星粉,那是消亡恒星余下的颗粒状尘埃。除了专精于烹饪和色欲道之外,她还是阴茎号的系统专家,负责维护舰载电脑。

"早上好,复调。"我走进厨房,用皮鞭轻轻抽打她丰硕但结实的臀部。我这个船长喜欢照章办事,虽说只有我们两个人,但我还是身穿标准制服:工具腰带、皮靴、手套、斗篷和仪式头巾。"什么东西这么好闻?"

"早上好,指挥官。"她说,"早餐准备好了。"

吃饭时我听她的汇报。飞船的全部功能都运转正常,但附近还是没有安全港。我们决定趁机休息,享受接下来的几百年时光。我们从洗澡开始。复调从头到脚给我擦身,然后用温暖的合成水(循环利用废弃氢燃料电池和睡眠船员的尿液)为我冲洗。接下来,根据《身心健康条例》,我们做了"提神爱",首先在云室里飘浮嬉笑,而后在更激烈的性车上,模式先调在"脉动"挡,然后是"全力冲刺",最后是"多重组合"——这是复调的最爱。我们检查引擎,吃了顿简单的午餐。下午我们玩四维填字游戏,漫步水栽森林,采摘松露供晚餐享用。我们欢笑,手拉手走路,甚至就在假草坪上来了一场"模拟性爱"。可是,吃晚餐的时候,复调却没怎么碰她的食物。

"怎么了?"我问,"你都没有摄入推荐量的卡路里。"

"没什么,"她叹道,"我只是在想事情。"但我知道她在说谎。肯定不是"没什么",而是"有什么"。躺下睡觉的时候,我看见她眼里的泪花。

"求你了,复调,到底什么事?告诉我吧。"

"只是你离开后我会想你的,指挥官。在你让我入睡以后,那整整五百年。"

我微笑着擦掉她的眼泪,说:"但感觉就像一个晚上。另外,在此之前我们还有整整一个世纪呢!"

"我知道,"她说,"确实很傻,但我忍不住。我忍不住要想,每过去一天,无论多么美好,都等于少了一天,等这些日子用完,我们就将分开很久。"

最后我终于说服她不要多想,她蜷缩在我怀里睡着了,但我却心神不安。尽管她这种性爱机器人在设计时就包括了高智商,可她的反应却远远超出情绪范围。她应该是一台欢愉机器,快乐而无忧无虑。然而,她却成了这个样子:虽说不怀念过去(因为她并没有过去)也不惧怕未来,却在当下哀悼尚未发生的离别,哀悼她正在享受的这个时刻。她入睡后我取出工具,悄然检查她的维生系统。肯定是出了什么问题,睡眠舱的停滞障碍,用错了药物,固有的设计缺陷——总之损坏了她的大脑。她的时间感准确得可怕。假如你我讨论当下,这个当下其实是个近似概念,甚至是一段记忆,因为真正的当下是个短暂得超出我们感知能力的时刻,就像转动中的星球似乎一动不动,肉眼无法察觉植物的生长。但复调不一样。对她来说,时间长河中的每个时刻都是单独来去的,有如一滴滴落下的水珠,时刻和时刻的离去是无法分割的同时事件。欢乐和悲哀一体两面。

　　我知道你在想什么。我的指挥官职责说得很清楚：关闭她的大脑，销毁她的身体。但我犹豫了。为什么？我告诉自己是因为我们在迈向未知目标的长途跋涉之中，我需要她的技能，而备用躯体的库存已经低得可怜。然而，也许更因为她为我沐浴的手法，还有我将性车调到最高挡时她的表情。也许只是因为她在我的睡眠舱内沉睡时呼吸的声音。我下不了揿按钮重设的狠心，而我的麻烦就是这么开始的。我，朱利乌斯·狗星指挥官，十二级大师，应该检查我的维生系统。我应该摸自己的脉搏，感知血液里的细微黑太阳是如何飞向我的心脏的。

52

回到家里,我们点了披萨。这是我的主意。徒劳往返克雷家之后,侦察小组情绪低落,我觉得吃披萨也许能让大家高兴起来。我们要了个大号的半素半辣香肠披萨——多亏了达妮,我们才能这么点。要是只有克莱尔和我,一整个大号的无论如何也吃不完。我顶多能吃四小块,克莱尔有个一两块就足够了。水蛇腰达妮声称她最多能吃三块,克莱尔对她的尊敬油然而生。

"真的?三块?可你这么瘦。"

达妮耸耸肩说:"跳舞的好处,全都消耗掉了。我还做瑜伽和普拉提。"

"我做瑜伽,一直想尝试普拉提来着。都说普拉提对核心很有好处。"

"绝对的。"

我使劲点头。我不清楚核心是什么,甚至不知道男人有没有那东西,但看见两位女性朋友有了共同话题,我高兴得简直心花怒放。

"我去做过一次瑜伽。"我说。

"你?"达妮嘲笑道。

"真的。"克莱尔说,"班上最差劲的学员,左右都分不清。"

"我太紧张了。"我说,"我承认我的平衡感不算太好。"

"少吹牛了。"克莱尔说,"他险些撞倒一个孕妇。"

"再说你僵硬得像块木板,"达妮说,"伸懒腰好像在扯魔术贴。"

"一点不错。"克莱尔说,"导师都不肯让他尝试倒立,她害怕被告。"

她们笑得像两朵花。我想方设法为自己辩护:"她表扬了我的婴儿式。"

"对,估计还有棺材式。"达妮说。这句话肯定很俏皮,因为克莱尔对着吸管哧哧发笑,汽水喷了出来。她们终于找到了共同的爱好——挑我的刺。我们塞了一肚子芝士和油脂,满意地躺进椅子,喝着第二轮汽水,身为小组头领的我开始回顾今天的教训。

"唉,看来我不是侦探那块料,对吧?我都不知道我今天能发现什么。血脚印?"

"侦探工作难道不是这样吗?"达妮问。

我耸耸肩说:"我怎么知道?"

"他们重访犯罪现场,四处查看,寻找线索。"她说,"在找到之前,谁能知道他该找什么呢?"

"科伦坡似乎知道。"我说。

"我爱科伦坡。"她说,用指甲从硬纸盒上抠下一小块干芝士,放进嘴里吃掉。

"恶心。"我说。

"科伦坡是谁?"克莱尔插嘴道。

"你出生前的旧剧集。"达妮对她说,"也是我出生前的。"她对我笑笑。

"他总能注意到被其他人忽视的小细节，"我说，"比方说受害者的车钥匙在哪儿，一个姑娘跳窗自杀前为什么要叠好衣服。"

"为什么？"克莱尔问。

"她是被催眠跳楼的。"

"蒙克也会注意到这些东西。"达妮说，"我喜欢他。"

"好吧，还有夏洛克·福尔摩斯，"我说，"他就雪茄烟灰唱了好长一段独角戏。"

"我们需要的就是这个，"克莱尔说，"CSI类型的证据。比方说排水沟里的体毛，或者一颗牙齿。"

"别逗了。"我说，"我该怎么做？翻出我的旧显微镜？调查局应该已经做过这方面的工作了。"

"我喜欢PBS上的那些英国侦探。"达妮说，"莫斯警长、莱因利警长，都那么有冲劲。"

"我喜欢弗雷斯特警长。"我说。

"我也是，但他没什么冲劲，只是认真的老派警务工作者。经验和直觉，对吧，朋友？"

"唔，这两样我恐怕都没有，"我说，"就像艾德·麦克贝恩在他书里说的，基于正确的警务工作程序。"

"还有《主要嫌疑犯》呢，"达妮继续道，"主演叫什么来着？"

"海伦·米伦。"

"她在剧里挺火辣的。"

"确实，"克莱尔赞同道，"尤其是她和那个年轻黑人亲热的那段。"

"还有那些心理学侦探。"我说。

"侧写师，"达妮说，"就像《心理追凶》和汉尼拔·莱克特。"

"我想到的其实是梅格雷探长。"我说，"也许还有波洛。就是愿意浸入环境、向其他角色移情的那种侦探。他们就像作者，创作足够可信的叙述。"

"这个你在行，"克莱尔说，"你能做到。就像你写小说那样——除了足够可信。"

"我只希望我不是卢·亚契和菲利普·马洛那种类型。"

"怎么说？"达妮问。

"他们只顾东奔西闯，直到被人绑架或痛揍。"我说，"哈米特笔下的主角也是这样，就像萨姆·斯贝德，脑袋上动不动就挨一下。马洛几乎在每个案子里都会被麻翻，但他就是不长心眼。坏人请他抽烟，他还是立刻点火。"

"因为他喝多了。"达妮说。

"你们有没有注意到，"我继续道，"他们从不沐浴和睡觉，但经常刮胡子？就像这样：'我回了趟家，刮脸换衬衫。'"

"但他们穿西装戴礼帽，模样很不赖，"达妮说，"连反派女郎都喜欢他们。"

"而且一路上都说俏皮话，就像亨弗莱·鲍嘉，"克莱尔说，"而且不买任何人的账。"

"而且抽不带过滤嘴的香烟，在办公桌抽屉里藏着威士忌。"达妮说。

"而且姑娘到最后总要害得他们身无分文。"克莱尔说。我们像是倒空了书架，寂静笼罩了房间。克莱尔推开椅子，轻轻地打个嗝，去沙发上躺下。达妮起身开始收拾桌子。我拿起空汽水罐跟着她。

"我记得我小时候，"我说，"不确定具体几岁，应该是上小学那会儿，附近出了个强奸魔，我看见警方贴在路灯柱上的嫌犯画像和体貌特征。我到今天还记得，他戴眼镜，留小胡子，中分发型。总而言之，警方请大家留意此人，上报一切信息和线索。我当真了，在放学回家之类的路上到处去找这个人，更离奇的是甚至开始寻找线索。我甚至搞了个放大镜。"

达妮笑着洗碗。克莱尔躺得四仰八叉，轻轻打着鼾。我说了下去。

"我记得我搜集各种乱七八糟的东西，反正不知道为什么我认为就是线索。一个小像章，我认为是金子做的，其实顶多是电镀黄铜。电线保护帽——就是有一小截电线吊在外面的那种塑料小玩意。味道还没散的雪茄包装管。紫色的，印着金色图案，我觉得很炫。我把这些东西藏在鞋盒里，一边叼着雪茄包装管假装抽烟，一边逐样研究，希望拼凑出什么真相。然后有一天我路过一条小巷，听见一声惨叫。我当然吓坏了，确定强奸魔正在巷子里袭击什么人。我想逃跑，但逼着自己走到小巷尽头，绕向一幢建筑物的背后。我记得我怎么蹑手蹑脚，心跳加速，背贴墙壁。然后，我鼓起全部勇气，探头张望拐角的另一头。"

我停下来，达妮扭头看我，说："然后呢？发现了什么？强奸魔？"

"当然没有。什么也没有。有一道楼梯通向地下室。谁知道惨叫声是从哪儿来的？有人在吵架，或者是电视。也许根本不是惨叫。也许是小孩的笑声。我再仔细一看，吓得不敢动弹，眼睛盯着一样东西：一根雪茄，抽了一半，就在我前方的地面上。金色和紫色的商标和我那根雪茄管上的一模一样。"

"哇,然后呢?"

"没什么。我捡起半截雪茄,认为那肯定是什么证据,然后落荒而逃,一口气跑回了家。我把半截雪茄放进雪茄管,结果我老妈闻到那股味道,没收了所有东西。她答应会把它们交给警方,但不知为何警方没联系过我。"

达妮笑出了声。

"但这件事的重点……"

"对,我也正在想呢。"她说。

"唔,显然这些东西和强奸魔毫无关系。"

"显然。"

"事情只存在于一个孩子的想象之中。就算雪茄对得上,那又如何呢?只是偶然的巧合而已。"

"但很离奇。"

"仔细想就没那么离奇了。雪茄和雪茄管?多半是个便宜品牌,到处都有卖的。附近也许存在几十根。我没注意到是因为我没有去找。事物对我们有了意义,我们才会去注意。就像健怡可乐罐、断鞋带、穿蓝袜子的红发男人。谁知道那条小巷里还有什么我没看见但一旦留神就会注意到的东西?比方说新港烟盒或有数字六的撕碎的彩票。我有时候觉得,与其说是线索带着我们走向案件,不如说是案件突然让许多东西变成了线索。"

"我明白你的意思。"她关掉水龙头,擦干双手,"就像我姐姐去世后的情景。我好几年没见过她了,但忽然间不管看见什么都会想起她。纸巾广告、一首老歌。我走到哪儿都会看见她——真的会有一瞬间以为就是她正在拐弯或者坐进汽车。她活着的时候对我来说好像不存在,离去后却到处都有她的身影。"

我伸手抚摸达妮的手。她用力捏了捏我的手腕,很快松开,去拿手袋里的香烟。我望向沙发,发现克莱尔早就醒了,她睁着眼睛躺在那儿,听我们说话。

"我得回去换衣服上班了。"达妮在敞开的窗口抽烟。窗帘卷动,像是里面裹着个马上就要钻出来的人。

我拿起克莱尔的车钥匙,和达妮一起出门。终于只剩下我和她了,我们乘电梯下楼,走向轿车,尴尬的气氛重新降临,我搜肠刮肚寻找话题。克莱尔前天的问题出现在我的脑海里:万一克雷真是无辜的呢?你当然可以将弗洛斯基和特雷奥的疑虑视为机会主义者的妄想。但确信他是凶手的其他人呢?会不会太自私了?证明克雷无辜,汤斯、警方和法院将大难临头。哪怕只是提一提他也许无辜,就会激怒通纳和其他受害者的家属。在达妮身旁,一想到这种可能性我就很难受。我为她打开乘客座的车门,然后绕过去坐进驾驶座。

"达妮。"我说,关上车门。

"别说话,"她打断我,"咱们做吧。"

我点点头,发动引擎,开了几个街区,拐进一条安静的街道。我在一辆卡车后找了个树荫下的僻静位置停车,不小心扫了一眼侧镜,看见一辆新型黑色雪佛兰羚羊在街区前面悄悄停车。我们被跟踪了,至少我觉得是这样。达妮抓住我的胳膊,我跟着她爬到后排。她脱掉套头衫,解开牛仔裤的纽扣,我瞥了一眼后视镜——没有看见那辆羚羊。她贴上我的身体,我闭上眼睛。

53

接下来几天，我们追踪达利安·克雷多年前的足迹，尽管去的都是让人心情沉重的地方，克莱尔、达妮和我却越来越像一家人，在不愉快地度假：我开车，达妮看错地图，克莱尔躺在后排，讽刺挖苦说笑话，抱怨晕车、肚子饿，吃过饭继续抱怨晕车。她和达妮似乎不比绝大多数亲戚那样憎恨彼此，这种正常的感觉无论多么虚假，都让我有了一定的安全感。几个普通百姓在光天化日之下开车兜风，互相讽刺挖苦，他们能遇见什么坏事呢？晚上我们叫外卖，中餐、日本餐、马来西亚餐，看重播的《法律与秩序》，怀着一丝希望想捕捉有用的教导。但我们最后学到的只有一点：假如你想知道嫌犯曾经用电话打给过谁，那么就去检查他的LUD（本地通话记录详情），我靠这个赢了克莱尔一块钱。（"为什么要检查他的肺[lung]？"）达妮教克莱尔做瑜伽和普拉提，还令我惊恐地展示了几个基础"舞蹈"动作，克莱尔调整了她对脱衣舞娘的敌视态度。

早上吃玉米片的时候，克莱尔对我说："总之不会是我选择的职业。"

"很好。"我挥舞调羹表示强调，"所以你必须做家庭作业——我说的是自己做。"

"但达妮很好玩，知道好多有意思的事情。举例来说，你知道白宫痔疮膏能去眼袋吗?"

"我得试试看。"

"我宁可我老爸约会的是脱衣舞娘,而不是那些假惺惺的高级女经理,一个个身穿迷你裙,总想扑上来拥抱我。贱——人。"

我们三个开车去阿斯托里亚找哈瑞尔家,他们的女儿南希遇害前和他们一起住在那儿。一路上我都在找那辆黑色羚羊,但始终没有看见,最后我认为是自己犯了疑心病。

我们找到那个街区,但找不到那个门牌号。沿着那条马路来来回回走了几趟,我们得出结论:他们家和这个街区绝大多数一两户一幢的房屋一样,已经被夷为平地。原址如今是一幢十层的玻璃和钢架大楼。我们停好车,从新办公楼门前走过。商业人士打扮的男男女女,脖子上挂着证件,站在门口吸烟。不知道哈瑞尔一家是怎么想的。凶案和审判之后,他们卖掉屋子,搬家去了本州北部。他们也许很高兴,因为有买家肯消灭对他们而言只是象征着痛苦的东西:变成纪念堂的家园。然而,我还是很难受。克雷夺走了那个姑娘的未来,现在她的过去也被抹除,取而代之的是个空白盒子,而我们站在这里,能看见的只有自己的影子。

希克斯一家曾经是农民,至少按照我的标准来说是农民,住在宾夕法尼亚州的什么地方,但他们的女儿在华盛顿高地生活,学习表演,在下城的一家餐厅当女招待。我们在那家餐厅吃过饭,没什么特别的理由,只是因为到了午饭时间。虽说天气很冷,但我们还是坐在室外。在这里的菜单上,薯条被叫作"棍棍",达妮点的芝士培根汉堡叫"肉肉"。我为我们的女招待感到抱歉,她身穿人造纤维条纹制服,拼命挤出笑容,说到"超大份超美味的黑椒奶酪脆玉米片"时哧哧直笑。

克莱尔从墨镜边缘投去一个非常克莱尔的眼神。"我看恐怕没那么好味吧。我就要奶酪芝士卷饼吧。话说这名字是不是有点啰嗦？"她说。

"绝对的。"可怜的姑娘吓得够呛，尖声笑道。我在她身上看见珍内特·希克斯的影子。拮据、饥渴、躁动，最害怕的是无法成为明星，甚至忘了应该害怕达利安·克雷，心甘情愿地走向末日。我们开车经过演艺学校——学校还在原处，在中城的一幢办公楼里，达利安曾在那儿贴告示招募模特；然后继续向北去华盛顿高地。在百老汇大道上，我似乎又看见了那辆黑色雪佛兰，它急急忙忙地闯过一个红灯。

珍内特·希克斯和两名室友住在河岸公路旁一幢公寓楼的十层。早晨她沿河慢跑，去多米尼加人开的一家面包店喝橙汁，下午去上即兴表演课，整晚端盘子，上贵得离谱但难吃的汉堡。

我们走过她居住的街道，拐进公园。尽管能感觉到哥伦比亚大学的浸染，分套公寓开发商在驱赶住户，但高地的变化比纽约的大部分地区要小，就目前而言还保持着原有的风格。人们在商店里说西班牙语。老妇人在窗口看风景，母亲坐在门廊上，孩子在街上玩耍。太阳正在西沉，从街头到街尾，庄严的古老建筑物渐渐变暗，仿佛船只在慢慢下水。夜晚很快就要来临，有人会在窗口或车里播放萨尔萨舞曲，响得整条街都听得见。夏天很快就要到了，会有人为孩子们打开消防龙头。

每个夜晚，去过这些只有我们才知道的纪念地之后，达妮和我开车躲进停车场或小巷，重复我们的怪异仪式，在后座上无言地撕扯肉搏。

54

　　尽管转卖了好几次,但通纳家在大颈区①的旧宅还是和照片上没什么区别:白色廊柱,高门大院。通纳如今和新妻子住在一幢更大的宅子里,宅子位于一个更为奢华的住宅区。不过对我们来说,更重要的是那家工厂,工厂原本属于他妻子的父亲,妻子遇害后由他继承,现在仍旧归他所有,克雷曾在那里短暂地工作过。工厂是一幢没有窗户的狭长建筑物,围墙顶端有铁丝网。汤斯说他们生产塑料袋,但实际上里面在做什么都有可能。我们绕着工厂转了几圈,最后在门口停车,看着卡车进进出出。这一天就快结束,我们都累了。三个人都在打电话的时候,有人敲了敲达妮身旁的车窗。她吓了一跳。

　　"妈的。"

　　敲车窗的是工厂保安。达妮摇下车窗。

　　"什么事?"

　　"不好意思,你们在找人吗?"

　　"不是,只是停下休息一会儿。"她说,"没问题吧?"

　　"唔,看见你们开车经过了好几趟,没别的意思。"

　　"看见?"

---

① 纽约长岛的一个区。

"保安摄像头。"他抬手一指,我们望向安装在围墙顶端的摄像头。

克莱尔对着电话说"等一等",钻到前排面对保安,说:"呃,标志说星期四不准停车,但今天是星期五,所以可以停车,对吧?"

"没问题,小姐。"保安笑得很生硬,有点嘲讽地碰碰帽子,"问问而已,祝你们玩得开心。"

我们看着他穿过马路,走进大门,大门随即关闭。

"有蹊跷。"她说。

"咱们走吧,"达妮说,"那家伙让我起鸡皮疙瘩。"

"还有件怪事,你们知道吗?"我发动引擎,"别惊慌,但我总看见那辆黑车跟着我们。我估计是警察,或者调查局的人。"

"我知道,"达妮说,"看见很多次了。"

"我也是。"克莱尔在后排说。

我心里还有一件事,但不愿说起:名单上明天要查的是朵拉·吉安卡洛。从重访达利安的恶魔足迹之旅开始,我就经常想起这个不可回避的问题,我知道这和达妮坚持一路陪着我肯定有关系。但我们始终避开这个话题。那晚从工厂去她家的路上我们还是没有提起,到了她家,她拒绝了我们三个人去吃饭的邀请。我想和她吻别,她只让我亲了她的面颊。

"又给你脸色看了?"克莱尔问,她跳到前排,我看着她扣上安全带,这才开车。

"你注意到了?"

"对,我还注意到她的一只袜子卡在后排座位之间。"

我皱皱眉头说:"对不起。"

"所以我猜她昨晚不是这么冷淡,至少没有冷淡得不肯脱光。"

"唔,也不算脱光啦。她在你面前大概比较害羞。"

"害羞?她是跳钢管舞的,不可能有这个问题。"

我开车驶向白城堡①,克莱尔想在那儿吃晚饭,估计这也是达妮不肯来的理由之一。寂静中时间慢慢过去。我能感觉到克莱尔在看我。

"好吧,要说什么?"我问。

"我不想说得这么直,但你的反应比较慢,所以……"

"所以呢?"

"怎么说呢?达妮人不错,但她对这些案件和她的姐姐怀有古怪的情结。让她情欲勃发的不是你,而是他。"

---

① 美国本土的一家连锁快餐店。

55

达妮的姐姐在世时住下东区。她有表演和演唱奖学金,靠做模特挣钱贴补。我们驱车经过她在克林顿街的旧住处,然后向北穿过蔓生的纽约大学。纽约大学的扩张犹如蚁丘,逐步占领纽约下城曾经的蛮荒地带,遍地可见悠悠荡荡的人群。就算是十二年前,朵拉居住在这里的时代,附近地区的獠牙也已经差不多被拔光了。二十世纪九十年代的中产阶级化风潮不但赶走了穷人、艺术家和少数族裔,也扫清了毒贩和盗贼,朵拉应该比纽约历史上的任何时候都要安全。也许她只是不走运,也许繁荣和年轻血液的流入反而引来了更邪恶的一类猎食者。

警方认为,达妮的姐姐就是在某个学生沙龙看见了招募模特的海报:报酬可观,提供免费样片,可以放进履历。她从住处打电话给达利安·克雷,然后于一九九七年二月九日前往皇后区与他见面。

"至少警方是这么认为的。"达妮说。她坐在我身旁,克莱尔在后座假装不理睬我们。"完全是从她对我们父母说的话里推断出来的。没有提人名之类的细节。她只说第二天要去为某个摄影师当模特,钱虽然不多,但她希望能拍几张好照片放在她的书里。警方认为他也有可能是在咖啡馆甚至校园内接近朵拉的。经常有人企图和她套近乎,明白吗?因为她的相貌。"她尴尬地皱了皱眉，意识到她也在描述自己，"她比我出众得多，非常有魅力，所以她才是明星。"她笑着说，"好吧，还有天赋。总之，他想办法将朵拉骗到家里去拍照。"

"你见过那些照片？"克莱尔问。达妮扭头对她无力地笑了笑。

"没见过那些血腥的，但见过普通的那几张，就是警方在克雷的工作室找到的那些，克雷声称她们是自愿拍摄。警方向我们出示照片以辨认身份。我只见过普通的那几张。但我能感觉到照片有问题，照片上的她有问题。我看了很伤心。但本来也应该如此，对吧？出了那种事。事实上我有好几年没见过她和父母了。我住在旧金山，听说她失踪才回家。看见那些照片，我突然为她难过。我记起她从小到大在家里各处拍摄的照片和录像，唱歌和跳舞的课程，我们必须在饭桌上听她练习的台词，她第一次拍摄的大特写，她化了妆做了发型什么的，她最初的几份工作。看见她身穿睡衣出现在邮购目录上，我母亲把广告图片全剪了下来，天知道我老爸后来是怎么处理的。我没有了以前的嫉妒、憎恨和鄙视，我只为她感到悲哀，因为她经历的那些事情——不只是最后的痛苦，而是所有事情。我相信如你所说，是后来发生的事情使得过去显得悲哀，像是命中的劫数，就仿佛日后的悲哀早已存在，是我们这些知道将会发生什么的人将悲哀放了进去。可是，当我看着照片，见到年轻的她望着镜头时，我心想可怜的姑娘啊，你这个可怜的姑娘。"

56

摘自《无论你去向何方，荡妇飞船指挥官》第七章：

　　零重力下的"就寝时间"。《时空健康守则》推荐将视像屏从最近的恒星转开，指向遥远的角落，黑色宇宙的狭小裂纹和细微气孔。它同时还指定"故事时间"作为睡前仪式。因为这不但可以协调生物钟，还能为接下来几个世纪的眼球速动期提供做梦的素材，减少空间噩梦的发生频率，假死状态下的可怕噩梦会让睡眠者头脑混乱、身体疲惫，偶尔甚至会导致疯癫。真正的心理断层相对罕见，但很多人在睡眠舱醒来时会发现枕头浸满泪水，皮肤被挠得红肿。在长达数十年的关于死去的亲戚和怪兽的梦之后，你需要几个小时甚至几天时间才能重建现实。搭乘商业飞船的旅行者会预先录制影像片段，用来提醒自己到底是谁。

　　今晚我把脑袋搁在复调的大腿上，她为我梳理马尾辫，修剪胡须和耳毛，我们穿过时间飞往航图上称为"太阳"的遥远恒星，她用古老而熟悉的故事安慰我：

　　"曾经有一位佐格工匠（九级），名叫鲁佛斯·卡米留斯，他在麦拉市区的旧欢愉中心有一间小作坊，他在那里制造性爱机器人，和美丽的女儿克里奥住在里屋。他的技术无与伦比，制作血肉的本事尤其惊人，据说德拉古公爵的口袋里就装着一块鲁佛斯制作的臀部皮肤，算是他的护身符，在穿越沼泽地的寒冷大进军和整个基佬大会战之中，他时常摸着口袋里的那东西寻求安慰。然而，时尚总会转变，鲁佛斯发现潮流不再需要制作精良的机器人了。基因工程发展迅猛，人人都想要大规模生产的克隆体。科学就是未来，人们不再欣赏精致艺术和老式手工。可怜的小克里奥每天只能喝一碗稀粥，而鲁佛斯靠咀嚼他曾经自豪的皮肤来抵御饥饿。虽说有很多人想购买标致可人的小克里奥，而他总是因为情感的理由拒绝，但最后的结果似乎不可避免。他突然有了主意：将机器人设计的古老技法与基因克隆的新科技结合在一起。这是他孤注一掷的希望了。他融化作坊里的所有血肉，取下自己那只人工脚的线路，趁女儿睡觉时拔了她的一撮金发。他不吃不喝不睡觉，夜以继日地埋头苦干，终于做出了第一个样品：克里奥二号。

"计划大获成功。他卖掉了无数个克里奥，很快开始执行计划的第二部分。他接近名流、全息电视和卫星赌场的顶级表演艺人，用他们的基因材料申请专利。你只要有足够多的钱，就能养一个最喜欢的演员、歌手或政治家当性奴。鲁佛斯挣得盆满钵满。他建了一幢豪宅，给女儿穿上美丽的衣服。他们每晚吃羊羔肉和新鲜的太空松露。

"然后，一天深夜，一辆没有标记的水力马车来到他家门口，鲁佛斯的贵客不是别人，正是迈洛铎勋爵。他身穿黑色兜帽斗篷。他处于哀恸之中。他至爱的妻子普卢姆夫人刚刚去世，悲哀就快将他逼疯。他说只要鲁佛斯肯帮他一个忙，他就愿意付出任何价钱，还有他的全部影响力和保护。他打开一个天鹅绒盒子，取出普卢姆夫人的一根头发。

"你看，鲁佛斯能怎么做呢？拒绝必死无疑。于是他返回作坊，做出了勋爵夫人的完美复制品。他只有一个请求，就是要勋爵答应将她永远锁在地牢里。勋爵的谢意铺天盖地。他将财富与恩惠赐予鲁佛斯。但这有什么意义呢？死亡乃是命定之物，从那时候起，鲁佛斯的生活成了一场折磨。仅仅过了几天就又有人敲响他的大门。这次是布拉德大公，他可爱的情妇死于龙爪之下，大公站在台阶上，捧着她剩下的全部身体：绸缎垫子上的一只娇美右手。鲁佛斯除了听从，还能怎么做呢？然后是外昴星团的一位香料商人。他至爱的男童奴波诺遇见一个过路的吟游诗人，坠入爱河后私奔而去。他威胁鲁佛斯说要是不帮这个忙，就到处去宣扬他的勾当。鲁佛斯不情愿地答应了。伤心的人们接踵而来，他们都失去了所爱的人，有些是过世者，有些是背叛者，有些人甚至只是拒绝了他们。最后，一天清晨，斯塔克公爵，著名的骑士和鲁特琴作曲家，带着一箱珠宝敲开他的大门。

"'怎么了？'疲惫的鲁佛斯问，'她是死了，还是抛弃了你？'

"'不，都不是。'悲伤的骑士说，'她还在，此刻就在我家里的床上，但已经不是我刚遇见时的那个人了。她改变了……'"

57

第二天，达妮、克莱尔和我的计划进入第二阶段（第一阶段反正没有任何收获）：重访近期受害者（也就是我见过的那三个姑娘）的住处，寻找犯罪模式和能将它们与旧案联系起来的线索。不过这里面有个小问题，受害者的公寓仍被视为犯罪现场，而我又是这几起案件的嫌疑人，跟踪我们的警察也许不会像先前那样谨慎随和。

就这样，在一个明媚但寒冷的春天早晨，西碧莱恩·洛琳度-高尔德再次走出她的隐居之处。这次我穿着我母亲的全套行头——黑色礼服、长袜，等等，只有鞋子除外。克莱尔倒是也想逼我穿高跟鞋，但我实在套不上我母亲的矫正鞋，所以换上了我唯一的高帮黑色皮鞋：一双战斗靴。我的面容藏在厚如石膏的粉底、樱桃红的口红、浓重的眼线膏和睫毛膏底下。我的眼皮涂成了深蓝色。

达妮和我收拾起我们的东西，包括一个小过夜包，装着我平时的衣物。克莱尔在窗口把风。

"看见他了，"她用窗帘挡着脑袋，"黑色轿车，十点钟方向。"

"十点钟是哪个方向？"

"马路对面的消防龙头。"

"好极了。"我说。

达妮用手机打了个电话。"好，行动，"她对手机说，"黑色警方车辆，你左边的消防龙头前面。"她挂掉电话，"咱们走。"

"祝好运。"克莱尔在窗帘底下叫道，穿着运动鞋的两只脚兴奋得乱抖。

"好。"我戴上黑色草帽（有一朵朵小玫瑰花的那顶草帽），和达妮出门。

来到楼下大堂，我把手提箱交给达妮，接过橡胶头拐杖，但我们没有立刻出去。我们在门口等待，随即听见街上传来响动。就仿佛脚下的阴沟里爆了颗深水炸弹，就仿佛哥斯拉摧毁布鲁克林之后走了过来。

"他来了。"达妮说。他确实来了，开着钢丝辐条车轮的金色凯迪拉克轿跑，重低音震耳欲聋。RX738前来救驾。他驶近，停车，就堵在警车前面。我们走出公寓楼，达妮替我开门，挽着我的手臂，我拄着拐杖，假扮有关节炎的老妇人。我和达妮走向她停在不远处的破旧达特桑。她打开乘客座的车门，扶着我坐进去。她绕向驾驶座，我望向后视镜，见到我们的尾巴——那个警察或调查局探员，一个戴墨镜的白人——正在和RX吵架。

达妮坐进车里，我说："咱们走。"她看着身边的侧镜。

这时候，RX跳下车，他比我记忆中还要壮硕，六英尺三英寸的身高加上灌木丛似的爆炸头，他邀请瘦巴巴的年轻警察下车谈谈。达妮发动引擎，我看见他们吵得越来越凶。白人挥舞手臂，RX逼近他。白人挥舞警徽，RX哈哈大笑。然后白人开始挥舞手枪。

"×！"我说，"大事不妙，还是别玩了吧。"

"别担心,"她说,换挡启动,"雷克斯搞得定。"

RX不慌不忙地后退两步,高举双手,转身把手掌放在车顶上。达妮驶上马路,我看见凯迪拉克里又钻出一名乘客,刚才我没注意到这个穿深蓝色条纹正装的大块头白人。他也高举双臂投降,但一只手捏着一张名片。

"那是谁?"我问。

"他的律师。"达妮说,驱车离开现场。

"上帝保佑律师。"我说,"我要是发财了,一定也请一个。"

达妮慢吞吞地开到路口,那场闹剧在后视镜里越来越小,她拐上北大道,猛踩油门。我换上男性衣服,用湿纸巾擦脸。我们驶向城区,霍雷肖街,摩根·切斯的住处。

我们开过她那个街区,然后又兜了一圈,寻找停车位和监视现场的警察。没有发现蹲点的警察,仿佛什么事情也没有发生过。一辆UPS卡车驶过街道,一辆出租车猛按喇叭。年轻的母亲推着婴儿车走过凹凸不平的人行道。春天似乎选了这个街区开欢迎派对。树木展开薄若蝉翼的芽膜,每次有风吹过,一把把状如心脏和蝴蝶的芽膜就落向停泊的车辆、正在打电话的正装男子、拄着两根拐杖(橡胶头,和我那根一样)的老太太。摩根的那幢楼还是那么容易进去,但公寓门锁着,还贴着警方的黄色胶带。

"现在呢?"达妮问,拍掉头发里的一小块白色芽膜。

"我打赌窗户开着,为了通风换气。咱们走防火楼梯试试。"

我们爬上屋顶,走向大楼后侧,尽量轻手轻脚地走下防火楼梯。还好这会儿是工作日的上午,其他公寓都紧闭窗户,合上了百叶窗。没人看见我们。摩根家的窗户开了六英寸左右,里面只拉着薄窗帘。我抬起窗户,钻了进去。达妮紧随其后。

公寓算是清理过。浸满血污的床垫连同所有被褥都不见了。钢铁床架和弯曲的横档床头板仿佛抽象雕塑,主题不是陷阱就是战车,反正不是休息的地方。床下的地板经过擦洗,清漆都被刮掉了一层,颜色比周围的木板要淡。然而,尽管费了很大力气消除犯罪的踪迹,却只让这个房间显得更加阴森。我想到我为克雷写的故事,发生在这个房间里的那一幕。

警方无疑用镊子和放大镜检查过这里,但我们还是翻了一遍,寻找任何有可能和其他什么东西存在关联的事物,或者因为我们最近见过的东西(虽说不多)而有了新的意义的事物。没有收获。达妮沉浸在一本家庭相册之中,这可不怎么健康;我发现了许多个小玻璃罐,每一个都装着干草药,贴着字迹优雅的标签。摩根确实活得一丝不苟。餐具柜像是外科手术的器具盘,连抹布也折得整整齐齐地摞好,就像没读过的报纸。但这些都没有能够保护她。危险通过她内心的秘密缝隙钻进她的生活。欲望不受约束,不向任何人低头。也许反过来也说得通:欲望是终极约束,能破坏一切规则。

我们打开前门,从黄色胶带底下钻出去,随手咔嗒一声锁上门。我们向北穿过西区,出城来到新泽西。沿着哈德逊河和高速公路,我看见树木在风中抬起缤纷冠顶,仿佛一面面彩旗,像是在指引去方丹家草坪的道路,那里铺满山茱萸炫目的粉色花瓣。

我们敲门,听见门锁转动,我的勇气忽然熄灭。要是家里没人,我们可以闯空门,甚至白跑一趟,但我更害怕见到受害者的父母。害怕不足以形容我的感受。我惊恐万状地看着前门打开，玛丽·方丹的母亲出现在门口。她体重超标，身穿奇紧的弹力裤、与裤子并不相配的黑白条纹上衣和白色凉鞋。她描着黑色眼线，染黑的头发根部露出棕色。她的脚指甲涂成粉色，戒指嵌入浮肿的粉色手指。她还不到五英尺高，我害怕她，害怕悲恸的力量。我不敢看她的眼睛。我盯着脚尖，本能地意识到悲剧帮她从人类情感的疆域中得到了一份尊贵，而我那些卑下的欲望和可怜的抑郁使我还是上不了台面。我为自己感到羞愧，因为我无法回答她用自身向这个世界理直气壮地提出的问题：为什么？为什么会这样？

至少她在我的脑海里提出了这个问题。她在现实中问的却是："有什么我能帮忙的吗？"但就是这句不咸不淡的问候也突然显得那么尴尬（帮助我们？你？），我一时间说不出话来。还好达妮开口了。

"我是达妮艾拉·吉安卡洛。我姐姐是达利安·克雷的受害者之一。"

"哦……"方丹夫人的表情开始软化，"很抱歉听你这么说。"

"谢谢。这位是哈利·布洛赫。请允许我们为你的遭遇表示哀悼。"

"是的，"我说，"很抱歉听说你女儿的事情。"

"你认识我家玛丽？"她问，突然对我有了兴趣。我后悔自己乱说话。

"不算认识。"

达妮插嘴道："哈利在写克雷案件的书。他和你女儿谈过，因为她和克雷先生有过联系。"

"唉，我真的不知道，她为什么会做这种事情？"她对我说。

"我不知道,方丹夫人。年轻人常常会迷失方向,感到愤怒。我只见过她一次,但我很喜欢她,真的。她这个人似乎很特别。我相信她最后本是会想清楚这一切的。"

她微笑道:"是啊,她一直很特别。从小时候就特别。喜欢站在摇篮里,抓着扶手叫喊。讨厌被束缚。她很有天赋。大学里得到了整个专业最高的 GPA 分数。不是全班,而是整个专业。但她总那么愤怒。就像你说的。我一直不知道这是为什么。"她说不下去了,眼睛不再看我们,而是望着树木。

达妮说:"方丹夫人,我们想看一眼玛丽的房间,对我们的调查会很有帮助。"

"我现在还不能上去。当然迟早要上去,但现在真的不行。"

"是的,当然不行。但不需要你上去,我们自己就行。如果你不介意的话。"

她耸耸肩说:"我介意什么?警察叫我别上去,但我才不在乎呢。"

她给我们钥匙,我们踩着楼梯爬向车库上的小工作室。我们打开房门,钻过黄色胶带。我们算是得到了允许,于是动手开灯开窗。房间像是玛丽匆匆忙忙搬走了。被褥和床垫不见踪影,墙上贴着一条条胶带,标记出原来挂着画像的地方。警方取走了所有海报和其他与犯罪和恐怖有关的物品,玛丽莲·曼森的照片也不例外,剩下一角还粘在木框上。镜子前曾经属于克雷的神龛,现在只剩下几团烛蜡和灰尘中那个信件盒的轮廓。

我和达妮一起检查抽屉,然后我看药柜,达妮看壁橱。我们漫无目标地乱转,翻看叠好的 T 恤衫和一摞摞杂志,像是指望线索会自己掉出来。我记起第一次来这里的经历,与玛丽的上一次会面。

我对达妮说:"实在不想说来着,但这姑娘挺可怕,吓得我够呛。"

"怎么会?"她打开一件特大号的九寸钉T恤,拎起来晃晃又放回去。

"很难说清。就像她母亲说的,她粗野、好斗、精力旺盛。她幻想和克雷出去一起杀人。我很讨厌这种装模作样。"

她到我身旁坐进凹陷的沙发,说:"她肯定非常不开心。"

"然后她开始自慰。"

达妮坐了起来,说:"什么?真的?怎么可能?"

"真的。她撩起衣服给我看身体。天哪,她可怜的母亲。真不敢相信我说我喜欢她。"

"你怎么办?"

"我落荒而逃。逃出这个房间。她狂笑不止。"

"你不想上她?"

"不,"我说,"完全不想。"

"一点也不想?"她狡黠地笑笑,"哪怕只是为了给她个教训?"

我摇摇头。

"别骗人了。我打赌你跑掉时肯定是硬着的。"

"不记得了。"

"我打赌,我敢打赌。"达妮嗓音沙哑,"真是个小荡妇,当着陌生人的面大笑自慰。"她的脸红了,在沙发上贴近我,"想过让她看看那种荡妇会遇到什么事吗?"

"不,"我说,"没有想过。"

她拉开牛仔裤的拉链，一只手放了下去。"演示一下，演示一下她是怎么做的。"她贴得更近了，抓住我的手，伸向她拉开的裤子。

"不，够了，咱们走吧。"我拿开我的手。

她伸手隔着裤子摸我的下体，表情变得愤怒。"看，你现在就是硬的。我知道。你别演戏了。表演一下你是怎么×那个小婊子的。表演一下要是现在遇到她，你会对她做什么。"她说。

"滚开！"我站起身，转身离开，"你慢慢玩吧，我在楼下等你。"

"去你妈的！"我打开门，她对我喊道，"去你妈的！"

玛丽的母亲在楼梯上等我。

"方丹夫人。"她不自在地动了动，抱紧怀里的购物纸袋。她听见了什么吗？我看上去不对劲吗？"嗨。"我说。

我听见门砰地打开。

"喂！"达妮喊道，大踏步追了出来，看见方丹夫人便突然停下脚步。"哦。"她轻声说，向上退了一个台阶。我不敢回头看，只是默默祈祷她已经拉好拉链。我继续对方丹夫人微笑。

"我们正要下去。"我说。

"对不起，"她说，天知道她为什么道歉，"我想到了这个。"她把纸袋递给我，不看我的眼睛，"我早些时候发现后拿走的。我不希望警察看见。我知道这么做不对，但我不希望警察认为她是那种人。但你见过她，你……"她的视线越过我，落在达妮身上，"唉，你们也许更能理解。"

我望向纸袋——那个装饰精美的盒子，我知道里面肯定是她和克雷的通信。

"我们用完了就还给你。"我说。

"不,"她说,"我不要。我看了一眼就藏起来了。我不想知道她的那一面。对我有什么好处吗?"她抓住我的手臂,"我知道她不像你说的那样是个好姑娘。但我爱她。尽我所能地爱她。对不起。"她又说。这次我答道:"没关系。"捏了捏她的手。我原谅了她,因为我在这儿,因为我可以。达妮走下来,拥抱她,她们也原谅了彼此。

58

　　回去的路上很安静。我们只在开进加油站加油时说了一两句话。我们决定碰碰运气，选择了乔治·华盛顿大桥，然后穿过东区驶向布鲁克林。关于在玛丽房间发生的事情，我们谁也不知道该说什么。达妮这种悲痛与性爱的联系并不罕见，有很多故事讲述人们在葬礼上和医院里因一时冲动而交合，再说事实上她比我要多一个借口，不过我寂寞得要命又饥渴得要命，而她美丽得要命，加起来得到的悲哀也算自成一派。但尽管我既渴望又伤心，还是忍不住要琢磨：这姑娘是不是有病？谁知道我知道的所有事情？谁能接触到过去和现在的所有信息？谁能轻而易举地跟踪我，掌握我的动向？她说她应该在学校，那她到底为什么不在呢？

　　"说起来，最近学校怎么样？"我们驶下大桥，开往哈莱姆河公路，右边坡顶是一幢花岗岩高楼，在我小时候常有帮派把拆干净部件的失窃车辆从那儿往下扔。金属框架翻滚下去，卡在树木枝杈之间，像是从天而降似的挂在树上。现在没了。"没课？"

　　她好奇地看了我一眼，说："要放假了。下周期末考试。我告诉过你的吧？"

　　"哦，对。"

　　我们驶向下城，皇后区出现在左边，蓝色的天空之下，灰色的河流对岸。一艘足有足球场那么大的驳船驶过，拖着一座垃圾高山。

失败诗人的心，新手侦探的脑，中年九流作家的身体——我真的怀疑她是杀人犯吗？侦探的身体，诗人的脾气，疲惫的小说家的脑垂体——我和她之间突然张开的深渊，一具躯体和另一具躯体之间、一个灵魂和另一个灵魂之间无法缩短的距离，我该怎么看待这些？诗人的脑袋，侦探的翅膀，廉价科幻小说家的爪子——你不在我身边时是什么人？天使的性爱，恶魔的脸孔，好奇的十四岁男孩的身体——哪怕我们彻夜交谈，哪怕我们哭泣，哪怕我们互拥入睡，哪怕我将獠牙深深刺进你的血肉，小小的裂缝仍旧存在，等待时机分崩离析。山峦的眼睛，老虎的烟云，隐晦诗人的河流——任何事情都变得有可能：你可能对我撒谎，你可能背叛我，你可能改变、死亡或离去。怪物的双手，受害者的喉咙，垂死吸血鬼的嘴唇——那么为什么不杀人？为什么不是她？而在她的脑海里：为什么不是我？

59

我们来到布鲁克林,抵达桑德拉·道森的住处。

"就这儿。"我对达妮说。她在马路对面找到位置停车。人们进进出出那家小酒馆。达妮关闭引擎,点燃香烟。烟雾充满车厢。

"你去,"她说,"我等你。"

"你要是没心情,也不是非得现在就去,"我说,"下次来也可以。"

"不用了,没关系。"她挥手赶我走。我再次记起她不是我的女朋友,也不是我的搭档。我甚至不了解她。"去做你的事情吧。"

我下车过街,走向桑德拉那幢楼。不知不觉间,下午的天空变得明媚晴朗,街边的所有窗户都倒映着蓝天。小酒馆的平板玻璃前窗突然爆裂。我听见一声尖啸,随后是空洞而带回音的噼啪巨响。我停下脚步,傻乎乎地站在那儿,小酒馆门口的人四散奔逃,里面的人纷纷蹲下。我意识到出了什么坏事——脑海里闪过的念头是楼塌了——我也开始跑。又是噼啪一声。头顶上方的砖墙崩出一块碎屑,这下我明白了:是子弹。有人朝我开枪。我弯下腰,扑向路边两辆车之间的空隙。我感到血流涌入心脏。下一枪打中身旁汽车的轮胎,轮胎嘶嘶泄气。我听见引擎发动和鸣笛的声音。我犹豫着抬头张望，看见达妮来了个疯狂的急转弯，冲过来把车停在我和枪手之间。

"上车！"她叫道，推开门。我弯着腰，尽可能快地跑过去，跳上车。她猛踩油门，我翻了个跟头。后窗爆裂，碎玻璃洒向我们。我和达妮俯身躲避，她甩尾转弯，我身旁的车门荡开了，我拼命抓住门把手关上。达妮再次转弯，滑过一个停车标志，汇入车流。我扭头向后看，但只见到数以百计的普通人。

"×！"我叫道，麻木的惊恐和肾上腺素在我胃里像冰一样融化。有人居然朝我开枪。我控制不住地颤抖。"×，×，×！"

"你没事吧？"达妮喊道，再次拐弯。这次她开进一条空荡荡的小巷，小巷尽头有几个停车位。"没有中枪吧？"

"不，我没事。你没事吧？"

"不，我没事。"她说，然后撞上一根柱子。

60

达妮那辆车的引擎盖和后备箱被撞得立刻弹开,我和达妮被弹向前去,最后落回到座位上。

"×!"我又说,"你没事吧?"

"没事,应该没事。"她说,"你呢?"

"没事。"

我们沉默地坐着,大声喘息。那根钢柱是停车位的标记,达妮开得太快,又太惊恐,所以没看见。我再次扭头张望。没有见到可疑车辆,我想我们算是安全了。我的双手还在颤抖,我把它们塞到屁股底下。

"我觉得咱们应该在这儿躲一会儿,"达妮说,"确定外面没人在追,等我能开车了再说。"

"没关系,你慢慢来。"

达妮在座位上转向我。她涨红着脸,我看见她的胸部快速起伏着。

"我喘不上气,"她说,"就像犯了哮喘。"

"你有哮喘?"

"没有。"

"没事,我也抖个不停。是肾上腺素,精神紧张。恐惧。"我捏了捏她的肩膀。"会过去的。"我说,"你太厉害了。妈的,简直了不起。你救了我的命。"

"不，"她摇头道，"我只是想他妈的落荒而逃。"她每说几个字就要吸一大口气。我更用力地捏了捏她的肩膀，用颤抖的双手捧住她的脸。

"当心，有玻璃。"我说，从她的头发里拣出几小块玻璃碴。

"谢谢。"她说，也替我清理头发。

"不，"我摇头道，"谢谢你。"她看着我的眼睛，凑近我。

这次我说不上来到底是谁开始的。躯体好像脱离了我们的控制，它们做它们要做的事情，我们在旁边观望。此刻我感觉我和达妮很亲近，仿佛她是我与这个世界最重要的联系，但我脱离了我的自我。车里像是有两对男女：她和我，我们和它们。

事后，尽管她仍气喘吁吁，但还是点了根烟。抽烟似乎挺有用。我们重新穿上衣服。不知道为什么，我打了个哈欠。突然之间，我又累又饿又渴，总之就是各种不舒服。

"不知道我的车还能不能开。"达妮终于打破沉默。车肯定是毁了。假发和拐杖被后车窗的碎玻璃淹没在后座上。我扫开假发上的碎玻璃，把假发塞进包里——我几乎忘了包里还有玛丽的信件。

"我去看看损坏情况。"我说，心想有教养的男人就该这么做，虽说我对车辆一无所知。我下车查看前部。保险杠弯了，引擎盖折了起来。我掀起引擎盖，没有冒烟，也没有东西破碎。

"看着挺好。"我喊道。

"有泄漏吗？"她问。

"问得好。"我跪下，朝车底张望，"没有，看着挺好。"

她发动引擎，引擎顺利点火。她笑着朝我竖起大拇指。

"我去关后备箱。"我说。排气管冒出缕缕白烟,我绕到车后。刚才那一下撞开了弹簧锁,后盖打开了。我掀起查看——从一块毛毯里掉出一把锋利的大号切肉刀,刀落在备用轮胎上。旁边还有一把细长的剔骨刀和一把锈迹斑斑的大砍刀,大砍刀的把手缠着黑色胶带。后备箱里还有螺丝刀和小锯子、一卷绳索和几卷胶带。还有一个小麻袋,我没打开就已经知道里面是什么了:黑色自动手枪。

"怎么了?"达妮喊道,"都还好吧?"

"挺好。"我说。我把所有东西塞回毛毯底下,合上后盖。后盖重新弹起,对我张开血盆大口。我又使劲合上,这次锁好了。我回去坐进车里,系上安全带,露出笑容。

"咱们走。"我说。

我用手机报案,汤斯带着他的探员和一小队警察在我那幢楼门前等我们。他从路口的售货车买了个富豪冰激凌,然后无动于衷地听着警察录口供。橱窗破碎的店主打电话报警,警察找到了子弹,但从现场逃跑的车辆似乎只有"一辆屎一样的达特桑"。

"允许我复述一遍。"汤斯吃完蛋筒,把纸巾扔在达妮的车后座上,"你们从调查局的监视下逃跑,非法闯入犯罪现场——而且这几起凶杀案的嫌疑人就是你——现在声称受到枪击,枪手很可能是真正的凶手,之所以要杀你,是因为你离真相太近。"

"对,"我说,"一点不错。"

"反过来恰好证明你是无辜的——不,应该说假如还有其他目击者,就能证明你是无辜的了。"

"你的意思难道是我朝自己开枪?"

"这要看情况了。"他说,"你有枪吗?"

"没有。"

"你能拿到枪吗？或者知道谁有枪吗？"

我忍不住瞥了达妮一眼，她坐在屎一样的达特桑的引擎盖上，但她没有发现我在看她。她忙着怒视汤斯。

"不，"我说，"恐怕没有。"

61

"哈啰!克莱尔?在家吗?"我喊道,走进大门,"你绝对不会相信发生了什么。"我锁好门,插上门链。

"这儿,"她从卫生间喊道,"进来,我没法起来。"

"怎么了?"我惊慌失措,推开卫生间的门。她在泡澡,肥皂泡一直盖到下巴。

"对不起。"我说。

"不用,我想听。"她擦掉鼻尖上的肥皂泡,"坐下。"

于是我坐在马桶盖上。她瞪大眼睛,听我从头讲到尾,我说到枪击时,她险些坐起来,肥皂水从浴缸边缘泼出来。然后我说了达妮后备箱里的东西。

"也许早就在那儿了。"她说。

"可能,但为什么?"

"呃,她是脱衣舞娘。你那本《铁石心肠血手狐》里,脱衣舞娘随身带小左轮,忘了吗?她的G点里镶着枪套。"

"是丁字裤。你别拿我写的书搪塞我。只是我胡思乱想的狗屁而已。"

"那你认为她是什么路数?"她在蒸汽和泡沫中看着我,脚趾攀着浴缸边缘,像是一排小鹅卵石。我耸耸肩。

"我不知道该怎么想。"我说,闭上眼睛,尝试整理思绪。我打个哈欠，闻了闻空气——温暖而潮湿的香膏气味。熟悉的感觉袭上心头，我又打了个哈欠。我累得无以复加。

"什么味道？泡泡浴的东西是从哪儿来的？"

"浴盐，"她举起一个毛玻璃瓶子，"在水槽底下找到的。"

一瓶天知道是何年何月的珍妮塔。

"你闻着像我老妈，"我说，"既甜美又瘆人。"

"这话说的。至少我很甜美。"

我今天第一次真心微笑，然后起身走进厨房，倒了杯可乐加冰块，拿着走进办公室。我取出一本新的黄色拍纸簿和一支新的三菱钢珠笔，坐下开始思考。脑袋里空空如也，这倒是很平常。我试着记录今天发生的事情，纵向分成几栏，方便日后查询，但写了三页就兴味索然，因为"线索"栏除了一个问号只有大片空白。我喝完可乐，起身去再倒一杯。我对克莱尔说请快点儿，因为我要用卫生间。这时我想起方丹的信件。

实话实说，我一直在拖延时间：智障变态杀人狂和他新近被残杀的精神情妇之通信实在不是我愿意去挖掘的东西。那天晚上我完全没这个心情。我已经足够抑郁和惊恐，脑袋里丑陋的念头一辈子都消耗不掉。但我还是打开了盒子。信件整整齐齐摆成两叠。我随便拿起一封，从信封里抽出信纸。和克雷写给我的信件一样，这封信也是用蓝色圆珠笔写在廉价线格信纸上的，线条很粗，纸张纤维中能看见木屑，就是小孩用的那种练习册。

半小时后，克莱尔终于爬出浴缸，裹着毛巾走进我的办公室，这时我还在读信。

"你可以去撒尿了，对不起。我必须洗头来着。"

"什么？"我没有抬头。我把一页信纸反着拍在桌上，开始读下一页。"狗娘养的。"我咕哝道。

"怎么了?"

我抬起头,我的表情使得她皱起眉头。"狗娘养的王八蛋。"我说。

"怎么了?谁?"

"克雷。"我挥舞着信纸说。

"他怎么了?"

"狗娘养的变态孙子王八蛋写得比我好。"

62

第二天早晨,我动身去见克雷。我断断续续睡得很不好,一次次被我庆幸已经忘记的噩梦惊醒,神经绷紧在恐惧和愤怒之间。身份不明的跟踪者现在想杀我,我的保护神达妮有可能精神不正常,而我与真相之间的距离并没有缩短。我的线索只有信件,因此克雷成了解决案件的唯一希望。这个念头与早餐的咖啡和维生素相处得不太好,像石块一样沉在我的胃部深处。

我出门走向地铁站,一边肩膀背着小旅行包,另一边提着我的手提箱兼电脑包。我有一种毛骨悚然的感觉——有人跟踪我。就像有舌头在舔我的后脖颈,我将其归咎于神经紧张,不去理会害得我左顾右盼的怪异感觉。

肯定是风,我心想。今年春天气候多变,春天一次次尝试突破冬天的桎梏,一次次失败,今天又开了倒车,早晨还很温暖,这会儿突然冷了下来。我经常在这种时候生病。我熬过冬天的袭击,却在春天的第一轮爱抚时倒下。我停下取出包里的套头衫。一个男人从我背后走近,他很高,身穿海军蓝运动衫,戴着兜帽;他在前进的轨道上停顿片刻,然后绕过我继续走。他拐进梅西百货。我穿上套头衫,走进源记烧腊,想买几个肉包路上吃(一块钱四个,全城最低价),出来走进地铁站。

要我说,从皇后区乘轻轨到曼哈顿是进市区最美丽的走法,尤其是黄昏时分或者天空阴晴不定的白天。列车从地下钻出，悬浮于屋顶之上，然后再次入地过河。高架轨道的边缘没有护栏和挡板，你穿梭于水塔和天线之间，低头俯视街道。你能看得很远，视线越过窗口充满生机的红砖公寓楼和浑身涂鸦的仓库，越过轨道如蛛网的列车停车场，一直能看见法拉盛草地公园的绿色条带和那里硕大如建筑物的钢球。列车停进谢伊体育场（抱歉，亲爱的编辑，现在叫花旗球场了），它平时在大型停车场和汽车坟场之间沉睡，到了比赛之夜突然生机勃勃，变成灯光巨碗。再过去，随着我们从东方飞来，市区越来越近，对我们露出更古老也更华丽的灰色与银色的立面：帝国大厦、克莱斯勒大厦、桥梁、码头、东哈莱姆一眼望不到边的橙色公租房。

然后我们进入黑暗，在大地与河流之下行驶，再次钻出地面时车上的所有人都眼花缭乱。时代广场显得那么狂野，声音、人群、难看的灯光突然爆发。我换一号线去佩恩车站，穿过中央大厅赶去州北的列车，头脑还没完全清醒。

这时候我又看见了他，那个穿运动衫的男人。我在佩恩车站和平时一样迷路了，在二楼月台上来来回回走了好几圈，转身看轨道号码时我看见了他。这次我没有做出任何反应，只是尽可能快地向前走，按捺住想跑的冲动。我穿过一间杂志铺，沿着自动扶梯上下两次，突然拔腿就跑，跳上我要乘的列车。直到这时我才敢回头。他不见了。至少我没有看到他。前提是刚才我真的看到了他。回头再想，说老实话，我很难形容那个人，只记得他脸很白，佝偻着肩膀，穿牛仔裤。经过昨天的事情，我当然有理由神经过敏，看见不真实的东西，比如穿帽衫如鬼魂般跟踪我的人，比如鬼魂。

我缩在座位上假装读报，直到列车开动，我的呼吸也没有恢复正常,直到我们离开城区,穿梭于街区背后连绵不断的隧道和轨道之间,就仿佛列车也想不为人知地溜走。但我没有再看见他。我在奥西宁下车,搭出租车到监狱门口,经过现在已经很熟悉了的各种手续,走进访客等待室,迎面撞见两位伙伴:特蕾莎·特雷奥和卡罗尔·弗洛斯基。

"你他妈来这儿干什么?"弗洛斯基问候我。

"你以为呢?"我说,"来理发。"

弗洛斯基一咧嘴,露出几颗金牙,说:"我以为你应该已经想到了,在法律问题解决之前,这本书的写作暂时搁置。"

"什么法律问题?抓凶手?和你的案子有关系吗?"

"那是警察的事情。我认为我们已经洗清了罪名。我的任务是让当事人得到自由,他没有杀过任何人。"

"好吧,肯定有人杀了人。另外,昨天他们也想杀我。"

她的笑容消失了。有一瞬间她看上去似乎真的在乎我,但立刻恢复原样。"太不幸了。我把我的担忧告诉过你了。你应该通知警方。"她说。

警卫出现在门口,弗洛斯基进去见克雷。特蕾莎抱歉地笑笑,但我看得出她很开心。

"她在盘算什么?"我问,"什么法律问题?"

"你昨晚没看新闻?我们一整天都在法庭上。"

"对不起。我没那个心思,因为有人朝我开枪。"

"真的?"她顿了顿,"总之,法官决定暂时停止行刑,考虑是否接受她重启案件调查的诉请。看上去达利安有机会接受新的审判了。"

"我明白了。"我说,重重地坐下。

63

漫长的十分钟过后,弗洛斯基走出会见室。她耸耸肩,掏出一根香烟,被警卫提醒后又耸耸肩,一屁股坐下。达利安还是决定见我。

"我劝他别见你,但谁知道呢,他想聊天,"她说,"但不许录音,不许记笔记,什么都不许。还有,记住了,这不是一次正式会面。"

我同意了。警卫让我把物品存进锁柜,然后领着我走进会见室。克雷身穿橙色连体服和拖鞋,戴着镣铐,咬着一根牙签,桌上放着一个厚厚的档案夹,他看上去心情很好。从他的角度看,情况确实很乐观。

"哎呀,看看是谁来了,"他说,"我的博斯韦尔。"

我假笑两声,没有笑容。我坐下,用低沉平稳的声音说:"你利用了我,狗娘养的。"

"什么?"他像是真的吃了一惊——也许有点太夸张了。

"那本书,"我说,"只是个幌子,是计划的一部分,为的是把你弄出死囚区,甚至彻底脱罪。"

"你到底想指控我什么呢?我在监狱里不可能杀人。连杀你都做不到。"他晃晃手铐,"我利用了你?怎么利用的?你是想说我这个面临死刑的无辜百姓,利用你这位作家,让大众得知我的故事吗？没错，这个是真的。"

"但你还没有说过你的故事呢，对吧？"

他耸耸肩说："有事情发生，又不是我的错。"

"你为什么不自己写呢？"我问。

"我不明白你的意思。"

"我读了你的几封信，写给玛丽·方丹的信。你很会写。你饱览群书。博斯韦尔？我之前在这儿见过的那个蠢笨色情狂，他可不知道谁是博斯韦尔谁是海夫纳。"

他微笑道："唔，我喜欢你对我的文笔的看法。你是职业人士，我是业余的。"

"戏是演给我一个人看的吗？弗洛斯基呢？她认识的你是傻瓜还是聪明人？这是无辜大戏的一部分吗？太蠢，所以不可能杀人？"

他嚼着牙签。我耸耸肩。

"我知道你不会回答我，"我说，"但我想知道一个问题的答案：为什么要那几个色情故事？对，你需要一个白痴替你代笔，需要一个绝望的九流作家帮你执行计划。但为什么要我写性爱故事呢？你显然能自己写这种色情幻想嘛。为什么需要我？"

"为什么？"他取出牙签，"因为我不在外面。我没见过那几个该死的姑娘，忘了吗？我是无辜先生。我需要你是因为我自己去不了，没法进她们家和她们见面。我需要你替我实现。"他凑近我，眼睛闪着恶毒的光芒，"但你，你去过，却什么也没有注意到，什么也没搞清楚。她们笑、尖叫、高潮时发出的是什么声音？她们的身体她们的头发她们的腋窝她们的下体闻起来是什么气味？性交以后气味有变化吗，是更浓了还是变淡了？她们出汗多吗？她们能湿成什么样子？她们的下体是什么样子？阴唇、阴蒂、阴毛。请描述她们的肛门。她们的房间是什么样子？白天的光线从哪个角度进来？夜晚的黑暗呢？周围有什么声音？汽车、鸟儿、其他房间的声音？她们死时听见的是电视里的笑声音效还是老妇人的鼾声？她们穿什么？呼吸好闻吗？是什么气味？这些女人吃什么？是素食者吗？假如是，有没有影响体味和尿的颜色？她们有没有吃什么荒唐可怜的食物，希望能为我苗条下来？她们被杀时肚子里装着什么？糙米和有机豆腐？巧克力和红酒？尿和精液？鲜血洒在床上是什么样子？她们有没有恳求饶命？有没有哭？她们临死前的眼神是什么样子？"

他翻开档案夹推给我。一叠信件撒向我。我看见一张颠倒的照片，照片上的金发女郎赤身裸体。"想再试试吗？"他问，"因为我总能收到来信。她们不会停止给我写信。难怪你只是九流写手。他妈的老天在上，你要学会描述生活原本的样子。想当真正的作家吗？我就是现实。描述我。想写文学作品吗？我就是文学。你应该感激我才对。"

64

我出来的时候,特蕾莎和弗洛斯基已经走了。我叫了辆出租车,在汽车旅馆沉思度过夜晚。电视机固定在桌上,衣架卡在横杆上,毛巾磨损得近乎透明,全都让我打心眼里想走,但同时又无法动弹,躺在包得紧紧的床罩上一动不动,直到深夜。天知道这张床这条毯子上发生过什么悲哀得可怕或可怕得悲哀的剧情?这是我想象中克雷和母亲在皇后区居住的房间。那种人住进来会酗酒致死或饮弹自尽的房间。在这种房间里,你可以把电视开得震天响,杀人时不必担心邻居,他们不是在酣睡就是在交媾,你在浴缸里慢慢分尸,把尸块像起皱西装似的塞进塑胶保护袋,然后起身上路。

来去加拿大的卡车一辆接一辆停在旅馆外,半挂车头呼哧着晃晃悠悠地拐进停车场过夜。我去咖啡馆,吃了个干巴巴的"豪华"芝士汉堡,柜台前除了我就是几个低头弓背的司机,还有一个女人。我估计她是来探望囚犯的,她打扮得挺体面,褶边人造丝衬衫、羊毛大衣、长裙和高跟鞋。几个司机尝试和她搭话,但她置之不理,他们很快发现她一直在哭,于是也就不打扰她了。廉价的性感装束加上眼泪让她显得很悲惨,我忍不住想象起她有晒斑的双乳之间插着一柄牛排刀。里面的一张饭桌前坐了一家大块头,其中一个用旅行笼带着一条小狗,他们弄出许多噪声,又笑又叫,令年老的女侍者很头疼。我想象起他们被剁掉的脑袋放在各自面前的盘子里。进入杀戮的世界就是这个样子,哪怕你是以侦探的身份:每个人都变成了潜在的受害者,变成了尚未倒下的尸体,还能走路的肉块。

我上楼回到自己的房间,一个小时接一个小时地看电视,最后不知不觉入睡。卡车的声音在清晨吵醒我。我下楼喝旅馆的兑奶精的免费咖啡,回房间的路上,我看见几个女人爬下停车场里的卡车,她们穿着高跟鞋,小心翼翼地落地。其中一个身材纤细,头发漂染成金色,穿脏兮兮的白色迷你裙,膝盖磨得通红。还有一个黑发女郎,身材过于丰满,勉强套上的黑色牛仔裤使得肥肉从其他地方挤出来。第三个是瘦得像毒虫的黑种女人,头发染成红色,穿小短裤和红色高筒靴。她们是停车场蜥蜴,也就是到卡车里过夜的妓女,但在此刻的清晨,黑夜的蓝色还笼罩世界,她们不可能不显得美丽。她们走向一辆等在那儿的别克(车门与车身不相配)。她们纵声大笑。黑种姑娘在坑洼地面上绊了一下,另外两个女人扶住她的胳膊。第一缕晨光开始蔓延。山区散发着积雪融化、湿润树木和柴油尾气的气味。柏油路面闪闪发亮。

我冲了澡,用掉所有的毛巾(要我说,这才是真正的奢侈享受,哪怕在最糟糕的旅馆也一样),出门赶车。我等待列车启动,眼神空洞,喝着淡而无味的咖啡,吃着像变质甜甜圈的百吉饼,这时我看见了他,穿牛仔裤和运动帽衫的幽灵。他背着一个小背包,沿着过道走向我。我震惊得有一瞬间忘了害怕。他看见我,我和他对视,他也吓了一跳。然后不知道为什么,我对他微笑,轻轻挥手。他似乎很恼火,立刻转开视线,不理睬我,沿着过道快步走出这节车厢。

我一时心血来潮，起身跟上他。列车启动，我抓住连接门的把手，连接门前后摆动。我走进下一节车厢，看见了他，他坐在第一排，诧异地看着我。

"嗨。"我说。

他扭头看窗外，假装我不存在。

"哎，"我说，"怎么回事？你为什么跟踪我？"

"我不知道你在说什么。"他不肯看我。

"行啊，"我耸耸肩，"佩恩车站再见，然后是法拉盛。"

他叹了口气，向四周看了一圈，估计是想确认没有人盯着他，然后从衣服口袋里摸出皮夹。他向我出示证件，照片里的他身穿黑色正装。特伦斯·贝特森，联邦调查局。

结果我们坐在了一起。对他来说，这比远远地跟着我轻松；对我来说，可以减少不安的情绪。知道自己有个保镖，我感觉安全多了。特伦斯刚开始不太情愿，但我再三保证说我不会告诉别人我发现了他，并答应让他偷偷跟踪我回公寓，他听到后者就欣然同意了。这个任务只有他一个人执行，没有人和他轮班，所以他累得筋疲力尽。我们聊了大半程，剩下的时间在心照不宣的沉默中读书。我尽量详细地向他描述克雷，而他在学校里研究过克雷。他向我描述汤斯。汤斯是个传奇，特伦斯觉得能和他共事真是三生有幸，但在我的逼问下他不得不承认，大家都认为汤斯是个混球。

最后我问他："你不会真的以为是我杀了那几个姑娘吧？"

"应该不是你。"他吃了一粒嘀嗒糖，把盒子递给我。我摇出两粒。我的口气肯定不好闻。"但汤斯知道你和案件有关，多半是被坑害的,"他亲切地说,"我们认为如果向你施加压力,有可能会挤出点什么来。"

"对,"我说,"我的脑浆,我的牙齿,我的肾脏。"

他皱起眉头说:"我不该告诉你的。他还说你搞不好是个非常精明的变态狂。"

"算了,"我耸耸肩,"别给我打气。我多半是被坑害的那种人。"

特伦斯被逗乐了,我们继续低头看杂志。后来他睡着了(他无疑监视了我一整夜),我望着窗外。他的脑袋靠在我的肩膀上。可怜的特伦斯。我觉得他的职业前景恐怕不妙。他会变成我这种可爱的窝囊废,执法部门的哈利·布洛赫,仰仗嫌犯的好心肠,信任我不会偷偷溜走或者拿走他的徽章和手枪。他靠得更近了,我再次想到克雷的话。是不是嗜血杀人狂暂且不论,他这个文学评论家确实说得对。我在职业生涯中做的所有事情或多或少都是败笔。最好的时候也不过挠到了平庸的肚皮。通过写作(以笔名和为人代笔),我勉强能够温饱度日,这个事实只将我的彻底失败推向了自我安慰,因为我承认我的东西不值得用真名出版。此时此刻,我得到了大家眼中一生一次的写作机会,却快要搞砸了。我见过受害者,见过犯罪现场,和未知的凶手擦肩而过;我见过中心人物,得到允许查看(甚至为他书写)他的思想、念头和幻梦:我拥有一切线索,但没有发现任何东西。材料在我手上积累,却只产出了次等色情小说和劣质真实犯罪口述故事的未完成笔记。

65

我回到家,看见克莱尔在我的办公室里,坐在我的书桌前,接听我的电话。她身穿校服和白色紧身裤,正在啃一根扭扭糖。她示意我坐下。我放下行李,跌坐进沙发。她挂断电话,跷起腿,转动椅子面对我。她不是在吃扭扭糖,而是在嚼,就像老头子咬雪茄屁股。

"我们需要谈谈。我和出版社谈过,帮你争取到了佐格系列新书的延期,但他们很不高兴。我知道你分心了,但现在该埋头工作了。"

"分心?有人想杀我。两次!"

"唔,第一次不算袭击,对吧?凶手打昏你就走了。但我能理解。你很烦躁。但咱们得把话说清楚:这本书已经没得写了。"

"去他妈的这本书。这是真实生活。非虚构。我像是期待死后得到荣誉的那种人吗?"

"好吧,但你没有收入了。户头余额付房租都困难。"

"我知道,我知道,自尊是我买不起的奢侈品。"我起身踱来踱去,"但王八蛋克雷和王八蛋汤斯都利用了我。我像是鱼钩上的虫饵……等一等,你看了我的对账单?"

"我在网上查的。"

"我不知道你可以查。"

"我替你设置的。密码是我的生日。"

"你的生日是哪天来着?"

她起身抚平校服裙,说:"唉,我去上学了。"

"我还正在琢磨这个呢。"

"但晚上我会再来的,没问题吧?老爸去希尔顿黑德岛了。"

"行啊,有啥不行的。"

"对了,罗伯特逊的事务所送来的。"她用正在啃的扭扭糖指着一个大号牛皮纸信封。看见我一脸茫然,她说:"就是那位律师。是你的东西,调查局还回来的。"

她出去了。我煮了咖啡,然后在书桌前坐下,努力琢磨《无论你去向何方,荡妇飞船指挥官》的结尾。狗星指挥官和复调逃离星际战争,为他们被禁止的爱情寻找庇护所,在时空飞船的引擎即将失灵时坠毁地球。我写到这里卡住了。然后呢?我和狗星指挥官一样,绝望地盯着空白的屏幕,感觉时间悄然爬过,看着光子渐渐湮灭。虽然克莱尔说我穷得要揭不开锅了,但现实世界还是压垮了我,我无法集中精神思考我深深后悔不该离开的虚构世界。

至少我写的书是真诚的谎言。角色也许是模式化的常见类型,但我不会装模作样地去探究吸血鬼和电子人的心理,就好像我不会装模作样地去理解达妮、特蕾莎·特雷奥以及追求克雷的所有女人。我只想重述古老的主题:背叛、复仇、恐惧、逃避。还有爱情,究其全部意义也只是刺透心脏的利箭。

就其寓意和分类来看,类型小说接近神话——或者说神话和经典小说曾经代表的东西。一两个世纪之前,你可以引用《奥德修斯》或《伊阿宋》,激起读者发自肺腑的共鸣。现在想到孤独身影策马沙漠、身穿长外套戴礼帽的陌生人持枪穿过走廊、蝙蝠在夜幕下翱翔于城市上空,我们也会被触及心中同样的地方。类型小说缩减到本质,经过蒸馏,转折与反转展开有如梦境,我们分享和交换的梦境,虽然笨拙,虽然脱离现实,但依然指引我们发现真相。

此刻我想到,与达妮和克莱尔讨论最喜欢的侦探时,我忘记了其中最优秀的一位,他解开谜团也创造谜团:弗洛伊德博士。他和夏洛克·福尔摩斯是同代人,自己担任自己的华生,撰写一个个案例,程序和方法与福尔摩斯相似得离奇。两个人甚至都注射可卡因。案例开始永远是当事人走进他凌乱积灰、堆满书籍和古物的书房,向主角讲述他缺少了什么或丢失了什么。他总是在团团烟雾中认真倾听,留神线索,孜孜不倦、无畏无惧、充满耐心地追查线索。线索往往带着他回到过去那个失落之物的王国,故事到了尽头,总是会发现线索的起源,永远是一次犯罪。

我撕开牛皮纸信封。信封里有磁带,有我与克雷和遇害女性尚未誊抄完毕的记录,还有我的笔记本和档案。我把磁带插进录音机,一边随便翻开文件,一边听着克雷用傻乎乎的声音唠叨,但现在我知道他这么说话完全是为了骗我。

我翻开克雷给我的档案夹:他的情书,一叠粉色和紫色的宝丽来照片,他从仰慕者那里收集的文书。大概是另一种色情文学吧。这么多女人,这么多年,这么多面孔、名字、躯体。她们后来都怎样了?每一个都可能遭遇我见过的那三个人的命运。快翻到最底下时,我看见一张手写的字条,用的是上等白色信纸,日期是三年前。

亲爱的克雷先生：

我叫达妮艾拉·吉安卡洛。我姐姐是朵拉。我知道你一直说你没有杀她。我还知道她为你当模特，因此你肯定很喜欢她，认为她值得被拍摄进你的作品。她和我是双胞胎，长得一模一样，所以我认为我有权放肆地写信给你。我参加了你的庭审，我认为你看见了我，对我微笑。我有点觉得我好像认识你，因为我们上的是同一所高中，虽说不是同一段时间。我入学比你晚，而且只上到三年级就和家人搬去长岛了。我甚至记得你的家，你被寄养的那个家，学校那个街区拐弯就能看见。总而言之，因为以上种种，我想求你帮我一个忙。不管报纸上怎么说你，求你向我展示你是一个仁慈的人。如果你能帮我找到我姐姐剩余的部分，或者让我知道她是如何过世的，求求你告诉我。我知道你有能力帮助我。

此致……

随信附的是一张护照照片似的大头照，上面的达妮艾拉（或她的姐姐，谁知道呢？）满头棕发。这种恭顺的语气，若有若无的调情，都说明写信的是个心理学新生，捧着一本应对精神变态者的书籍，但我的胃还是忍不住翻腾起来。她为什么没有告诉我？克雷为什么没有告诉我？克雷有没有回信？他向我隐约提到她。他是在用一条线索逗弄我吗？达妮为什么没有提起高中和寄养家庭的事情？没错，她在杀戮开始前好几年就离开了那个地区，当时不可能认识克雷。但问题仍旧存在。

我翻开我和克雷的访谈记录，找到他提起寄养母亲的地方。格雷琴。她叫格雷琴。格雷琴夫人。老婊子，应该进监狱，而不是坐在老房子里看电视。克雷这么说。这么多年以后，他为什么还能知道她的近况？他怎么会知道她还活着，还住那幢屋子？他们有联系？还是达妮告诉他的？

我写到了我不敢写的部分，我需要把情节拼凑到一起，推动其发展。高潮。第三幕。费力而不讨好的任务。情节安排就像下水道，不通顺之前谁也不会想这个问题，然后每个人都变成了评论家。但是，请你思考一分钟，你真实生活的戏码要是落在纸上，看上去会多么不真实和矫揉造作，秘密和潜藏动机看起来会多么显而易见，在客观读者的眼中会多么黑白分明。举个例子，咱们实话实说，珍妮和我那段关系的发展，除我之外难道还有谁感到惊讶吗？因此，哪怕是在这么一个真实的犯罪故事里，想让故事至少还算可信，需要的是深思熟虑，认真挖掘和隐藏事实，创造悬念大体而言等于掩盖一个人的足迹。可是，回头再看，我一路抛洒线索的时候，不止一次地泄露了答案。

66

我走出大楼，看见特伦斯探员的车停在马路对面他通常停车的位置，车里还有一个男人。我有点想请他们送我一程，但不希望在他的搭档面前让他难堪，于是我没有搭理坐在车里读《邮报》的他。我搭了两列地铁和一班公共汽车去那儿，出地铁站时，我发现达妮打过我的手机，但我没听留言。

我乱转了好一阵才找到那幢屋子。从克雷和我的童年到现在，这个地区重生过不止一次。当时这儿已经奄奄一息、破败不堪，充满年久失修的公寓楼，私家住宅的房主不是太老就是太穷，反正没钱修缮，死死维护中产阶级的最低生活标准不肯放手，眼看这个城市滑向破产边缘。如今这里已经复兴，一切都那么明亮整洁；克雷的寄养母亲的那幢屋子——台阶变形，地基下沉，灌木丛需要修剪，窗帘拉得紧紧的——就仿佛一个脓包，乃是街区之耻。我停下脚步，看着屋外的门牌号，马路对面有个年轻的母亲怀疑地盯着我。她正在将婴儿放进沃尔沃后排的婴儿座，她的车道和房屋四周点缀着花床，鸢尾正在盛开。我这边的人行道地面皲裂，杂草丛生，车道上是一辆面临朽烂的旧别克。我对她笑笑，她突然转开视线，坐进车里。我听见电子门锁嘶嘶锁上。不怪她。这地方也让我毛骨悚然，我扭头去找特伦斯探员令人安心的身影。他不在。

我推开大门，立刻听见一条狂怒的狗在吠叫。我等了好一会儿，确定狗没有从屋里冲出来，才穿过院子，经过过于茂盛的苹果树、斑秃的草坪和又一辆死去的轿车。这辆大众已经朽坏，车身停在泥地上。

我打开扯破的纱门，爬上门廊，犬吠几近癫狂，整个邮编号码区的人都知道我在这儿，但我没有多想，还是揿响门铃。没人开门。我敲敲门，狗扑到门上，估计是想杀了我。我听见爪子挠门的声音，但没有其他响动。

我放弃敲门，绕到屋后，看见岌岌可危的车库，我推一下恐怕就会塌，还看见多年前一个菜园的枯萎遗迹，围栏倒了一半。两棵树的枝杈并在一起，院子的后半部永远有树荫笼罩，陈年落叶堆了一层又一层。

我向围栏外张望，看见一小片树林和住宅区后的荒地，高速公路从荒地一侧经过。另一侧的树木之间透出绿色。我看看地图。那是克雷念书和学习拍照的中学。

我侧身挤出半倒下的围栏，摸索着走进树林。彼此纠缠的树木过于浓密，阳光很难照进来，地面的植被很稀薄，但积着厚厚一层垃圾——数量可观的纸张、瓶罐、床垫、轮胎和无法辨识的或朽烂或熏黑的杂物。解冻和春雨造就了成片的烂泥塘，我不得不一路蹦跳。树林的尽头是一小片草地，树林与校园之间的斜坡上杂草茂盛，但校园界内的草坪很整齐。

这一幕隐约有点不寻常，让我想到了什么，似乎是在书里读到过的地方，或者是我以前念书的学校，已经被我遗忘，今天凑巧又故地重游。我四处走动，听见高架桥上的车声，嗡嗡飒飒仿佛树上的虫鸣。我忽然想到，肯定就是在这片野地上，好心肠的巴恩斯沃思老师发现少年达利安拿着相机乱转，于是鼓励他，手把手教他。他的手里会不会还有别的东西？考虑到克雷的背景，并非没有这个可能。他生活中的每一段关系都基于受害与加害。区别只在于谁是猎手谁是猎物。我转身重新走进树林，手机响了，我掏出来。屏幕上显示的是"未知号码"。我接听电话，信号很差劲。

"哈啰？"

"哈利·布洛赫？"

"对。"

"是我，贝特森探员。"

"谁？"

"是我，特伦斯！"

"啊，抱歉，你好。"信号连一格都没有，居然还能接通，真是奇怪。

"听着，"他说，"我有话要告诉你。我们被叫回去参加案情交流会，但有件事我觉得应该告诉你，今天早晨我看见一个女人开车跟踪你。"

"什么时候？"

"今天早晨。"

"达妮？"我问，"是达妮吗？"

"我是特伦斯。"他说，然后电话断了。

我突然意识到树林里有多么寂静。那条狗不叫了。只剩下高架桥传来的嗡嗡车声。这时我听见了树枝折断的声音——也可能是其他响动——我惊呆了。发出噼啪声的东西也停下了——假如真有什么东西的话。我小心翼翼地走了一步，眼角忽然看见什么东西动了一下,像是树林间的一个黑影。我不确定,但我不在乎。我拔腿就跑,一脚踩进烂泥,烂泥一直淹到脚踝,我使劲一拔,鞋子被烂泥吸走了。

"×!"我叫道,一时间忘了我应该躲避追我的人。我弯腰去捡鞋,另一只脚也陷了进去。"妈的。"我小声说。我不得不承认,此刻我只想哭。我在臭烘烘的软泥里扒出鞋子,小心翼翼地跳向干地。我继续逃跑,惊恐占据了身心,一只鞋湿漉漉的,另一只脚只穿了袜子,那只鞋抱在怀里。每跑几英尺我就紧张地扭头看一眼。我没看见任何人,但总觉得听见了脚步声,听见了树枝断裂声,听见了一声喘息。我跑到围栏前,犬吠蓦地炸响,一方面吓得我三魂出窍,另一方面也给我打了支强心针。我迈开大步跑过院子。此刻我看见窗口有一点黯淡的灯光。

"救命!"我喊道,跌跌撞撞跑过去,挥舞着我的鞋子。我在窗口看见了那条狗——只是一条瘦巴巴的灰毛小狮子狗,狂吠乱跳,抓挠着窗台。那一点灯光是背对我的电视机发出来的,电视机那头的躺椅上有个人——好吧,人影,花白头发的苍老人影。

"救命!"我又喊道。我使劲敲玻璃。小狗叫得像是要丧失理智了。那个人却一动不动。难道是死了?更可能是睡着了或者喝醉了。是克雷的寄养母亲?她的那个男朋友?看不出人影的性别。最后我放弃了,转身跑开——到了这个时候,其实是一瘸一拐地走开。我的脚很疼,我呼吸困难。来到街上,我想去敲邻居的门,但我想起邻居出门了,再说我知道这会儿我是什么模样:汗流浃背,疯疯癫癫,浑身烂泥,从隔壁老旧的屋子一路跌跌撞撞地跑来,还挥舞着一只鞋。我停下脚步,穿上鞋。我系好两只鞋的鞋带。这时发生了一个小小的奇迹，我看见了全世界最美好的东西：一辆出租车转弯驶近。

我冷静地拦下出租车，尽量不吓跑司机，虽然克莱尔说我没资格这么奢侈，但我还是请他一路送我回家。暮色渐沉，但黑夜来得很慢，因为已经是春天了。我们开过法拉盛草地公园，成排的树木一闪而过，在暮霭之中变成黑色与绿色的模糊一团。车窗上我的影子在树木间抖动流淌，仿佛双重曝光的照片。记得我小时候参加过暑假艺术班——市政府赞助的免费公开课，旨在让年轻人远离街头生活——上课时我用母亲给的塑料相机拍过这种照片。就在此刻，我坐在出租车里，突然灵光一现，我明白了，我解决了案件。

现在你应该已经注意到了，在我日复一日的平淡生活之中，正如克莱尔所说，我其实挺迟钝的。我像没头苍蝇似的乱撞，好比带着我都不知道怎么叠的过期地图迷失于森林。每一棵树看起来都差不多，动物在灌木丛里发出吓人的声音，包里的三明治也不是我要的口味。当然，这么过日子的不是我一个人。这是因为生活喜欢用谜语、游戏和神秘故事捉弄我们。坐在沙发上读阿加莎·克里斯蒂，把《时报》的周二字谜贴在冰箱上让克莱尔视而不见（还有最怪异的乐趣：解开我在自己书里设置的难题，就好像我的一侧大脑终于拥抱了另一侧，失散多年的双胞胎终于团聚），我看穿现实那不可思议的表面，瞥见内部的齿轮如何转动。我想象一个我能理解的世界，有那么短短的一个瞬间，我知道了身为天才是什么感觉。

可惜我们只有一个世界，这个黑暗而离奇的世界，要是看得太仔细，找到的真相往往不那么美丽。现实和小说不一样，书里的我们都是无畏的探求者,现实中绝大多数人宁可看得别那么清楚。因此,尽管突然间我揭开了谜底,真相的滋味还是那么苦涩:我知道了凶手的名字。我明白了。

我掏出手机。又有信号了,但那又怎样?我不知道特伦斯和汤斯的号码。汤斯的名片好像在家里的什么地方。克莱尔的律师呢?或者打给接线员,请他转调查局?出租车开到我家楼下。天已经黑了,一个晴朗而明亮的夜晚。我付了钱,匆忙下车。没人跟踪。我搭电梯上楼。我打开房门,穿过黑洞洞的门厅走向办公室。半路上我想起汤斯的名片要是没被我扔掉的话,应该还在我的浴袍口袋里。于是我走进卧室,打开电灯。

克莱尔赤身裸体地躺在我的床上。她细瘦的胳膊和腿被拉伸到几乎要扯裂的程度,被我的领带捆在床架上。胶带封住她的嘴,横贯喉咙的切口淌出一缕鲜血。她惊恐地瞪着我,像是落入陷阱的小动物。她的眼睛向上翻。

"克莱尔。"我走向她,她使劲摆头,发出柔弱的咯咯声,我知道那是被捂住的尖叫声,她的眼珠向我的左边转动。我猛地转身,看见一把大刀朝我砍来。我看见女人涂着红指甲的手指攥着刀柄,然后看见对面那张脸属于卡罗尔·弗洛斯基。

我和她对视,刀锋砍破我的左臂。剧痛刺激神经,像闪电似的点亮我,我看见好大一块肉翻开,鲜血喷涌而出。我惨叫一声,高亢而癫狂得不像出自我的喉咙,听上去不似人类,更像野狼。我想抓着胳膊缩成一团,但刀又刺过来。我的眼睛只看得见刀锋和手臂。我抬起左手,抓住握刀手腕后的胳膊,接着我们一起摔倒在地,我的右臂压在我和她的身体底下。刀刃架在我的咽喉上方,她使出全部力量向下压,我用血淋淋的左臂挡住她,挣扎着想抽出被自己压住的右臂。休克开始,伤口感觉不到疼痛,我的手已经麻木,我不知道它还能使出多少力气。我和她的脸只隔着几英寸。她盯着我的眼睛。我看见的只有她全神贯注想要我的命,只有她想杀死我的意志力。她的嘴唇微微翘起,表情近乎微笑,这下我看清了相似之处。以前没有注意到,但此刻是多么明显。他们很像。

我闷哼一声,用尽力量向上推,想找到借力点抽出右臂。她将整个身体压在我身上,将整个世界压向我。我和她的视线都移向刀刃,刀尖落向我的皮肤,最后二者终于相遇。突然传来一声枪响,震得我失去了好一会儿听觉,弗洛斯基瞪大眼睛,身体抽搐。

"当心,哈利。"我听见达妮说。我感觉到温暖的血液从弗洛斯基的腿部流向我。她疼得龇牙咧嘴,眼神有一瞬间从我身上转开,我抓住这个机会。我没有推开她,而是逼着麻木的左臂动了一英寸左右,然后彻底放松。刀刃擦过我的左耳刺进地毯,弗洛斯基的脸撞在我的脸上,我用力挺身,脑袋撞得生疼。我向右打滚,掀开弗洛斯基。又是一声枪响,这次弗洛斯基喊了出来。我抬头看见她在地上,手脚并用地爬向屋角,腿和手臂流出鲜血。达妮右手握枪,左手抓住右腕。她瞄准弗洛斯基,慢慢走过去,眼睛片刻不离目标。

"她是谁?"达妮对我大声叫道,好像我和她隔着一个街区。

"律师。三个姑娘是她杀的。她是达利安·克雷的母亲。"我捂紧伤口,感觉到了剧痛,整条胳膊被染成红色。克莱尔在床上呜咽不止。

"要我杀了她吗?"达妮问。弗洛斯基扭动身体,恳求地看着我。

"要，"我喊道，"杀了她。开枪。"

达妮跨过我的身体，瞄准弗洛斯基的头部。她看着弗洛斯基，问："我姐姐的头在哪儿？"

就在这时，特伦斯探员冲进房间。

67

救护车赶到，送我们所有人去医院。我的伤其实并不重，那一刀没有劈中重要部位，但失血害得我虚弱而昏沉。我吊了一夜各种点滴，警察、护士和调查局探员走进走出，从不敲门。

卡罗尔·弗洛斯基做了手术，第一粒子弹击碎她的股骨，嵌在了大腿根。第二粒子弹穿过肩膀，切断了肌肉和神经。警察从我家的地板里挖出子弹。

达妮因为休克接受了短暂的治疗，然后被带去警局录口供。她询问过我的情况，但没有要求见我。

克莱尔也一样。她几乎没受伤，身上只多了几小块瘀青和颈部的刀口——其实非常浅，是我开公寓门时弗洛斯基吓了一跳，失手划破的。可是，从揭开封嘴的胶带开始，克莱尔连一个字也没说过。她看上去挺好，用点头和摇头回答问题，用吸管吸护士手里的果汁。护士推着我去缝针的路上，我在急诊室看见了她，我喊她的名字，她却闭上眼睛扭过头去。她在北卡罗来纳打高尔夫的父亲包飞机连夜赶了回来，母亲明天从香港回纽约。

汤斯带着包括特伦斯在内的一队探员来找我，逼着我从头到尾一遍又一遍讲述经过。我提到玛丽·方丹的信件还在我家，两名探员跑出房间。他们似乎还拿不准我到底有没有罪，我不禁想起克莱尔的高价律师。估计他已经放弃了我的案件。再说我实在太过晕眩和虚弱,没精神担心这些。我的脑袋里基本上只有克莱尔,得知她父亲已经来接走了她,我终于沉沉入睡。

第二天早上,他们用警车送我回家,邻居纷纷打开门,讶异地看着警察护送我穿过走廊回到公寓房间。家里一片狼藉,警察和探员造成的损坏远远超过弗洛斯基。汤斯很快驾到,看上去比我疲惫。其他人离开,我问他喝不喝咖啡,他说好,然后在厨台前坐下,喟然长叹。

"唉,有好消息也有坏消息。"他说。

"妈的。"我说。我企图单手煮咖啡,结果咖啡粉洒得满台子都是。汤斯起身帮忙,将咖啡粉扫进过滤器。我看见其中混了些陈年面包屑,但决定还是不说为妙。

"先听好消息。"我说。

"她承认杀了人。昨晚签了自白书。"

"坏消息呢?"

"她承认杀了人,"汤斯重复道,坐下看咖啡滴进咖啡壶,"所有案件。包括克雷要为之被处死刑的那些。"

"哦,我明白了。"我也坐下,"她怎么说?"

"她说她始终和儿子保持联络,从来没离开过他。她说她在寄养家庭找到儿子,一直偷偷见他。他长大以后,母子重新团聚。唯一的问题是儿子开始拍摄女人。她不答应。她说她知道女人是什么货色,她自己当过妓女,说她一眼就能看穿那些姑娘。她们在诱惑她儿子,企图抢走他。因此他拍摄模特时,她会监视那些姑娘,事后一一残杀。达利安被捕以后,她去念了个法律学位,就是为了帮助儿子。这一点我核实过。审判期间他只有政府指定的公设辩护律师,五年后她才当上他的律师。把自己变成死刑专家，只是为了替儿子辩护。这个女人也确实了不起，虽说脑子用错了地方。"

"你相信她？以前那些女人也是她杀的？"

"当然不信。这是她救儿子的最后一招了。你相信吗？"

"不相信。"

"但问题是她不需要我们相信。她只需要一名法官认为她的供述足以让原有判决遭到质疑，甚至能成为新的证据，据此签发令状，重启她儿子案件的庭审。然后呢？如果她在庭审时作证说那些女人都是她杀的，那么检察官可就有得忙了，他们必须同时证明克雷有罪而她无罪。陪审团到最后说不定就是无法达成一致，谁知道还会怎么样？当庭释放都有可能。总而言之，我认为这就是她的计划。"

他从大衣口袋里掏出一瓶阿司匹林和一瓶胃药，摇出几粒，像吃薄荷糖似的慢慢吞下去。

"要水吗？"我问。

他摇摇头，吞了下去。"你认为她为什么想杀你？"他问。

"她知道我查到她了，或者很快就要查到了。克雷的寄养家庭屋后有一片树林，他在那儿拍什么艺术课的照片。我认出我在弗洛斯基的办公室见过那儿的照片。所有事情一下子就对上了。我知道了她是他的母亲。她肯定和杀人案有关系。"

汤斯精神了起来，说："我派人去拿那张照片。"

"她肯定跟踪我去了那儿。特伦斯打电话提醒我，但我以为……"我犹豫了，"以为是另外一个人。总之，弗洛斯基看见我掌握了所有线索，知道我弄清真相只是时间问题而已。我认为就是在这个时候，她决定做掉我。她回到我家等我，却撞见了克莱尔。"

"有道理。"汤斯赞同道,"克莱尔不走运。弗洛斯基撬门进来时她正好在,所以她必须杀了克莱尔,把现场布置得和其他案件一样。但你提前回来了。"

"我叫了出租车。"我说,"我从不叫出租车。"我在心里怒骂自己。能救下克莱尔的性命,居然只是因为这么一个可怜的奇迹——在烂泥塘滑跤,吓唬自己,搭出租车——感觉像是被侮辱得更彻底了。可怜的克莱尔。

汤斯对厨台点点头,说:"咖啡好像好了。"

"哦,对。"我站起来,"加什么?牛奶?糖?"

"都要。"

我倒了两杯咖啡,取出牛奶和糖。汤斯加牛奶加糖,乐呵呵地喝了一大口。这是他第一次问我的看法,我意识到他就算还没有正眼看我,至少也不再鄙视我了。可是我比以前更鄙视自己了。汤斯站起身。

"休息一下,明天来我的办公室签你的证词。"

"我现在就可以去。"

"明天好了。上床睡一觉吧。谢谢你的咖啡。"

"好。"我说,坐在原处听着他离开,然后过去锁门,接受他的建议。我需要休息,但我没法上床睡。想到走进那个房间就足以让我再次看见克莱尔被堵住嘴捆在床上,咽喉淌下一缕鲜血。于是我打开电视躺在沙发上,那天晚上我就是这么睡觉的,第二天、第三天和第四天也都一样。持续了很久。

我试着打电话给克莱尔,但手机和住宅电话都没人接,留言没有回复,短信和电子邮件也一样。我给达妮留言后倒是立刻就收到了回电。

我接起电话,听见她说:"嗨,一向可好?"

"还行吧,谢谢你。"

"说什么傻话。只是撞上了而已。"

"撞上了?你太强悍了。你在哪儿学的好枪法?"

她笑道:"在我姐姐死后学的。我做梦都想追查凶手,于是开始去靶场。我有一柜子枪械打算用在他身上,让他尝尝他对我姐姐做的事情。后来警察抓住克雷,但我的习惯留了下来。大概能让我感觉比较安全吧。有点发疯,这我知道。偏执狂。"

"呃,我没学过心理学,"我说,"但既然你的看法完全正确,那就恐怕不能算偏执狂和发疯。"我对她说了我发现的那封信,还有那封信如何指引我去找克雷的寄养家庭。

"对,信是我写的。"她说,"我开车经过那幢屋子。好多次。实话实说,他完全就是我学心理学的原因。我大概不希望你知道我有多么渴望复仇。哪怕他已经落网,但在我心里我还是在追杀他。我能说什么呢?我有很多包袱。只要他活着,我就不可能卸掉。"

我想到达妮抓住弗洛斯基导致的法律困境,但没有提起,也没提起我对她的那些阴暗疯狂的念头。我说:"今晚我请你吃饭吧,感谢你救了我的命。两次。所以甜点也包括在内。礼物不算豪华,我知道,但我这条命也值不了几个钱。乘以二也一样。"

她笑道:"我得想想。"

"要带枪来也行,但你要记住我只有一条胳膊,你那是占我的便宜。"

她又轻声笑笑,我隔着电话似乎都能看见她的笑容,但她说:"可是,我不确定我们应不应该见面。"

"哦,我明白了。"我听懂了她的意思,"为什么不呢?"

"只是,我也不知道,我觉得我们不可能变成一对普通男女,面对面坐着分食无淀粉巧克力蛋糕。不是你的错,你是好人。但就像我说的,我有许许多多包袱。"

"每个人都有包袱。至少咱俩的包袱能配对。"我说,这次她真的笑了,"谁知道呢?说不定我能帮你减轻负担。"

"不。"她静静地说,"世界就是这么运行的。人们必须背负自己的包袱。"

我说我明白,她说对不起,我说没关系,我们又热情但尴尬得绝望地寒暄了几句,然后说再见。我知道她说得都对。我们走得太远了,不可能回头重新越过那条线。我的问题——或者换其他的名词也行:情感障碍、不信任、怀疑——比她知道的更加绊脚。尽管我在电话上那么说,但她仍旧有可能是个疯婆娘。可是,我忍不住觉得我搞砸了一段好情缘,也许是我这辈子最好的一段情缘。

然后,反正我也睡不着,便坐起来继续写那本佐格小说。我需要钱。

68

摘自《无论你去向何方,荡妇飞船指挥官》第二十四章:

"看见了。"复调指着远处绿色山坡上的白色石塔喊道。我用最后一点推力调整飞船的前进方向,尽量对准下方的一片空地。

"抓紧了,复调!"我喊道,我们坠入森林。可怜的老阴茎号撞开树木滑行,伤痕累累的机首顶着一块巨石停下。前舷窗碎了,导航系统的灯光熄灭,控制台上的所有读数同时消失。复调被撞得处于半昏迷状态。我用力推开舱门,害得飞船被进一步损毁。我抱着复调,披着褴褛的制服,跟跟跄跄走出阴茎号的冒烟残骸。

这是一条溪谷。阳光穿透层层松针落下来。能听见的只有风声。一个身穿白大褂的长胡子老头坐在一块石头上,饶有兴致地看着我们。他笑嘻嘻地抽着烟斗。

"欢迎,朋友们,"他说,"欢迎来到血海研究所。我是春风博士。"

春风博士为我们治疗伤口,给我们吃东西,我们向他讲述了我们的故事,我们是如何来到地球寻找能接纳主人与性爱机器奴隶之爱的落脚地,并随机选择了导航图上最近的进入点的——二〇五八年（犹太历的五八一九年）。这个时间真是糟糕透顶。全球变暖导致的大灾变正在肆虐：洪水、干旱、饥荒、瘟疫，战争已经不远。我们逃离被淹没的纽约，击败了当时统治纽约的异能嗜血海豚，艰难穿过中部各州的宗教狂部落，前往美洲原住民自由区这个安全的避难所，在曾经是科罗拉多州的地方寻找血海研究所，我们听说那里的科学家在努力研究解决手段。

"很抱歉，朋友们，你们听错了。"春风博士悲哀地笑着说。研究所已被遗弃，他是最后一名坚守此地的科学家。我们所在的地方曾经是世界气候指挥中心，位于名字有点冗余的落基山高处，但指挥中心的显示屏上只有恐怖的景象，大难临头的人类争夺日益短缺的资源，只是为了稍微多活几天，直到从这颗星球上彻底消失。整个世界分崩离析，博士看着显示屏一块接一块熄灭。

"真是有趣，你们从外太空来寻找未来。"他说，"群星曾是我唯一的慰藉。明白吗？随着地球越来越暗，夜空变得越来越亮，越来越美丽。"

"春风博士，真的没有希望了吗？"复调问。

春风博士吸着烟斗，捋着长胡子说："亲爱的，请允许我这个气象学家引用智者卡夫卡的话回答你：希望当然存在，无穷无尽的希望，"他耸耸肩，"但不一定属于我们。"

"也不属于我们，博士。"我说，"我们的飞船严重损坏，逃不出地球重力场。我们和你一起陷在这儿了。"

"真是对不起，"春风博士说，"人类的愚蠢也要害死你们。地球曾经是个美丽的地方。可惜你们选错了年代。"

尽忠职守的春风博士去检查他的气象读数。复调和我站在观景台上,眺望美丽但不可挽回的太阳西沉。那天晚上气温六十五度,但感觉像六十三度。她在哭泣。

"对不起,主人。"她说,"都怪我。我太自私,想和你在真实时间内共同生活,现在我们要一起死了。"

"不,复调,你没有错。"我说,"我并不后悔。和你共度一晚比什么都珍贵。你是我拥有过的最好的荡妇。"

她紧紧抱住我,我俯身亲吻她,但她的眼泪突然变成了笑声。

"但我有一点后悔的,"她说,"我们没有选其他的年份,比方说二〇〇九。"

"复调,"我喊道,再次抱紧她,"了不起的机器人,我想到了!"

我们找到春风博士,带他去阴茎号的残骸。我解释我的计划,他兴奋地抽着烟斗,挑起毛茸茸的眉毛。

"靠时间旅行来拯救地球?老天在上,也许真的能行。"

"不幸的是睡眠舱只装得下两个人,而且引擎已经没多少能量了。"我说。复调在检查系统。

"但短距离跳跃没问题,"她说,"比方说五十年,返回你们的二〇〇九。"

"哎呀,亲爱的二〇〇九年,"春风博士说,"当时要是知道以后会这样就好了。"

"但你会知道的,"我说,"我们会去你说你念书的地方找你。哈佛大学?我们会告诉年轻的你未来会变成什么样子。你会得到第二次机会。我们都会。"

"但你们两个呢?"他问。

"失去离开的能量,我们会留在二〇〇九年。"我说。

"但你们会被困住,"春风博士说,"被困在当下生活中并死去。"

"和你一样,"我说,"和所有人一样。"我悄悄捏了一下复调的小手。

"当下会有足够多的时间。"她说,望向夜空,望向我们跨越的美丽而广袤的空间,望向我们所属时代的死亡星辰,"肯定会有。那儿都会有。"

第四部　二〇〇九年五月十八日至二十一日

69

假如这是一本古典侦探小说，或者警方探案小说，故事到这里就结束了，凶手落网，罪案有了解释，受害者人数得到清点。可我不是古典侦探，我的故事还有一个转折。

实话实说，我更喜欢传统的侦探故事，杀人犯在最后一页死去，不需要黏黏糊糊地描写主角的个人生活。我认为后者是一个系列开始走下坡路的征兆，也是作者陷入绝望的表现：侦探突然长了肿瘤，恐怖分子绑架了他老婆。非常不专业。我想说的是：别拿你的个人问题烦我们。做好你的本职工作就行。达希尔·哈米特，老派侦探的真正大佬，他在最初几部小说里甚至懒得给侦探起名字。叙事者只是个带枪的矮胖男人，戴着帽子，没完没了地抽法蒂玛香烟。他身穿皱巴巴的正装进城，解决案件，搭下一班火车离开。

可是，与我在故事里读到和创造的人物不同，命运让我活在了另一种故事里，每次我想合上书晃晃悠悠去睡觉，命运就会又塞给我一个惊吓。也许你比我聪明，早就猜到了谜底。毕竟线索都在你的眼前，问题只在于你看不看得见——我反正没看见。

言归正传，第二天早晨，我去下城的调查局办公室，签字确认我的证词。上次路过联邦大楼还是天知道多久以前，这次的感觉非常……呃……后后"9·11"：一方面能看见水泥路障和加强的警力,另一方面我又觉得一切很正常,就仿佛新的恐惧已经融入旧有的其他恐惧,成了新的正常状态,恐惧被抑制和遗忘(这是必然的事情),因为日常生活还要继续。举例来说,如今我经常路过归零地[1],只觉得这是个普普通通的建筑工地。话也说回来,不久以前有一次我经过小意大利——现在好像应该叫北小意——看见工人正在清扫圣热内罗街头狂欢节的垃圾。不知为何,神秘的哀伤情绪突然袭击了我,我哽咽得没法呼吸。我在市区长大,节日里走在遍地垃圾的街道中央始终是一种特别的乐趣。现在不再是了。自从九月的那个晴朗早晨开始,充满飞扬废纸的空旷街道总是让我心情低落。

我走过金属探测器,到前台领了个访客证,等特伦斯探员来陪我乘电梯。我和他亲切握手,我再次感谢他。他脸红了。我们见到对方都挺开心,算我运气不错,因为我刚走出电梯,就遭遇了约翰·通纳的炮火突袭。

"你!"他从沙发上起身,沙发对面是前台和墙板上的调查局徽标。一个苗条的大胸金发女郎抓住他的胳膊,要他冷静,但他甩开女人的手。第二任通纳夫人。

"你他妈干了什么?"他吼道,"我没提醒过你吗?"对着耳麦说话的接待员停了下来,拿着文件经过的探员转身观看。

"通纳先生。"我平静地说。

"我他妈没提醒过你吗?"他朝我挥拳,我向后一跳,不过这一拳打得不太认真,特伦斯干净利落地挡住,抓住他的胳膊,轻轻推着他后退。

---

[1] 美国世贸中心遗址。

"先生，别这样，谢谢。"他说，用年轻的嗓音诚心诚意地恳求道。通纳夫人连忙跑过来拉开丈夫。

"你就不在乎吗？"他扭头问我，"你就不在乎你做的事会影响别人吗？吸血鬼。你靠别人的痛苦挣钱。"泪水滚下他的面颊。他吸吸鼻子，摸摸脸，像是突然注意到面颊是湿的。他陷入沉默，妻子领着他回去坐下。特伦斯连忙带着我走进通向办公室的玻璃门。

"吸血鬼，"他说，领着我穿过走廊，"詹姆斯·甘多菲尼也这么说过，我在访谈里读到过。"

"谁？"

"托尼·索普拉诺。扮演他的演员？"

"哦，对。"

"他说作家是吸血鬼，吸取他人的血液。他说的是那部剧的作者。"

"真的？"我说，"有意思。"

"到了。"特伦斯说，敲敲门，然后推开。

"哈利，很好，"汤斯说，他站在办公桌前，正在整理几大堆文件，"请坐。胳膊如何？"

"挺好。"我说，"谢谢。"我坐下。

"很好。"他说，没有抬起头，随便朝办公桌打个手势，"这是你在医院说的证词的副本。读完签个字。"

我开始读证词，汤斯翻阅文件，特伦斯站在旁边。

"通纳还在外面，"特伦斯说，"朝布洛赫先生挥了一拳。"

汤斯抬头看我。

"小意思。"我说，"我见过风浪。"

汤斯没有笑。他低头看着那些档案，一页一页翻动。"可怜的家伙，"他说，"他逼着律师想尽办法起诉。就目前而言，他这么做只能添乱，但实在没法怪他。要是弗洛斯基让克雷的案件重新开庭，他老婆的事只怕又要被挖出来了。"

我在证词上签字，交给汤斯，汤斯交给特伦斯，特伦斯离开房间，随手轻轻关上了门。汤斯终于坐下了。他摘掉眼镜，向后一靠，按摩鼻梁。

"你睡了吗？"他问我。我们必须调整头部的位置，才能在几摞文件之间看见彼此。

我耸耸肩说："一会儿吧。"

"做噩梦？"

"不记得了。"我撒谎道。

"开着灯？"

"电视。"

"总是能看见，对吧？"他伸着脖子探身道。

"对。"

他朝我眨了几次眼睛，点点头，说："唉，不会消失的。我也希望能消失。你会慢慢习惯的。"他打开抽屉，取出一个大号牛皮纸信封放在桌上。信封很旧，磨得起毛，有几圈咖啡污渍，接缝贴着胶带。

"不知道你想不想看，但我希望你知道我明白你是什么感觉。"

我打开信封，才看见相纸的白色边缘，我就知道了：这些是克雷拍摄并寄给警方的原始照片。

汤斯说："十二年前，我看见了这些姑娘——我指的是在现实中看见她们的尸体。然后是那个王八蛋寄的照片。我到现在还会看见，每天至少一秒钟，哦，现在大概每隔一天一秒钟了。要是我不去想它，甚至能几个星期看不见，然后见到什么东西——公告牌、街上的女人——就一下子全都回来了。有时候在地铁上或者经过花店，我还会闻到那股气味。你明白我的意思。"

我明白。"死亡。"我说。

"死亡和腐肉。甜得恶心的刺鼻气味。这会儿就在我的鼻子里，我的脑袋里。我想这就是我保留这些照片的原因。放在办公室，免得被家里人看见。我把照片放在办公室的抽屉里，因为别人不可能理解每隔一段时间我就必须看一眼。我想你应该能理解吧。"他停止说话，看着我，眼神哀伤，甚至算是恳切。我意识到，他在求我。

"我理解，"我说，"能理解。"我开始看照片。厚厚的一沓照片。最顶上那些很正常，是他在工作室拍摄的传统艺术照，案件调查期间被当局查扣。大部分是样张，相纸分隔成许多个小方块，美丽的姑娘摆出标准姿势，唯一的缺憾来自事后灵光，因为我知道她们不可能知道的事情：我在看的是受害者，而且是通过凶手的眼睛。底下是他寄给警方的照片。第一眼看过去，照片很美，那些苍白的形状宛如巨型花朵；但你随即意识到，那些塑像的原材料是女人。

70

我离开联邦大楼时大雾弥漫。我走出旋转门,穿过广场,努力回忆地铁站的位置,一辆出租车贴着人行道在我身旁停下。特蕾莎·特雷奥抱着一个纸板箱和一摞文件下车。她看见我,吃了一惊,手里的东西掉在了地上。

"天哪,怎么是你。"

"你好。"我尽量说得无忧无虑,弯腰帮她捡东西,"不好意思,吓到你了。"

"没有,"她尴尬地笑了笑,"只是吃惊而已。"

她一副律师打扮,合身的黑色齐膝西装裙和短上衣,但指甲油开裂,指甲被咬过,还顶着两个黑眼圈。她倒着捡起一个档案夹,文件掉了出来。

"妈的。"她叹息道。我替她捡起文件。

"你怎么会出现在这儿?"我问。

"回答更多的问题。警察总算让我进办公室收拾自己的东西了。待在那儿我就毛骨悚然,所以才那么一惊一乍吧。"她的笑声很假。

"咱们坐一会儿。"我指着公交站的长椅说。我和她并排坐着看车流,那些东西堆在我俩之间。刚开始听到她急促的呼吸声,我以为她会哭,但她只是取出香烟。打火机的火苗蹿得太高,她吓得向后躲闪。

"喂，当心点。"

"对不起，对不起。"她吸着熏黑的万宝路特醇。

"该戒烟了。抽烟很危险。"

"我知道，坏习惯。我其实并不抽烟，但……"她耸耸肩，使劲吸了一口。一大坨烟灰落在西装裙上，她有一瞬间让我想起了弗洛斯基。"我总是想起我和她单独相处了多少时间。晚上在办公室熬夜。去探监时有几次甚至住过一个房间。天哪，"她晃动肩膀，"她残杀我这个年龄的姑娘。我能说什么呢？她还想杀你。"

我本能地摸摸衣服下的绷带。"说起来，我经常想起我们在火车上的对话。死刑和文明，还记得吗？"我说。

她点点头。

"估计你会觉得我这人很不好，"我说，"但我不得不承认，假如当时我手里有枪，我会想也不想就杀了她。"我看她一眼，"对不起。"

她望着烟气从手指间升起，说话声轻得仿佛耳语。"我也希望你当时杀了她。"她吸一口烟，呛住了，把烟头扔在街上，"所以我这人很伪善，对吧？"

"所以你是正常人。害怕和愤怒属于人性。对弗洛斯基而言，我都不能算个人。我只是一件东西，原本有用，后来变成了障碍。另外她也不是她自己。我指的是她不是我见过的那个人，我认识的弗洛斯基律师根本不在那个房间里。"我发现特蕾莎在仔细打量我，"别在意，我瞎说的。"

我向后靠了靠，望着一辆公共汽车呼哧呼哧驶过。

"我也一直在这么想,"她说,"你不可能完全看清一个人。说老实话,我甚至考虑过凶手有可能是你。"她笑着捂住脸,"真是不敢相信,我说出来了。"她像戴着面纱似的从手掌上方看看我,脸红了。我哈哈大笑,笑得非常不合时宜。她吓得畏缩了。

"对不起,"我止住笑声,"但我突然想到了一件事。不知道应不应该告诉你。要是告诉你,你可以毁了我。"我有一瞬间想到克莱尔会多么生气,随即记起她已经不理我了,"算了,无关紧要的小事。忘了吧。"

"不,说吧。无关紧要最好了。我最需要听点无关紧要的小事。"

"好吧。"我努力板起脸,"我是西碧莱恩·洛琳度-高尔德。"

"什么?"她微笑道,"我没听懂。"

"她就是我,我就是她。算是吧。她其实是我母亲,但书是我写的。"

她向后退了退,眯起眼睛,像是第一次正眼看我。"你他妈到底在说什么?"她说。

我开始解释,她怀疑地注视着我。她从纸板箱里摸出我的新书,仔细查看照片,然后抬起眼镜看我的脸。我尽量笑得羞怯,还眨了几下眼皮。

"我的天,"她说,"我要吐了。我他妈要被吓死了。"

"还以为你会笑呢。"

"笑?你知道我有多少次看着这张照片,却不知道我看见的到底是谁吗?"她用双手捧着脑袋,"我不能看你。我总是看见她。这绝对不是我需要的。"

"试试深呼吸。"我说。

"闭嘴,你给我闭嘴。"

"要我走吗?"

"要。"

"你确定?你一个人没问题吧?"

她没有答话。我犹豫不决,尽量远离她坐在长凳上。又一辆公共汽车驶过,阳光照得尾气闪闪发亮。我的思绪开始围绕她的一句话打转。她有多少次看着这张照片,却不知道看见的究竟是谁。

"所以我一直在读的那些书是你写的。"她低着头说。

"对。"我说,但我听得半心半意。我的脑袋里有什么东西对上了,很像想通小说走向之前的感觉。我靠本能回答她的问题。我的大脑在写下一章。

"最疯狂的是,我喜爱你的书,"她继续道,"或者她的书。随便吧。"她抬头对我微笑,妆容花了,说出我等待了一辈子的一句话:"你是我最喜欢的作家。"

我站起身说:"谢谢,但我得走了。非常对不起。"

"什么?你要走了?现在?"她震惊地看着我,仿佛我确实就是凶手。

"对不起,"我说,"真的对不起。需要我带你进去吗?你没问题吧?"

"我说不清。你快去吧。天哪。"

"对不起。"我拔腿就跑。

71

"怎么又是你?"汤斯说。我急急忙忙跑进他的办公室,陪伴我的还是特伦斯。"忘了什么东西吗?"

"再让我看一眼照片。"

汤斯诧异地打量着我。我气喘吁吁,手舞足蹈。他大概怀疑我精神崩溃了。

"我想到了一件事情。"我说,"求你了,快让我看。"

他示意特伦斯出去,再次取出那个信封。

"别让我后悔拿给你看。"他说。我迫不及待地打开信封,倒出那些恐怖的照片。我推开犯罪证据,找到模特样片,克雷在家里拍摄的那些普通美女照。我仔细查看照片,汤斯仔细观察我。

"你在找什么?"他问。

"有放大镜吗?"

他拉开另一个抽屉翻找,我把样片拿到台灯下。这一张的主角是达妮的姐姐,她摆出跳芭蕾的姿势,我一阵悚然,连忙向后翻:珍内特·希克斯。我凑到最近处端详,将样片举到灯泡底下,但画面实在太小了。"放大镜,快。"我催促道。

"别催,我在找。"汤斯说,他跪在地上翻最底下的抽屉,"找到了。"他的脑袋撞到了最顶上忘了关的抽屉,"×!"他起身递给我,"给你他妈的放大镜。"

"谢谢。"我把放大镜拿到眼前,仔细查看珍内特·希克斯美丽的脸庞,想当演员的姑娘在这张照片上噘着嘴唇。我移向下一张,然后是再下一张,一张一张看完一整排。接着我开始查看下一个姑娘,然后是再下一个姑娘。我回想起克雷说到如何给模特拍照,如何让她们保持静止。他的原话是:就像猎人。

"你到底在干什么?"汤斯问。

"我找到证据了,"我把一叠样片递给他,"应该吧。"

汤斯低头看着他看过百万次的照片,耸耸肩坐下说:"请讲。"

"我光辉的写作生涯中有一段是你可以理所当然嘲笑的,那就是我有好几年为色情杂志撰稿和做编辑。"

"我知道,你的案卷里说了。"

"我有案卷?"我受宠若惊。

"说重点。"

"哦,好,那份工作的职责之一是我必须花费无数个钟头看这种美女样片,之前你给我看时我就觉得有地方不对劲,但直到现在才能确定。不对劲的是眼睛。"

"眼睛?"他盯着样片说。

"所有的姑娘,所有照片里的眼睛都一样。没有变化。快门确实很快,但没那么快。总会拍到眼睛闭上或眼皮垂下的时候。这儿却没有。没有眨眼,没有眯眼,没有张望旁边。都是同样的凝视。还有,这些照片是在室内拍摄的,有强光照明。但瞳孔完全没有缩小。你尽管让你的人放大这些照片,然后进行鉴定,但我可以告诉你:照片上的姑娘看上去是尸体,这说明她们在他拍照前就已经死了,而不是像弗洛斯基说的在拍完之后。克雷他妈的完全有罪。"

一片寂静。汤斯把放大镜拿到眼前,趴在照片上查看。他看了很久,一张一张照片,一套一套样片,我站在那儿等着。他终于抬起头,从我认识他以来第一次对我微笑,露出一颗变色的下排门牙。笑容转瞬即逝。我才报以微笑,他就皱起眉头,揿下内线电话的按钮,开始大喊大叫。

72

汤斯坚持带我和特伦斯出去庆贺一番,但他选的是个猫头鹰餐厅似的男性夜总会,让我记起达妮那晚跳舞的酒吧,想到她,我情绪低落。喝完一轮,我说胳膊不舒服,起身告退。走出夜总会,我打电话给莫里斯,去他家坐了坐,他的男朋友盖瑞给我做了一级棒的越南河粉:有点像我老妈做的炖鸡胸,但还加了米粉、罗勒和红辣椒。吃完,我回家躺在沙发上看电视。

但我睡不着。我从头到尾换了两遍频道,起身走进办公室。我检查电子邮箱,看有没有克莱尔的消息。没有。只有从出版社网站转发来的两封与吸血鬼相关的邮件。一封是达拉斯一个少女的粉丝信,我回她一封标准的剪切粘贴"谢谢你写信给我"。另一封来自本地,邀请我参加每周一晚在布鲁克林某哥特俱乐部举办的吸血鬼主题派对。今天是星期一——好吧,刚才还是,这会儿已经过了十二点。

邀请函当然不是寄给我,而是寄给西碧莱恩的,他们当然希望她朗诵或回答问题或天知道怎样——比方说展开蝙蝠翅膀落地、咬几个人的喉咙。我坐立不安,我承认我不敢一个人待着。另外,我不得不承认,我隐约觉得特蕾莎会露面。于是我换身衣服,穿上我认为应该挺凶恶的黑色大衣,还翻起了衣领。

我没费多少力气就找到了那家俱乐部,在曼哈顿桥下一条街道的尽头。天空是紫色的,河水是黑色的,大桥和建筑物闪着白色和黄色的光芒。这幢楼像是什么旧厂房,窗户关得严严实实,黑洞洞的,只有一个灯泡照亮写着"去坟堆"的小标记。箭头指向通往地下室入口的斜坡,走到咽喉深处般的地下室入口,在黑影和垃圾背后藏着又一盏小灯。我沿着斜坡向下走,马路上的声音渐渐消失,我只能听见鞋跟敲打混凝土的声音。斜坡是一条弯道,走近拐弯处的时候,惊恐像小拳头似的悄悄攥住我的心脏。我险些转身逃跑。我伸出手想扶住点什么,手指碰到的却是冰冷湿滑的墙壁,我立刻向后一缩。我深深吸气,尽量克服焦虑发作的感觉,心想我不如把脑袋夹在两条腿之间算了。我可不想有人发现这么一具尸体。《狗屁作家陈尸黑街,脑袋倒插自己屁股》。我强迫自己向前走,探头张望拐弯的另一头。

我看见一个空荡荡的停车库,白色油漆画出一个个停车位,另一头的墙上是一扇金属门,门口的高脚凳上坐着个大块头黑人。他亮起手电筒朝我挥了挥,然后关掉。我假装喜气洋洋地走过去,他一动不动戴着墨镜盯着我。他查看我的驾驶证,给我一张传单,然后拉开厚实的金属门。

我走进一个低矮的长形房间,一面墙边是吧台,中间是酒桌,里面是舞池,红色和蓝色的灯光很黯淡。音响在播放嘀嘀嘀加轰轰轰的重踏舞曲,设施很差,我听见天花板被低音震得嗡嗡响,感觉地板正随着音乐抖动。店堂半满,所有人都往后屋挤。我一进门就开始找特蕾莎,但光线昏暗,一时间我看不清谁是谁。更别说绝大多数人都穿黑衣,偶尔能见到一抹红色,时不时有一两个穿白色长裙的姑娘游走于黑色人群之中,棉质蕾丝被灯光染成粉色。我想到玛丽·方丹的家,白色墙板和泥泞雪地被警灯染成粉色，楼上她的房间则是血红色。

我赶走这个画面，双手插在口袋里，穿梭于人群中，扫视他们的面孔，一直走到对面墙壁。特蕾莎不在。倒也无所谓，我开始琢磨我为什么要来，忽然感觉有点奇怪，因为两个女人正在我旁边跳舞。她们衣着相同，都是黑色长裙，花边高领包着颈部，一个戴着手套，另一个戴着帽子和面纱。两个人都是黑发，化了浓妆，一个的脸被粉底涂得煞白，嘴唇鲜红，另一个是黑皮肤，又描了黑眉毛，嘴唇在灯光下是紫色的。煞白的姑娘瘦得惊人，个头比我还高，渔网袜包不住她硬邦邦向外突起的膝盖。她的同伴体重超标，肉乎乎的胳膊从无袖礼服里伸出来，臀部大得惊人。但她们身上有什么特殊之处让我转不开视线。又一个女人走过，她年纪比较大，金发，也穿花边高领黑色长裙，戴宽檐帽和面纱。她们的打扮都酷似西碧莱恩。酷似我的母亲。酷似我。

穿的衣服像是我从我老妈衣橱里翻出来的那些，妆容像是克莱尔用来掩饰我的胡茬的浓妆，这些女人模仿的是我冒名顶替的我母亲。实话实说，我觉得毛骨悚然，我连忙转身，很荒唐地觉得我暴露了，害怕有人会认出我。穿过舞池的时候，我终于看清了整个店堂：白裙的姑娘是萨莎，我的半吸血鬼女主角；穿黑色套装拿拐杖的在演亚拉姆，吸血鬼大公爵，戴白色假发的是他的死敌法伯格·圣杰迈思；穿破烂黑衣的放荡女人是艾薇，吸血鬼世界的女皇；穿黑色大衣翻起领口（就像我！）的当然是杰克·希尔佛，这位吸血鬼猎人忍不住爱上了年轻的萨莎。我低头看着看门人塞给我的那张纸——"血族星期一，"上面写着，"本周我们向西碧莱恩·洛琳度-高尔德致敬"。

这次惊恐的袭击是动真格的了，我拼命深呼吸，闻到香水、汗液和啤酒的气味，我情不自禁地盯着来来去去的一张张面孔。汗水在灯光下熠熠生辉，大喊大叫以盖过噪声，这些年轻男女——妆容已经抹散，身穿不合身的正装和二手服装，脸上还有粉刺，留着难看的发型，舞会长裙的腋窝被浸湿，头皮屑在蓝色灯光下发亮——来到这里举办黑色集会，因为都喜欢一个不畅销的垃圾恐怖系列小说而齐聚一堂，在这么一个倒霉的夜晚来到这么一个无聊的酒吧，寻找的不是鲜血，不是永生，也不是邪恶仪式，而是我们阴暗欲望中最神秘莫测的一面：与另一个人类的简单联系。

那天夜里我回到家，检查电子邮箱——什么也没有，然后打开密友聊天室。血族T3，我唯一的密友，状态是"离开"。她在吸血鬼博客里说她要离开纽约去探访亲友，所以近期不会上线。

73

第二天大清早,汤斯打来电话。结果出来了:非决定性的证据。实验室人员完全同意我的看法,但你不可能确证这种静物照里的人肯定是死人。幸运的是我们并不需要决定性的证据。企图利用母亲的供词重启调查的是克雷。调查局图像实验室的专家证词有足够的分量,能说服法官认为克雷的新证据并不具备说服力。当天晚上我们得知他的请求遭到驳回,死刑的延期就此中止。他总算要赴死了。

这是我们的胜利,但天知道为什么,听完这个电话我很空虚,就连昨晚还欢笑祝酒的汤斯也没什么精神。我给达妮留言,把这个消息告诉她。我检查电子邮箱,踱来踱去,淋浴剃须。一时心血来潮,像是在响应突如其来的号召,我收拾好过夜包,匆匆出门,搭地铁到佩恩车站,然后乘火车去州北。

我不清楚我为什么要再次探访克雷。他从一开始就不打算写书,也没有理由要见我,他已经利用完了我,而且是我把他往死路上推了一把。可是,我凭直觉知道他愿意见我,而我也没猜错。作为他本人的历险故事的主题和真正作者,他的自尊和自负都要求他必须这么做。就算我不再为他写故事,我依然是他的捉刀人,现在更是他唯一的读者。但是,故事还不完整,我想知道结局,哪怕这本书永远不会被写出来也一样。

就这样，我又在那个我几乎住不起的烂旅馆凑合了一夜，吃了个潮乎乎的总汇三明治，在隆隆车声中半梦半醒地睡觉。我在访客等待区徘徊。我曾在这里见过弗洛斯基，弗洛斯基的律师恐怕很快就要在这儿等着见身处死囚区的她了。我去售货机上买了个陈年士力架。狱警带我进去。

克雷显得老了、瘦了，头发更花白了，但并不显得害怕，甚至谈不上不开心。

他看见我，喊道："好啊！"他露出灿烂的笑容，举起戴手铐的双手打招呼。他坐回椅子里，跷起腿，像是在等待饭后咖啡，或者接受杰·雷诺的访问，只是脑子一热穿了橘红色的连体服而已。他似乎并不特别担心即将死去，虽说他上诉了十来年，还和母亲演了那么一场好戏。他的母亲很可能因为他要被判处死刑，他对此似乎也没什么感觉。他连看见我都不生气。他似乎很想聊天。

他说得很清楚：无论他说什么，我反正都用不上。之前的合同就算刚开始确实合法，现在也已经作废。他对外仍旧否认所有罪行，还通过公设律师特别发表声明说自己是无辜的，一切与此相反的说法都是谎言。我没带录音机，也没有笔记本。不管我写什么，都会被认为是虚构的。

我说我明白。于是他开始讲述，我默默聆听。他一直说到警卫出现、我不得不离开才停下。

74

我杀的第一个活物是只沙鼠，也可能是豚鼠。我不记得两者的区别了。小动物的主人是另一个寄养儿童。一个女孩，叫贝茨。格雷琴夫人很喜欢她。她比较喜欢女孩，因为她说女孩爱干净。总之贝茨有只沙鼠——或者豚鼠。还是仓鼠？对，是仓鼠。仓鼠活在玻璃缸里，有个轮子当玩具，缸底垫着松木屑接小粪球，还有个带金属小喷嘴的饮水瓶。贝茨是个自私鬼，年龄比我大。我好像七岁还是八岁。我在寄养机构已经待了两三年。每个寄养父母都有最喜欢的孩子，但从来轮不到我。好吧，有些男人挺喜欢我。反正贝茨本来可以让我玩仓鼠的，让我抚爱它，但她从来不允许。

有一天放学后她留下排练话剧。好像是《安妮》。格雷琴夫人在院子里喝酒。她的男人还没下班。我溜进去，取出仓鼠，放在我的大腿上抚摸。我还记得它有多么柔软，你的手像是放在了貂皮手套里，两只黑色的眼睛像是纽扣。想象一下它们能看见什么真是很有意思，对吧？它的小小大脑、小小意识，透过针尖大的小眼睛看世界，转着仓鼠的那些小念头？小小的生命，和你我一样，和万事万物一样。很难不这么想，对吧？告诉你我是怎么看的吧。就像浪头退去后的沙滩。无论是大海本身、海里的一个浪头、沙滩上留下的一汪水，还是小贝壳里的一滴水，水永远是同样的水。我记得我是怎么抚摸那只仓鼠的——唐尼，好像是这个名字——感觉小小的心脏跳得那么剧烈，我忍不住加大了手上的力气，想着我有多么憎恨贝茨，感觉小小的骨头在我手里断裂，我使劲捏下去，直到它的心脏停止跳动。我把尸体放回玻璃缸里，放在转轮上，然后出去玩耍。贝茨发现仓鼠死了，大家都以为它是在转轮上奔跑时突发了心脏病。我们把它埋在屋后的小树林里。

你应该已经知道——或者猜到了，我母亲和我一直保持着联系，并没有中断多久。她找到我，我们偷偷见面。一段违法的亲情。放学后她带我去吃冰激凌，或者我撒谎说和朋友去看电影，其实是和她去的。当然了，她还在站街，接客，带男人回她的住处。有时候我等在外面，后来她租了套小公寓，我就在厨房等。有时候我趴在门缝上看。事情就这么持续到我十六岁——也可能是十七岁，高中最后一年。我母亲带了个嫖客回家，他揍得我母亲满地乱爬。这倒不是新鲜事。不消说，她不怕裸露身体。她换衣服或洗完澡出来时我经常见到她身上有各种瘀青。我觉得她挺喜欢这样。我见过男人打她，挨打让她性欲高涨。但这次有点失控。我听见她惨叫并咒骂还击，有什么东西砸碎了。我打开门，看见她在流鼻血。那男人是个大块头，至少高六英尺，体重两百磅，铆足了力气打她的脸，打得她飞起来，嘴里吐血。刚开始我愣住了，不知道该怎么办。当时我还小。然后他双手扼住我母亲的喉咙使劲掐，像玩洋娃娃似的晃动她。我知道他要杀人，于是就抓起一把刀，带锯齿的大号面包刀，想也没想——根本没时间思考——就跑过去跳上他的脊背。我感觉自己像是在驯马。他伸手到背后想拍开我，家里还有其他人肯定吓了他一跳，我死死抓住他的头发，把他的头部向后拉，一刀割了他的喉咙。他的血喷得像杀猪，他翻腾颤抖，我骑在他背上，我母亲在他身下挣扎。就是这样。其实很容易。困难的是把这个大家伙从我母亲身上翻过来和处理尸体。她冲澡洗掉血迹，我在外面拖地。我们在浴缸分尸，一袋一袋把尸块运出去，在口袋里装上煤渣砖或红砖，扔进河里。我们卖了他的手表、戒指和信用卡。

后面就自然而然了。我和母亲在一起的时间越来越多，高中毕业后离开寄养系统就住进了她家。然后我们到处旅行，哪儿都去。我和她都接客——在酒吧、公园、男厕所——就像两个渔夫，一个人先网到猎物，另一个就跟着。大多数时候只是真的接客。她给男人口交，让男人搞她。我让基佬给我口交。拿到钱就收工。有时候我会揍嫖客，抢走现金、珠宝和信用卡。我还会溜进房间，一棒敲晕她的嫖客。嫖客不会报警。怎么可能呢？有时候还会更进一步。我也越来越在行。怎么说呢？有点着迷。哈，你想知道对吧？为什么选这个不选那个？我知道你想问我这个，但我只能说你问错了。他们对我而言都是一样的。只是尸体而已。眼珠子会动、心脏在跳、脑袋里装满念头的尸体而已。只是几滴血，漂在永远起起伏伏的血海上。我要不要把这几滴血洒回血海里，那具尸体能不能再跳腾几年，到底有什么关系呢？只是一滴血而已，就像海面上的小雨点。就像那只沙鼠。就像我和你。

二十岁那年我破了处。我知道这够迟的。我挺英俊，但我生性羞怯，见了姑娘不敢笑，因为我这口牙嘛。我有点口吃，动作笨拙，还很穷。有天晚上我在酒吧里被一个女人盯上了，她灌醉我，我们去了她家。她年纪挺大，估计有三十五四十了，她教我怎么做。她带着我进入她的身体，告诉我什么时候快、什么时候慢、什么时候重。告诉我没问题，捏她的胸吧，使劲捏，揪她的头发，打她的屁股，就像男人对我母亲那样。她尖叫得像是我母亲，我射精了。我回家告诉母亲，她说好的，不过你最好回去处理一下她。她说那个女人搞不好会怀孕，然后来找你。她说女人比男人还难搞。她从不信任女人，她自己除外。于是第二天晚上我去敲那女人的门，她笑着让我进去，我们又做了一次，但这次我扼住她的脖子不放。我掐死了她。我母亲等在车里，至少我是这么认为的。但事后我抬起头，发现她在看。她溜进房间确保不会出错。我们用毛毯包起尸体，装进车里，开到乡下，和生石灰一起埋在树林里，这样警察就不会发现我的DNA了。

从那以后我×了许多姑娘。数以百计。数都数不过来。我越来越在行。有了第一次，我不再害羞。我知道我能占有她们，于是走过去找她们聊天。勾到的经常是妓女，不过我不在乎。我本来就是婊子养的。妓女也要吃饭。但也有大学女生、已婚女人、女招待、女店员、公园里看着孩子玩耍的年轻母亲。当然有不少人拒绝了我，但请你相信，也有很多人答应了。她们需要性爱，知道我能给她们。绝大多数女人我没有伤害，我让她们开开心心走人。有时候碰到严词拒绝或者趾高气扬的，我会哈哈大笑，心想，你真是不知道你离送命有多远。我会笑着走开，放她一条生路。有时候不会。谁知道呢？我并不生气。事情和生不生气没关系。我不恨女人。为什么要恨女人？因为我母亲？黑鬼？别逗了。黑人总称呼对方为黑鬼。好像是从什么电视里学来的。总之我听够了心理医生说我母亲如何如何。没错，她确实一塌糊涂。那又怎样？我唯一真正拥有的就是我这条命，而这条命是她给的。我没有因为生气攻击过任何人，用面包刀杀死的第一个男人除外，就算他，我当时好像也并不生气，只是麻木，就像大脑休克了，不过这大概说明我被吓坏了。但那次以后，我再也没感受到害怕和愤怒。我只感觉充满生机。就像艺术家创作时的感觉。也许你写你那些妖魔鬼怪时也有过这种感觉。我着迷于大自然的无穷多样性、尸体的无尽美丽和它的复杂性。我听过身体制造的所有响声，无论是因为欢乐还是痛苦。有时候是欢乐还是痛苦你也说不清。我见过眼珠向上一直翻。我闻过她们的香水和头发。但另外一些时候，我拿着工具，简直是跋涉进受害者的身体。然后在寒风中，下弦月照亮我呼出的白气，我在野地里挖坑，直到汗流浃背。我埋好残余的尸体，黎明时在公路休息处吃早饭。牛排和炒蛋。应该是西弗吉尼亚。黎明时分的大烟山，雾气离开山巅，流进山谷，活像野葛入侵。那天我开车去了肯塔基。非常美丽。非常绿。那种深绿色在这儿可看不见。俄亥俄对我来说是红砖房屋、老树和河流。我在便利店工作了一段时间，值夜班。我不在乎，这种工作反正不难找。我上班的时候，我母亲在酒吧勾男人，回旅馆卖身。一天晚上我遇到一个姑娘，她的眼睛像碧玉，就是那种浓郁的绿色。至少我是这么觉得的。她来店里买了新港烟和薯片。好像是多力多滋，还是芝士粟米条？我记得她手指和嘴唇上的橙色粉末。洋葱玉米圈。她的头发是金铜色的。她在用吸管吸樱桃雪泥。她的小圆鼻子上有一簇雀斑，脚腕上有个锁链文身——她主动给我看的，柔韧性好得惊人，抬起穿着运动鞋的脚搁在柜台上。她的颧骨很漂亮，门牙有条小缝，她不好意思露出来，她被我的俏皮话逗得捂着嘴哈哈大笑。下班后我去了她的拖车，在她的配合下×了她的嘴巴和下体。贴着拖车的墙壁，我的双手扼着她的喉咙。回到住处，我发现我母亲正在一个穿短袜的男人底下哼哼，她的指甲插进男人白生生的后背。我悄悄进去，翻开男人的钱包。钱包鼓鼓囊囊的。刚送完货拿到报酬的卡车司机。于是我挥起榔头，把尖端砸进他的后脑勺。像大家常说的，多么精彩的一个夜晚。墨西哥，我在蒂华纳的一家酒吧外勾了两个妓女。她们的屁股又圆又翘，奶子又圆又挺。原住民长相，就是玛雅人雕像那种。不过其中一个有双绿眼睛，比那个俄亥俄白人姑娘的颜色更深更亮。另一个有几颗金门牙。我折腾了她们之后，用几个口袋装了尸体，拖着走进大海，交给潮水带走，然后在月光下的浪花里扑腾。我感觉好极了。记得第二天蝴蝶群来了——斑蝶，你见过吗？铺天盖地会动的橙色花朵，从加州北部向南飞，回到故土等死。它们太小了，没有大脑，太短命了，没有记忆，可是却记得这个，返回它们从未去过的地方。它们能盖住一整棵大树，像树叶般抖动，像眨动着无数双眼睛的丛林。太了不起了。秋天的米却肯海滩。那年我在洛杉矶遇见一个孕妇，裙子底下的肚皮像个西瓜。你能相信就这样她还想要我吗？有钱人的老婆。我放了她一条生路。为什么不呢？我放她回家找丈夫。她坐进奔驰离开，送我一个飞吻。她逗得我哈哈大笑。在阿尔伯克基，我的牛排做老了。我跟着侍者回家，打昏他。我不能容忍牛排做得太老。我在丹佛杀了个老人。流浪汉，喝醉了在天桥下的路边睡觉，浑身难闻的酒味和尿味。我停下脚步，割了他的喉咙，然后继续走。

　　我很高兴你我都是皇后区的人。知道皇后区其实是个岛吗？长岛的一部分。我喜欢这个看法，它就像一个独立王国，但没有曼哈顿的那种浮华。虽说我的足迹遍布全国，但我知道我想回到这里。这里是我的家。全世界也比不上的家。我怀念这儿的食物。真的很了不起，对吧？阿根廷、哥伦比亚、中国、韩国、马来西亚、印度、希腊、意大利，各种餐厅琳琅满目。比起市中心，这儿感觉更缓慢，更温暖，像个小镇，但你另一方面又能感觉到这才是真正的纽约，是你我小时候的那个纽约的残余部分。地产开发商、雅痞、欧陆富豪，还有吃信托的小崽子们：要是让我从头再来，我要杀的就是这些人。说起来，我会是一个人的犯罪浪潮，单枪匹马压低房价，吓得富人抱头鼠窜，以此拯救西方文明。阿斯特广场应该有我一尊雕像。哎呀，说远了。我没必要跟你说皇后区如何如何嘛。你还住在那儿，你过世母亲的那套公寓。对，我全都知道。我读过你的吸血鬼文学和犯罪小说。犯罪小说的主角是个黑人，耶利米·约翰逊，对吧？莫尔德凯·琼斯，对，叫这个名字，他追踪一名连环杀人狂，那家伙残害了皮条大佬手下所有的女人。很有意思。不过我更喜欢科幻的那些，外星球，有性奴和泄欲机器人什么的。非常好玩。我甚至请我母亲跟踪了你一段时间——当然是在我们正式见面之前，也是在我写那封粉丝信之前。她说你看女人也挺有眼光：那个跟着你跑来跑去的小姑娘——叫什么来着？克莱尔对吧？——希望老妈没真的伤到她。就像我说的，她对女人有心理障碍，尤其是年轻貌美的女人。你还搞了咱们共同的朋友达妮。我不得不说这方面我很嫉妒你。她和我通了一段时间的信，我很受触动。这姑娘有潜力。

说到哪儿了？哦，对，照片。最后阶段。我的末日，最后要了我这条命的女朋友们。皇后区的公主们。不过我认为说到底毁了我的是艺术，不是女人。我始终没能克服那种心瘾，它悄悄钻进我的作品。个人成长犹如具体而微的艺术史，你应该也考虑过这个问题吧，从婴儿玩粪便，到野人用手指蘸着浆果汁和用木炭在岩洞画画，到米开朗琪罗躺在半空中描绘天堂。哎呀，虽然远远比不上先辈，但我也是这样的。我承认，让我兴奋的是杀人本身。然后我开始想创造了，而不是单单毁灭，或者说通过毁灭进行创造。我也想制造美丽，明白吗？我用眼睛、头发、手、手指和脚创作。我渐渐理解皮肤和皮肤的功能，那是我们最大也是最奇怪的器官。

我回到皇后区后，决定用胶片创作能够永远存在的艺术品。杀模特根本不在我的计划之内。我本来打算拍一套作品集，拍摄正常的照片。好吧，相对正常。于是我在校园、人们工作的地方和当地报纸登广告招聘模特，甚至真的拍了几组。都是最基本的。然后有个女孩来应聘。叫南希什么什么，对，就是这个名字。我记得报纸说她性格安静，是个居家型的好姑娘。呵呵，抱歉，朋友，说错了。要记住我那会儿还年轻英俊，而且被磨炼得很有魅力——咱们吸血鬼的必备技能嘛。刚开始她很紧张，我们拍了些平平淡淡的照片。喝完一瓶葡萄酒，我们拍了些裸照。两瓶，我开始舔她，她呻吟颤抖。然后就我怎么说她怎么做了。这时候我老妈回到家。哎，我说过了，她不信任女人。你也知道当妈的都是个什么样。天哪。我猜你母亲也差不多。没完没了地唠叨你。我怎么能带陌生人回家？就算是个没脑子的小淫妇也不行。她是危险，是我的责任，等等。最后我一刀割断她的喉咙，只是为了让她闭嘴。我说的是那姑娘的喉咙，不是我老妈的。不过谁知道呢，也许我选错了。明白我的意思吧？总之接下来的就是艺术史了。我找到了我的项目，我的作品。我必须艰苦创作，直到被逮住,所有艺术家都是这样。而且我还必须想办法保存我的作品,哪怕只是在警局地下室的档案夹里。作品自然会找到它的出路,所有艺术都是如此,比方说未被发现的画作,未出版的小说,没卖掉的诗歌。作品只要被创造出来了,就会存在下去。你同意吧?

我有没有体会过爱?怎么会没有?谁说我不爱俄亥俄的玉石眼珠文身姑娘?不爱墨西哥妓女中的某一个?左边那个。也许我从头到尾都爱着她们。说到底,现在除了我,还有谁会想她们?也许我真正爱的只有我的作品。但那是我们做的选择,对吧?艺术家的选择。其他人对我们而言是什么?素材。我们作品的原材料。一个姑娘和她的画像,我们从她创造出的作品,你说我们更爱哪一样?我们艺术家不完全是人类,对吧?我们不爱任何人,也不恨任何人。龙卷风恨它折断的树木吗?老虎爱或恨它们撕碎的猎物吗?老虎上了年纪,牙齿变钝,最终死去,谁会为之哭泣?我们艺术家生与死都是孤独的。

谁给我权利去做我的那些事情?大自然,它创造了毁灭,它通过毁灭创造,它赋予我那些欲望。我是大自然,就这么简单。在大自然眼中,吃肉的蛆虫和腐烂的圣徒同样珍贵。限制仅仅是我们人类强加给人类的,为什么?提出限制的是大多数,也就是弱者,为了保护他们不为强者所害,就像羔羊抱团抵抗野狼。一个自由、有智慧和讲理性的人遵从的法则只有他本身的欲望,他接受的全部限制就是他用来实现欲望的能力。我后悔我的罪行吗?当然不了。我非常满足。受审和处刑,对我而言并不是苦难。以前罪犯要盛装打扮上绞架,就像去参加自己的婚礼,人群会抛掷鲜花和大声欢呼。我们因为罪行而被公开处刑是社会能赐下的最高荣誉。我们人类难道不是终极杀手吗？每天都在灭绝其他物种，摧毁这颗星球，耗尽生活资源，直到末日来临，我们抹去自己的踪迹。然后会怎么样？生命还会继续。这颗星球才不会想念我们呢。

忽然想到咱俩的搭档关系，说起来我必须承认我还是有点后悔的，那就是真希望能多杀几个。这是大自然加在我们身上的唯一桎梏，一具躯体和一条生命，在有限的时间和空间之内，我们的成就也必然有限。你应该能理解这种感觉。你和你的女朋友，你的情人，珍妮或者我们共同的朋友达妮，你×了她一两次，你躺在那儿筋疲力尽，开始沉思——就像苏格拉底一连玩了几个小伙子。你看见她起身去包里拿香烟，或者在月光下去上厕所，她回来时，你对她的欲望也回来了，你想再次占有她，但你做不到。你已经空了，没了，完蛋了。这是我这种人所知道的全部阻碍，在这个时刻，我的想象力推动欲望超越肉体的极限，而感官的愉悦又反过来撩动想象力，就这样一个影响一个，从欲望到思想，从哲学到色情，一个没有尽头的圆环形成。但走运的是，即便在这里，还存在一条出路。情人如果变成了艺术家，那么他的欲望就不再受到限制，他也能够接触任何人。他可以撩动其他人的意识，完成他活十辈子也无法完成的壮举，通过影响一代又一代后辈，他的欲望可以超越时间永远增殖。想一想你写下的所有文字吧。想一想你触碰过的所有意识，你种植下的所有梦境，你点燃的所有欲望吧。谁知道你激发了什么样的爱和罪呢？写作还能为了什么？文学不过是企图×这个世界的屁眼罢了。送你一首小诗：我希望这张纸／是剃刀／你们都有／一条喉咙。

75

　　探监结束，我匆忙赶回旅馆，没有录音机的帮助，我只能凭回忆尽可能记录下他说的每一个字。我在黄色拍纸簿上写了一页又一页，直到手指酸痛，写完时天已经黑了。我退房付钱，搭末班车回纽约。

　　至于他那些话的真实性，谁知道呢？他漫游全国到处杀人，刀下亡魂超过控罪的极限，少说也背了几十桩命案，有可能吗？估计确实有。一个人要是因为偷一辆车而入罪，我们会认为那辆车只是他偷的许多车里的一辆，假如犯罪记录说五辆，我们会估计事实上有五十甚至上百辆。我们的惩戒观里有这个不成文的因素，认为一名职业罪犯在落网时，造成的损害肯定不止已知的那些。对连环杀手来说也许更是如此。职业偷车贼、银行劫匪、瘾君子、家暴男子，这些人都有清晰的模式、动机和手法，决定了他们的落网只是迟早问题而已。但变态杀人狂，他杀人没有任何原因，至少没有我们能理解的原因，他任意选择受害者，或者交给命运去决定，他漫无目标地漫游全国，不管去哪儿都会在土里或水里留下几具尸体——事实上这种人能落网完全是我们走了狗屎运，除非他自己开口，否则谁也无法确定哪些罪行应该归在他的名下。

　　我想一想那些失踪人口的命运甚至后背发凉，光是美国一年就有几千人下落不明。丈夫或妻子再也受不了对方，吵完架气冲冲地夺门而出，或者只是出门买包香烟，结果一去不回。抛弃家庭的父母，失职的父亲，把婴儿扔在医院或教堂门口的母亲。几十年如一日通勤上下班的疲惫工人，某一天没有从应该的地方开下公路，继续前进直到汽油耗尽。欠债的人躲避坏名声。心碎的爱人希望忘记和被忘记，在人群中浮浮沉沉。瘾君子、酒鬼、赌徒和性倒错者，躲避他们自己。离家出走的孩童，浩浩荡荡，像不知从何处来也不知向何处去的朝圣者，消失在我们的城市中，我们的夜晚里。我们以为他们受各自的心魔驱赶，自己选择失踪。但假如存在另一种恶魔让他们失踪呢？假如他们不是消失而是被找到了呢？

另一方面，他也可能满嘴胡话。我尽可能查证他提到地点和具体经过的案件，有时候确实对得上报纸和公开记录里的描述：孟菲斯有一对男女死于入户破坏；一个女孩失踪，有雀斑和一双绿眼睛。可是，克雷也同样能够轻而易举找到这些消息，编造进自己的故事。他有用不完的空闲时间。也许他在盗用别人的犯罪，拿来充实自己的档案，确保自己能青史留名，跟我们再开最后一个玩笑，留下一份其实还是假线索、转移注意力的供词。也许只是在耍弄我而已。

还有他的哲学思考（你愿意这么说也行）、理论体系和自我分析。还有他对艺术、生命和死亡的看法。一方面，他有的是时间打磨自己的观点，推导出那些自我中心加自私自利的可疑理念。但另一方面，天知道那些东西究竟是他杀人时的所想所感，还是在事后企图给狂人的无意义破坏添加智性和美学的外皮。要记住，尽管他声称自己博学多闻、艺术感性非凡，但他只是进了监狱才开始阅读、思考和学习。第一次激情犯罪时,他还是州政府监护下的一个半文盲,连高中都没怎么念完。经受过残忍杀戮的洗礼,他准备好成为(甚至可以说是被培养成)性犯罪者和杀人狂。他就像在温室育出的稀有品种:美国变态狂。

我想从这个角度重新思考他的另一段论述,他与其他作家和艺术家的所谓共同性,他的罪行与艺术及文学(包括我那些微不足道的东西)的相通性。无论他说得如何天花乱坠,有个微小但基本的区别始终存在:他是个彻头彻尾的疯子,而这就是他的盲点。

他承认他是邪恶的,又立刻运用他强大的理智去推翻判定他邪恶的道德体系,但他没有对自己的理智是否健全有过半点疑问。他看不到的死角是疯狂也可能是有理性、有组织、有体系的,甚至是才华横溢的。疯狂可以完全自圆其说,比方说偏执狂,形成了一个自洽的系统,不承认外部的真实性和客观真理:谁质疑我谁就是阴谋的一部分,因此任何人都不可能说服我放弃我的看法。同样的,克雷有可能非常聪明,我不怀疑他的智商比我高,但他的心灵存在破绽,在根基上就不对劲,因此他无法做出我能做到的事情(哪怕多么卑微):真的写出点什么东西。以作家而言,克雷只创作了几封信而已。以艺术家而言,他拍摄了几张恐怖的照片,剩下的那些都乏善可陈。

倒不是说作家和艺术家不可能是疯子。道理大家都明白。也许他们大部分人都是某种程度上的疯子。艺术自古以来就是个疯疯癫癫的行当。但我认为写作需要的是理智,是理智拼命想拯救世界而不是任其毁灭,让生命不被死亡吞没,将一切都写在纸张上。是什么东西希望拯救万事万物,想带上无论好坏的所有人和我们一起前进？除了爱，还能是什么？我们这些写类型小说的，还有我们的侦探和杀手，我们的吸血鬼和外星人——也许正因为这个，我们才会一次次返回同样的故事，就像孩童抱着他最喜欢的沾着糖水的书籍：一次次重述相同的故事，直到最终的圆满；给我们为自己的思想建造的屋子增添新的房间，每天早晨从闹鬼的树林里抱回一把新鲜的悲哀；创造出手拉手的连串小人、永无止境的分叉树木、供鬼魂居住的书本的玩具城市，以故事的形态体现的执着——系列小说。

列车回到纽约，我被这些念头弄得疲惫不堪。列车穿行于后巷和隧道之间，我的思绪不由得飘向过去——童年时光。不是我的，而是克雷的。我半梦半醒地翻阅他讲述的杀戮起源。沙鼠，仓鼠，随便什么鼠。我觉得什么地方不对劲，但就是说不上来。转轮在我脑袋里原地疯转。细小的骨头在我嘴里像脆饼般折断。我在佩恩车站醒来，头痛欲裂，汗津津的右手攥着左手。

我换乘地铁，回到地面过河时，天已经黑了，手机收到一条留言。珍妮。她和她丈夫讨论过。他们很愿意在下一期《破格子呢大衣》上刊登我那本书的节选，甚至当作一期犯罪专刊的中心文章，组织读书会、派对，宣传。虽说我已经有个不错的经纪人，但他们跟他们的经纪人和编辑提了提，所有人都很想看看这本书。真是不难想象。

回到凄凉的公寓里孤零零地睡沙发，不对劲的念头令我越来越害怕，我看见莫里斯还在打扫店堂，跑过去敲敲他的窗户。他放我进门，但拒绝了我绝望的恳求，不肯陪我喝一杯。

"别在意，但跟你和那些异性恋喝酒对我影响不好。"他说，"再说我和盖瑞还有计划呢。不，你不能来。给你这个，希望你能开心。"

他拿给我一把漂亮的鸢尾。

"我的新作品。自己种的。就在我家后院。"他微笑着递给我。

"天才……"我嘟囔道。

"真的?"

"天才。"我抱住他,踮起脚,亲吻他的两边面颊。

"不客气。"他喊道。我跑出去,挥舞着紫色的花束。我沿着人行道跑回家,掏出电话打给汤斯。他已经下班了。

"急事,十万火急,真的。"

接线员不太情愿,但还是帮我转接电话,最后他终于拿起听筒。背景有电视的嗡嗡声,我听见吃饭的声音,刀叉接触碗碟,酒杯互相碰撞。

"是我,什么事?"

"汤斯,"我喊道,像是想不通过电话就让他听见我的声音,"我知道了。我知道他把头部埋在哪儿了。"

76

挂断电话,汤斯立刻调派人员封锁那片区域,黎明时分,挖掘工作正式开始。特伦斯和另一名探员来接我,先跑了趟唐恩都乐买甜甜圈。到达目的地的时候,我们发现警车已经前后封死了街道,红色警灯默默转动。面包车和政府的黑色羚羊占领了整条街道,挖土机在旁边待命。水银灯照亮了那幢屋子和庭院,树林被照得雪亮。混乱的场面吵醒了邻居,他们出门看热闹,在门廊和车道上站成一排,像是见到马戏团进城,打算在马路对面安营扎寨。警察放我们过去,我看见上次打过照面的那个年轻母亲,她站在沃尔沃旁边,望着街对面她总觉得闹鬼的破败房屋,她很快就要知道阴魂到底是谁了。

我们停车后下车。天空将亮未亮,风有点冷。穿黑色大衣的调查局探员、穿制服的警察和穿白色防尘服的鉴证人员围上来,拿咖啡,拿我们搁在引擎盖上的奶精和糖包,拿超大号盒子里的甜甜圈,用还没凉下来的引擎充当保温器。

屋子的门开了,汤斯出现在门口,估计是被咖啡的香味勾出来的。他朝我点点头,但先低声对部下说了些什么,他们四散而去。

"我一直在和寄养母亲谈话,就是那个格雷琴。"他说,从纸板托盘里拿起一杯咖啡,掀开塑料盖。蒸汽飘了起来。

"然后呢?"

他撕开两包糖倒进咖啡,然后加了两小盒奶精。他从边缘吸了一大口咖啡,重新盖上塑料盖。他叹了口气。

"她前言不搭后语,但没错,克雷经常过来,探望她,照顾她。偶尔还帮她还贷款。"

"太可疑了。"我说,"克雷对她恨之入骨。"

"是啊。还有,她的男朋友被抓过,因为虐待儿童。"

"他在哪儿?"

"死了,肺癌,十五年前。"

"你认为她知道克雷的计划吗?"

他耸耸肩说:"多半不知道。我们要带她回去录完整的口供,但我猜她更像是不想知道。喝喝金酒,看看《价格竞猜》,这么过日子更轻松。"他看我一眼,"还有,在克雷说他去收拾后院时拉上百叶窗。"

"什么?她这么说?"

"对,帮她收拾院子。"

"但应该不是后院,我认为是树林。他说沙鼠还是什么鼠就埋在那儿,也是他拍照的地方。那是他的地盘。"

"对,我知道,你来看。"

我们从车辆之间走过去,另一名探员跑过来对汤斯低声说话,朝胶带后越聚越多的看客比比画画。人群不情愿地分开,几个警察护送一些人走到前排。来的是死者家属:希克斯先生、哈瑞尔夫妇、约翰·通纳,他们眨着眼左右张望,像是刚从深度睡眠中惊醒。

"稍等。"汤斯说。他灌下一大口咖啡,走了过去。他和家属轮流握手，碰到男人就使劲摇一下，对哈瑞尔夫人则是轻轻一捏。他们围住他，小声交谈，每个人都瞥了我一眼。哈瑞尔先生茫然地眨眼，还是上次的那个呆滞表情。希克斯点点头，我也对他点点头。哈瑞尔夫人看着我，露出由衷的笑容，抬起手指轻轻摆了摆。我报以微笑，也挥挥手，感激得难以形容。只有通纳不肯和我对视，估计是因为上次的事情还有点尴尬。他看着汤斯，在小记事本上写写画画，直到手机响起，他转身接电话。汤斯走回来，对我点点头，我跟着他过马路，忽然在人群的另一头看见达妮，她一个人站着。我抬手打招呼，但她似乎没看见。她站着一动不动，视线能刺透我的皮肤。

"来，"汤斯说，"这边。"

我们走进大门，我再次走过茂盛的树丛、朽烂的别克和拉着百叶窗的下沉房屋，这会儿到处都是身穿蓝色风雨衣，戴着橡胶手套的人，他们这儿戳戳那儿擦擦，天知道在看什么。后院那段倒下的栏杆已被搬走，原处贴着一条红色胶带。一名警察点点头，抬起胶带让我们过去。

树林里仍旧黑洞洞的。光线从树干之间横着照过来，从上方的树叶缝隙之间漏下来。光线一次只驱走一团黑暗，轮流照亮一截树枝、一块石头、一张反光的脸、一只手。挖掘的鉴证人员还开着手电筒和头盔灯。他们移动和挖掘时像是被光束系在了地面上。周围渐渐亮起来，灯一盏一盏熄灭。他们用胶带将树林和草地分成网格，插上小旗和带编号的塑料定位桩。静电噪声和无线电对讲机的嗡嗡声不绝于耳。

还没有任何发现。我们耐心等待。太阳升起，白昼降临。我脱掉外套。不时地有探员过来找汤斯，他的对讲机和手机响个不停，每次接听时都用一根手指堵住耳朵，朝着对讲机或手机大喊大叫，但大多数时候他只是和我一样站在那儿。他喝完咖啡，找地方扔垃圾，最后给了一个拎着一塑料袋挖出的泥土的探员。又一个小时过去了，他看着我，耸耸肩。

"怎么想？"

我也耸耸肩。"不知道。"我犹豫片刻，四下看了一圈，然后压低声音说，"呃，我要撒尿。"

他皱起眉头，说："憋不住了？"

"实在憋不住了。"其实我刚到这儿就想去厕所，但不管往哪棵树后躲都会撞见调查局的探员。

汤斯叹道："去屋里上吧。可不能出任何意外。"

"哈，哈。她在屋里吗？"

"谁？寄养母亲？不在，她去总部了。"

"好，我去去就来。"

"随便，不着急。"

我按原路返回，小心翼翼绕过做了标记的地方，穿过栏杆走进后院。这地方也许曾经笼罩着幼稚的鬼屋气氛，此刻却和大多数吓人的地方一样，在白昼的光线下显得狭小而悲哀。话虽这么说，但想到进屋我还是有点紧张，我站在后门廊上，一只手抓着锈迹斑斑的门把手，不禁有些犹豫。我隔着积灰的后窗寻找那条狗。

就在这时，我听见树林里骚动起来。不是很嘈杂，只是无线电通话突然增多，后院附近的人开始跑动，但足够让我知道他们有了发现。我转身跑回去，穿过围栏，穿过树林，来到警察和探员聚集的地方，这会儿他们像是一群好奇的看客，也需要被维持秩序。我挤出一条路，找到汤斯。

"汤斯。"我喊道。他扭头挥手招呼我过去。其他人纷纷让开。

他站在一条几英尺深的沟壑前，穿连体服和白色套靴的探员在小心翼翼地挖掘，他们用的是刷子、浅盘和小刀，就像进入古老遗迹的探宝人。

"找到什么了吗？"我问。他只是指指地面。他们挖到了金矿。一颗牙齿和一枚耳环。两样东西都被泥土裹着，摆在白布上等摄影师拍照。你能看见牙齿与下颚相连处的白色牙根。耳环是个带黄色垂坠的扇形吊饰。

"牙齿现在还说不准，"汤斯对我说，"但那个耳环，我对它比对我老婆的订婚戒指还清楚。它属于珍内特·希克斯。"

他们继续一英寸一英寸地挖掘，其他人站在旁边观看。半小时后，他们找到了第一颗头颅。刚开始出现的只是几缕头发。他们小心翼翼地将每一根头发与泥土分开。接着，颅骨的顶部出现了，碎裂的白色拱形物犹如地下沉睡的恐龙蛋。一个大块头男人（戴黑框眼镜，穿白色带靴连体服和浴帽，显得很可笑）跪下去，用貂毛画刷清理颅骨。他用牙科器具在颅骨四周挖掘，俯身吹开泥土。五分钟后，颅骨的上半截出现在我们眼前，空荡荡的眼眶在泥土上方盯着我们。有什么东西闪闪发亮。

"另一枚耳环。"他说，起身让摄像师拍照，然后低头继续工作，用刷子清理颧骨和曾经是鼻子的窟窿。

"这儿。"蹲在几英尺外的一个女人喊道。她要是不出声，我还以为那是个男人。她身穿白色太空服和白色套靴，戴着白色头罩和护目镜，看上去和她的同事毫无区别。她摘掉护目镜，抬头对汤斯说话,我发现她是个二十来岁长着雀斑的小个子姑娘。"另一颗头颅。"她说。

接下来的一个小时里,他们一共挖出了三颗头颅。埋在地下的头颅拼成一个三角形,周围还有一具专家认为是豚鼠(不是沙鼠,也不是仓鼠)和一只猫的骨架。

"克雷提到过猫吗?"汤斯问我。我和他肩并肩站着观看。

"没有。"

"也许他忘了。他需要记住许多尸体。"

"不,他不会忘记。"

"对。"他赞同道。这话听起来真是可怕。所有人都站在那儿看着三颗头颅。它们曾经是活人,有面孔的活人,面孔背后是思想。现在它们空空荡荡,就像破碎的瓷器,大脑和血液已经消失,黑色的洞眼曾经是看、闻、呼吸的器官。三颗头颅对我们微笑,随时可能大笑。汤斯猜测有两颗金质臼齿的是南希·哈瑞尔,他早就记住了她们的牙科记录。另一颗头颅虽然有裂纹还裹着泥土,但那一口牙齿曾经白得惊人。朵拉·吉安卡洛。达妮的孪生姐姐。汤斯说她没有蛀牙——完美小姐。

整个场地都静悄悄的。人们走来走去,压低声音说话,照相机咔咔拍照。没有人说出大家都在思考的问题:第四颗头颅在哪里?

"那儿挖得够深吗?"汤斯指着几英尺外的一个地方问。大块头男人耸耸肩说:"那底下是岩石,长官。没有炸药或风镐,他是挖不下去的。"

汤斯点点头,双手插在口袋里。又一个小时过去了,盯着我们的仍然只有三颗头颅。多年前种下的贫瘠庄稼,终于到了收

319

获的日子。我们等了这么久,但真相终于揭晓,就摆在我们面前,空荡荡的眼窝和咧开的嘴角提供的却不是答案,而是问题:为什么是我们?为什么不是你们?它们没有智慧,没法说出我们已经知道的那个事实,那个显而易见的愚蠢真相:人人都会死。它们在说:每个人都会变成我们这样,落入这个骷髅花园、白骨庭院、无主空地、废物堆、垃圾场。

77

汤斯去找家属谈话。挖掘还在继续，但他基本上放弃了今天还能找到第四颗头颅的希望。技术人员忙着采集证据，运回实验室处理。接下来还有大量鉴别和调查的工作，鉴证人员要通过结果尽可能地重建犯罪过程。汤斯需要亲属的DNA，但至少有一家人将得知他们所爱的人仍告失踪。我看见了达妮，她还是一个人，我对汤斯说我去找达妮谈。

我挥手招呼她，守封锁线的警察立刻放她进来，就好像我们也是执法人员。我和达妮有点忍俊不禁，我的角色从下三滥扒粪专家一路变成谋杀案嫌疑犯和调查局跟班，现在事情就快结束，到底是什么已经不再重要。

"你找到了它们。"她立刻说。

"调查局找到了三个。还缺一个。他们需要DNA确认身份。但我认为……"

"你认为什么？"

"没什么。"

"什么？告诉我吧。"

"听起来很奇怪，而且万一我错了，事情会很尴尬。但我觉得我看见了你姐姐。"

达妮微微一笑，使劲捏了捏我的手，然后松开。她清清喉咙，开口时我意识到她哽咽了。

"我该怎么做？"她问，"怎么给样本？"

"他们会送你去实验室。你也可以自己去。我可以陪你。"我拍拍她的肩膀，"不需要现在就去。"

"我没事。"她说，"我想喝杯水。"

"咱们去屋里。"

"不，没事，别麻烦了。"

"别傻了，又不麻烦。"我领着她走进大门，"实话实说，我非得上厕所不可了。"

我们爬上吱吱嘎嘎的门廊，打开门。我请她进去，但她摇摇头。

"你先进吧，"她说，"感觉很吓人。"

"确实吓人。"我说着走进去。屋里很脏，散发着狗屎味。用强力胶带固定的躺椅四周堆着各种报纸，电视架上摆满药瓶。某人正在这儿等死来着。感觉像个坟墓。我们走进厨房。晾碗架上，空的金酒酒瓶一字排开，像是她热衷于回收利用。中餐馆的免费日历用钉子挂在水槽上方，日期停留在四月。我洗个杯子，接了杯水。

"谢谢。"她皱着眉头说，试着尝了一小口。小狗跑进厨房，我不由得畏缩，但它这次懒得冲我叫。

"嘿，你看。"达妮跪下抚摸小狗。小狗舔她的手，轻蔑地扫了我一眼，随后又跑回屋子里。"知道有什么事情很奇怪吗？"她问我。

"什么都奇怪。"

"对，但具体而言，克雷为什么不把第四颗头颅和其他的埋在一起?他不像这么随便的人。你明白我的意思吧?"

"明白。"我说。我想到此刻会如此就挺奇怪:我和达妮怎么会在这么短的时间里、这么奇怪的一个时候变得这么熟悉?多久了来着?六个星期?

"好吧。"我说,"记得我们在布鲁克林挨黑枪那次吗?"

"唔,好像挺耳熟。"

"那天是几号?"

"几号?"

"对,记得吗?"

"五月十四号。"

"你怎么这么肯定?"

"因为第二天我来了月经,那天我很担心。来晚了。"

"哦。"我说。我抬头看她的眼睛,但她转开了视线。我走到墙上的日历前,低声计算时间,手指沿着日期上下移动。达妮困惑地看着我。"对我们开枪的不是弗洛斯基。"我对她说。

"什么?怎么可能?"

"因为她在州北出庭。为克雷辩护,还记得吗?"

"×。"达妮说。

"对,×字用得很准确。"

"那你认为是谁?还有谁想要你的命?"

我思考片刻,说:"不会有人恨我恨到这个程度。"

她翻个白眼,怎么看都像克莱尔。"正经点,肯定有人不希望真相大白。有人害怕我们会挖出来的东西。"她说。

"就是这个,你说对了。"我想也没想就抓住她的手,她没有缩回去。

"我说对了什么？"她看起来很兴奋。

"你说'挖出来'，有人不希望我们挖出那些头部，发现其实只有三个。等我们知道少了谁，就知道放黑枪的是谁了。"

达妮收回她的手，前后踱步，说："你认为会是谁？"

"要我说？通纳。丈夫一号。"

"你认为少的那个是他老婆？为什么？因为他不喜欢你？别那么敏感嘛。"她笑着说。我真希望能再抓住她的手。

"随便你嘲笑吧，"我说，"也许这就是他讨厌我的原因。他从一开始就试图阻止我。"

"但为什么呢？他想隐藏什么？"达妮在桌边坐下，跷起腿，我开始踱来踱去。

"你想一想，"我说，"也许克雷之所以没有埋掉她的头颅，是因为他根本没杀她。他从头到尾都没提过她。只提过另外三个女人。而他说过他刚开始并不想杀她们，之所以下手，只是因为他母亲撞见了，唠唠叨叨逼着他杀人。他说在他母亲发现之前，他拍了几张。"

"几张什么？"

"照片。"我说，"等一等。"我再也忍不住了，走进卫生间，半关上门。终于解放了。"你看，"我喊道，"为什么没有她死后的照片，只有活着时的？警察说因为她是最后一个，但假如她是第一个呢？克雷在厂里工作，遇见她，她想当演员，他当时并不想杀模特，因此他没有理由担心会留下线索，拍照说不定还能讨她欢心，帮他跟老板拉拉关系，所以他给她拍了照。然后他开始杀人。事后，通纳看见新闻，看见警方通告和素描像，请大众留意皇后区一名招募美丽女孩的摄影师。"我冲了马桶，飞快洗手。

卫生间没有毛巾，我只好在裤子上擦手。"他拼凑起线索，看见机会，能除掉玩腻了的老婆，也可能他结婚就是为了她的钱。于是他杀死她，模仿在报纸上读到的犯罪手法。分尸弃尸。大功告成。一切都很好，直到我出现。"我打开门，走回厨房，"这个想法疯狂吗？你怎么看？"

"我看你就他妈的像一颗痔疮。"通纳说。他站在达妮背后，一只手捂住她的嘴，另一只手握枪抵着她的头部。达妮对我使劲眨眼。小狗站在门口也使劲眨眼，跑过来闻闻通纳的鞋子，通纳用脚推开小狗。

"呃，"我举起双手，"算了吧。"

"什么算了？"通纳问，"我他妈警告过你，我他妈哀求过你。天哪，都是你的错。"

"老兄，这附近到处是警察，你逃不掉的。事情结束了。"

"对，结束了。事情是被你挖开的，等我埋了你，就会重新结束。"

达妮盯着我，眼神里充满恳求，就像克莱尔那样。她的眼睛充满泪水。小狗蹲在通纳和我之间的油毡地毯上，竖起耳朵听着声音。

"警察会发现你妻子的头颅不在这儿，"我说，"他们会看清真相的。"

"废话。他们会认为被克雷埋在了其他地方，他妈的做了个烟灰缸也有可能。谁知道呢？那孙子是个神经病。要是没有你去纠缠他们，他们不可能自己想出来。就算能想出来，也是几个月后的事情了。我有的是时间远走高飞。我可以离开美国。我屁股上只剩你这根刺。还有这个脱衣舞娘。来，打开那扇门，打开灯。"

"听我说……"我说,但我没什么可说的。

"快。"他使劲用枪口捅达妮的头部。达妮的眼泪滴在他手上。我按他说的做。我打开门,摸到开关。门里是通向地下室的楼梯,挂在头顶上的灯泡光线黯淡。狗立刻冲下去,开始研究楼梯。

"现在下去,"通纳说,"给我慢慢走。"

我举着手,一步一步下楼,小心翼翼地不被狗绊倒。底下的房间四四方方,水泥墙面有些开裂,脚下是泥地。房间里一股霉味,虽说今天挺暖和,但地下凉飕飕的。这儿有锅炉、管道和一堆垃圾,多看两眼你会发现那是暗房用品。楼梯上方有一道黑色厚帘子,通纳押着达妮下来,他随手拉上帘子。达妮的一条胳膊被扭在背后,脸色血红。从我遇见她到今天,她第一次显得很害怕。

"看,"通纳说,"安静又私密,他们听不见的。"

突然闪过一道光芒,仿佛银色小鱼游过池塘,还没等我看清达妮在干什么,她的胳膊就从背后抽了出来。她握着弹簧刀,刀光一闪,砍在通纳捂住她的嘴的那条胳膊上。通纳痛叫一声,拿开手臂,达妮大喊救命。

我冲上去,扑向拿枪的那只手,又是一道光芒——这一道要亮得多——枪声在狭小的房间里轰然回荡。小狗拼命吠叫,在楼梯上跑上跑下。达妮惊叫一声,在我和通纳之间软下去,我和通纳仿佛正在搀扶她。我不知道她哪儿中枪了,也不知道枪在什么地方。通纳想推开我们。达妮的头部落在我肩膀上,我感觉她把弹簧刀塞给了我。

枪声再次响起。这次我听见子弹击中锅炉的叮当一声。达妮轻轻呻吟，像是在睡梦中哭泣。我握住弹簧刀，另一只手穿过三个人互相纠缠的肢体，越过达妮软绵绵的身躯插向通纳。这个动作很慢，有点像在人顶人的地铁车厢里向前挤。我感到小狗擦过我的脚。我找到了通纳的胸膛。我使出全部力气，把弹簧刀插进去，鲜血喷出来落在我脸上，他终于挣脱。达妮没了支撑，瘫倒在地。

我向前突进，跨过达妮的身体、通纳和我面对面站着。他在一两英寸之外看着我，眼神显得好奇而惊讶，是因为我还是因为死神只有天知道了。鲜血沿着我的胳膊流淌，浸透我和他的衣物。我的手指开始打滑，我只能攥紧刀柄。我刺穿了他的心脏。

第五部　尾声：二〇〇九年七月九日

78

我们坐在像是剧场的房间里,座位消过毒,望着涂成绿色的煤渣砖墙壁上的一扇窗户。玻璃的另一头挂着厚厚的化纤窗帘,我总觉得像是从连锁汽车旅馆里借来的。窗帘的另一头,他们正在准备达利安·克雷的死刑。

注射处刑分四个步骤。脱掉他的衣服,传感器贴上胸膛,两根针头插进静脉,其中一根备用,导管的另一端连接几个长筒。首先注射生理盐水,保持血管畅通。然后,典狱长给出信号,窗帘拉开。接下来,注射硫喷妥钠,这种麻醉药让他失去知觉。随后注射泮库溴铵,全身肌肉瘫痪,停止呼吸动作。最后注射氯化钾,停止心脏跳动。死因是麻醉药过量、呼吸和心脏骤停,但受刑者当时已经没有意识了——我们这么认为。

哈瑞尔夫妇和希克斯先生坐在前排。这次他们都来和我握手,对通纳的事情表示震惊。他们询问达妮的情况,他们曾经轻蔑地认为达妮是个有毒瘾的小淫妇。我说她运气不错。通纳死后,我抱着她上楼进厨房,看见她的颈部鲜血喷涌。我喊人帮忙,尽量用力按住伤口,感觉她的生命令人绝望地从我的指间流走。还好几码内就有十来个警察和法医。他们很快稳定住她的伤情,开着几辆车送她去医院。

她最后会恢复的。通纳的子弹穿过她的喉咙,只差几毫米错过了颈静脉,轻轻擦过颈动脉,离开身体时对脊骨造成了细微的损伤。手术耗时很久,康复过程会很痛苦。一时冲动之下,我站在病床边请她和我住到一起。为什么不呢?我心想。也许这正是我需要的,一个堕落天使,不管去哪儿都带着武器。但她拒绝了。她父亲和继母飞来纽约,全家在病床边终于和解,她已经同意搬去和他们住,在亚利桑那的一家特别诊所完成康复,然后回去念书。不过她不再想当心理医生了。她已经受够了疯子。

汤斯也在处刑现场,他和受害者家属坐在一起,与其他的观众——也就是记者和当地执法机构的头头——握手。他已经交了辞职书,正在基于他的冒险故事开发剧集。我们开了几句玩笑,什么我可以去为他工作之类的,然后一个记者拉走了他,他在旁边摆姿势拍照。我们最后终于喜欢上了彼此,但案件已经结束,我和他也没什么可聊的了。除非我再有熟人被杀,否则我恐怕再也不会见到他了。

今天天气不错。就算不是,比方说是个暴风雨的夜晚,我也会忍不住撒谎,只为了避免陈词滥调。不过天气真的不错,是一个明媚的夏日,一切都充满生机。空气醇厚而温润,举手投足间我感觉空气贴着我的皮肤,像是要先和我温存片刻才肯松开。向北的火车上,轨道两旁的树木摇曳不止,车站的鲜花绽放得头重脚轻,像是动画片人物醉得吐出了舌头。就连去监狱的路上,除了柏油马路、水泥地面和栏杆,我还看见了一簇艳丽的向日葵,正骄傲地挺直腰杆绽放光彩。就像迎接我们的仪仗队,时刻准备对空开火。说起来,这些正是克雷将要永远失去的东西。他失去的每一分每一秒都是对他的惩罚。但他似乎并没有不情愿吻别这个世界。最后一餐他要了三分熟的牛排,还有龙虾和巧克力蛋糕——他和警卫分着吃了蛋糕。他读了一阵杂志,睡了一觉,显然没什么不顺心的。不知道那是什么杂志。在我的想象中是一份陈年《淫欲》。

我们来到监狱门口,遇见一小群抗议者,大概有二三十个,有几个人举着标语。他们五花八门,有上了年纪的嬉皮士,有一名修女,两位佛僧(脑袋剃得锃亮),几个年轻人(认真,长须长发)。队伍里有个姑娘,沉默地站在那儿,没有举标语——特蕾莎·特雷奥。自从那天在公交车站分开,我没再见过她,也没和她通过电话。我对她挥挥手,她似乎没有看见我,大门隆隆关闭。

不过我终于有了克莱尔的消息。几天前的一个晚上,基本上放弃了希望的我收到一封电子邮件:

嗨,西碧莱恩:

一向可好?还记得我吗?抱歉我没法打电话也不能写信给你。我当然不生气。你救了我的命。我认为我是吓坏了。不是被你,绝对不是。你是我最好的朋友!!我认为就是这个世界突然变得可怕了,我只能回家,回来当个乖小孩,其实我本来就是个孩子嘛。我在长岛海滩老爸家过暑假。我讨厌这地方,但过得还行。然后我要去瑞士念寄宿学校了。说来奇怪,我还挺兴奋的。我是不是很逊?也许我会很讨厌那儿,但谁知道呢。也许我会溜回来找你。你还会允许的吧?谢谢你,让我和你混了那么久。谢谢你为我做的所有事情。也谢谢你没有做的所有事情。谢谢你那么照顾我。对不起我不能继续照顾你了。但你并不需要我。不是真的需要。谢谢你假装需要。
XOXO,克。

五点钟,典狱长下令,窗帘徐徐拉开。达利安·克雷被捆在黑色长台上,两臂伸展,像是上了十字架,也可能是什么虐待狂按摩椅。注射器导管从他的手臂伸向墙上的一个窟窿,墙的另一面是操纵点滴的技术人员。虽说我知道隔间等于刽子手的面罩,但我还是觉得没什么意义。害怕让犯人知道自己是被谁杀死的不成?难道他还能从坟墓里爬回来闹鬼复仇,或者在地狱里等着他们?假如真是这样,区区一堵墙真能糊弄住鬼魂吗?

克雷环顾四周,向我们微笑,抬起手指轻轻晃动。所有人都不安地动了动,我望向前面一排。哈瑞尔夫人的头发日益稀疏。哈瑞尔先生的头皮屑落在肩膀上。不知为何,这两个细节让我悲哀得难以自制。这是不会有用的,我心想,什么也不能安慰这些人了,也许除了让岁月慢慢抚平伤口,或者有其他什么小乐趣的补偿。记忆会渐渐褪色,而这种褪色本身又是另一种悲哀。虽然命案告破,正义得到伸张,但谜题——真正的谜题——却永远无法解答。此刻他们坐在那里观看死刑,握住彼此的手,大概也渐渐看清了这个事实。典狱长问克雷还有什么想说的。克雷点点头,嘟囔了几句。典狱长皱起眉头。

"犯人的遗言是:'别难过,'"他清清喉咙,"'我宽恕你们所有人。'"他拿起内线电话飞快地说了几句,下达命令。麻醉剂进入克雷的血液系统。他立刻有了反应,像是吃惊似的抬起头,然后慢慢放下。他的身体似乎开始放松。他像是要对抗睡神,突然又抬起头看着我们。他看着哈瑞尔夫妇,然后看着希克斯。他们转开视线。他看着汤斯，汤斯瞪着他。克雷对他点点头。然后他看着我，我也看着他，尽量想读到点什么，想得到他传达的什么信息，随便什么都行。他露出笑容，我觉得是对我微笑。不过谁知道呢？这会儿药效已经起来了。然后他闭上眼睛，脑袋落回台面上。

典狱长下达命令，又一种药物进入他的身体，瘫痪他的肌肉，我们看见他的手指抽搐了几下，随即静止不动。我们看见他的胸膛升起，落下，然后不再升起。他们注射最后一种药物，最后一样还在动的东西——心脏——也停止了。我们目不转睛地看着。几分钟后，医生走进房间，宣布克雷于五点十二分死亡。我起身离开，没有和任何人告别。我不想看见他们转身时的面孔，也不想让他们看见我的面孔。

79

我经过安全检查,回到监狱外。克雷的死讯刚刚宣布。一小群抗议者三五成群祈祷,有些手拉手,有的举着蜡烛。其他人已经在把标语牌放回车上了。我相信他们肯定很难接受,因为克雷的死没有激起任何同情。特蕾莎站在人群外,她看见我,微笑着轻轻挥手。

"嘿,"她说,"我还在想你会不会来呢。"

"克雷邀请了我,这么说是不是很奇怪?"

"我觉得我是必须看到事情的结局。"她说。我们一起走向停车场。

"弗洛斯基呢?"我问,"她最后要是进了这儿,你也会来抗议吗?"

"会。"她短暂地和我对视,然后低头看着脚尖,"假如我不能坚守我的信念,那我还是我自己吗?"

变得和我一样吗?我心想,但嘴里说:"有道理。"

"你呢?"她问,"你会怎么做?"

"我似乎没什么信念,只有几场审判需要参加。"

"不,"她微笑道,"那本书。"

"没有什么书了。唯一能吸引读者的是他的自白,那是用他自己的语言书写的回忆录。现在谁还在乎?你难道还没注意到?

他已经不是什么新闻人物了。"

"好吧。"她说。

"好吧,"我也说,"现在写弗洛斯基也许还稍微有点吸引力,但我觉得我在现实生活中已经受够她了。她让我吃尽了苦头。"特蕾莎咪咪轻笑,我继续说,"我还是写点轻松愉快的吧。照这个状况下去,我最后只能去当初中老师了。"

我们穿过又一道铁门,走进监狱员工的停车场。他们有些人在监狱里待的时间比囚犯还久。

"我有个主意。"她眼睛一亮,抓住我的胳膊。这好像是她第一次碰到我的身体。"不如把这个故事写成吸血鬼小说吧?比方说血族连环杀手。不,等一等,不得不追捕连环杀手的吸血鬼警察,这个更好。"

"好,"我说,"也许挺好。"

"我认为肯定很好。"她说,"我是说,这是个很不错的开场,而开场永远是最难的,对吧?"

"也不尽然。"

"还有结局。"

"都不是。"我说,"和真实的生活一样,最难的是中间。"

她咧嘴笑笑,我也咧嘴笑笑,有一瞬间我觉得亲吻她似乎也未尝不可,只可惜周围的环境实在太不搭调。刺耳的喇叭声传来,我连忙向后闪避,一辆斯巴鲁轿车停下,车里坐满喜滋滋的年轻的社会改良空想家。

"走了,蕾!"一个穿鼻环的脏兮兮的大胡子小伙子喊道。

"我得走了。"她说。

"好,"我说,"回纽约再见?"

"行啊,有时间打给我,"她坏笑道,"或者在聊天室找我。"

我笑道:"所以真的是你,血族 T3?"

她耸耸肩说:"也许是,也许不是。"她钻进斯巴鲁的后排。车门关上,我转身准备离开,听见她喊我的名字。

"喂,哈利!"

我转过身。她从正在启动的车里探出半个身子。

"怎么了?"

"继续写。我们需要你。"她挥手道。车开走了。

80

不知道你怎么想，反正我很不喜欢读到悬疑故事的结尾。我从小就有这个问题，某天一个人在图书馆里，我发现了爱伦·坡，他是我喜欢上的第一位非儿童读物作家。除了会写了不起的恐怖和幻想故事，他还是现代侦探小说的缔造者，从那以后，无论其他种类的文学（据说更贴近现实的小说、实验主义小说、心理小说）读了多少，我总会游回悬疑小说的怀抱，那还是在我被迫靠写这些东西谋生之前很久。然而，我往往要面对同一个两难局面：我喜欢开头胜过结尾。我喜欢谜题，答案永远让我有点失望。

写悬疑故事的困难之处在于故事其实不够悬疑。生活能够击败文学赋予它的形式，无论是惊悚小说的高潮段落还是大多数故事的三段式布局。生活真正的威胁与风险来自你永远不知道接下来会发生什么，来自你活在完全偶然的现实之中，每一个时刻都独一无二且永不重复，我们确实知道的只有一点，那就是它必将结束。因此我对绝大多数侦探故事的不满在于，小说给出的答案永远比不上揭示的问题。

按照奥登的解释，传统的悬疑小说其实是个本质上很保守的文学类型。犯罪打破现状，读者享受越界带来的刺激，然后赞赏地看着侦探——社会秩序的代行者——在结局让一切恢复原状。我们喝完热可可,上床睡觉,舒适而安全。确实如此。然而,这套理论未能考虑到的是下一本书、下一起谋杀案、再下一本书和再下一起谋杀案。你把所有的波洛小说,所有的梅格雷、卢·亚契、马修·斯卡德小说摆成一排,得到的东西既陌生又熟悉:在这个世界里,神秘莫测的破坏性力量不断兴起,一切的解决都是暂时的,只够我们在下一起案件发生前喘息片刻。

是的,虽说我遭受了那么多挫败,但我还会有下一个案子。不是为了什么高尚的理由,或者珍妮甚至特蕾莎对我的鼓励,只是因为我无法阻止自己。为时已晚。我和克雷一样,道路在我们小时候、在皇后区狭小的房间里、在母亲的照顾之下都已经铺好。他的道路,前面已经说够了。我的道路……唔,难道还不明显吗?我是把脑袋埋在书里的孤独男孩。几十年以后我还是这样。但我不是变态狂,认为自己私密的内心世界是真实的。不,我承认我的世界什么都不是——近乎什么都不是,纯粹是虚构的,但我还是勉力向前——穷困、孤独、绝望、贫乏、苦闷、神经质——但我坚持对着现实举起自己的小说,就像只能反射梦境的镜子。任何文学作品都是战胜自我的伟大胜利,是对抗世界的小小戏剧。

坐火车回家的路上,我想着这些事情,克雷的故事已经结束,我开始构想自己的书的新篇章。我将回到母亲的公寓,躺在空荡荡的床上,明早多半会开始写一本新书。我这种九流写手可浪费不起好点子,我会尽量盘剥利用这个故事,用小说的形式进行重述,改变角色姓名和其他细节。但这次有个名字会是真的:我自己的。

克雷说我们只是承载一滴生命的小小容器,说毁坏我们其实没什么大不了的，就像让一滴水回归海洋。这就是此刻我对他的看法，他躺在那儿，沉睡得不知道自己已经死了，不知道淌进血管的最后一股水流将带走他的生命。

他的故事和所有人的故事一样：一条湍急而阴暗的小河，穿过激流、瀑布和森林，最后汇入广阔而神秘的大海。直到这时，流淌变成静止，我们无拘无束地漂浮，才会意识到我们被带着走了这么远，脚下的深渊没有尽头。但这时已经太晚了。我们已经读到深夜，已经翻到最后一页，再往后只有空白。

也许你已经猜到被我改头换面或捏合一体的是哪些真实人物，以及哪些角色其实并不存在，还有我更改了哪些事实和日期。也许你觉得你认识我，就像小说里值得信任的叙事者，但也许就像一本书背后的小说家，我只是个鬼魂。但此刻咱们暂且认为我坐在火车上，火车在夏末的这个晚上离纽约越来越近，我从窗口能看见堤岸树木间流淌的黑色河水，所有这些渐渐融入越来越暗的天空。现在你合上这本书，关掉了灯。